HEYNE BÜCHER

SCIENCE FICTION

Herausgegeben
von Wolfgang Jeschke

Vom gleichen Autor erschienen außerdem
als Heyne-Taschenbücher

Die Eissegler von Tran-ky-ky · Band 3591
Das Tar – Aiym Krang · Band 3640
Die denkenden Wälder · Band 3660

ALAN DEAN FOSTER

ALIEN
DAS UNHEIMLICHE WESEN AUS EINER FREMDEN WELT

Science Fiction-Roman

nach dem Drehbuch von Dan O'Bannon.

Idee von Dan O'Bannon und Ronald Shusett

Ein Heyne Science Fiction-Filmbuch

Deutsche Erstveröffentlichung

WILHELM HEYNE VERLAG
MÜNCHEN

HEYNE-BUCH Nr. 3722
im Wilhelm Heyne Verlag, München

Titel der amerikanischen Originalausgabe
ALIEN
Deutsche Übersetzung von Heinz Nagel

3. Auflage
Redaktion: Wolfgang Jeschke

Printed in Germany 1980
Umschlagbild: H. Roberts
Umschlaggestaltung: Atelier Heinrichs, München
Gesamtherstellung: Mohndruck Graphische Betriebe GmbH, Gütersloh

ISBN 3-453-30625-2

1

Sieben Träumer.
Damit wir uns richtig verstehen, es waren keine berufsmäßigen Träumer. Berufsmäßige Träumer sind hochbezahlte, sehr gesuchte Talente. Diese sieben träumten wie die meisten von uns, ohne Anstrengung und ohne Disziplin. Berufsmäßig zu träumen, so, daß diese Träume aufgezeichnet und zur Unterhaltung anderer wieder abgespielt werden können, ist eine viel kompliziertere Sache. Man braucht dazu die Fähigkeit, halbbewußte kreative Impulse zu lenken und seine Fantasie zu strukturieren, und das ist außerordentlich schwierig. Berufsmäßige Träumer sind gleichzeitig die am besten organisierten von allen Künstlern und dennoch die spontansten. Es sind Menschen, die auf subtile Art Spekulationen ineinander verweben können, nicht schwerfällig und gerade wie Sie oder ich, oder eben diese sieben Schläfer.

Von ihnen allen kam Ripley dieser speziellen Fähigkeit noch am nächsten. Sie hatte ein gewisses Talent zum Träumen und eine flexiblere Fantasie als ihre Begleiter. Aber die richtige Inspiration fehlte ihr und auch die ausgeprägte gedankliche Reife, die für Berufsträumer so charakteristisch ist.

Sie verstand sich sehr gut darauf, Vorräte und Ladung zu organisieren, Karton A in Lagerraum B zu verstauen oder Ladepläne abzustimmen. Im Lagerhaus des Geistes funktionierte ihr Ablagesystem nicht so gut. Hoffnungen und Ängste, Spekulationen und halb abgeschlossene Kreativvorgänge rutschten willkürlich von einem Abteil ins andere.

Deckoffizier Ripley brauchte mehr Selbstkontrolle. Ihre wirren Träume warteten darauf, angezapft und geformt zu werden, warteten unter der Oberfläche der Realisierung. Etwas mehr Mühe, intensivere Selbstbetrachtung, und sie hätte eine gute Träumerin abgegeben. Wenigstens glaubte sie das manchmal.

Captain Dallas andererseits schien zwar träge, war aber von ihnen allen am besten organisiert. Auch an der Fantasie gebrach es ihm nicht. Das bewies sein Bart. Niemand nahm einen Bart mit in die Kühltruhen. Niemand außer Dallas. Der Bart war ein Teil seiner Persönlichkeit, hatte er mehr als einmal neugierigen Reisegefährten erklärt. Er war ebensowenig bereit, sich von dem antiken Gesichtsgestrüpp zu trennen wie von irgendwelchen anderen Teilen seiner Anatomie. Dallas war Kapitän zweier Schiffe: des Interstellarschleppers *Nostromo* und seines Körpers, und beide blieben intakt, ob er nun träumte oder wachte.

Er verfügte also über die lenkende Fähigkeit und ein gewisses Maß an Fantasie. Aber ein berufsmäßiger Träumer braucht wesentlich mehr als ein gewisses Maß von letzterer, und was hier fehlt, läßt sich auch nicht durch ein Übermaß ersterer ausgleichen. Dallas eignete sich auch nicht mehr zum Träumer als Ripley.

Kane war in seinen Gedanken und Handlungen weniger systematisch als Dallas und besaß viel weniger Fantasie. Er war ein guter Erster Offizier. Kapitän würde er nie werden. Das erfordert ein großes Maß an Risikobereitschaft, in Verbindung mit der Autorität, anderen Befehle zu erteilen, und beides besaß Kane nicht. Seine Träume waren verglichen mit denen von Dallas durchsichtige, formlose Schatten, ebenso wie Kane selbst ein dünneres weniger vibrierendes Echo des Kapitäns war. Das machte ihn nicht weniger beliebt. Aber berufsmäßiges Träumen erfordert ein gewisses Maß an Extraenergie, und Kane hatte kaum genug für das alltägliche Leben.

Pakers Träume waren nicht unangenehm, aber sie waren nicht so beschaulich wie die Kanes. In ihnen steckte kaum Fantasie. Sie waren zu spezialisiert und befaßten sich nur selten mit menschlichen Dingen. Man konnte aber auch von einem Schiffsingenieur erwarten, daß er von Dingen träumte, die ihn hauptsächlich beschäftigten. Seine Träume waren direkt und gelegentlich häßlich. Im Wachzustand zeigte sich dieser tief vergrabene Unrat nur selten, nur dann, wenn der Ingenieur gereizt oder verärgert war. Den größten Teil des Schlamms und der Verachtung, die auf dem Grunde der Zisterne seiner Seele vor sich hinfermentierten, hielt er gut verborgen. Seine Schiffsgenossen blickten nie über den destillierten Parker hinaus, der oben schwebte, bekamen das nie zu sehen, was in seinem Innern brodelte.

Lambert war mehr eine Inspiration von Träumern als selbst eine Träumerin. Im Hyperschlaf waren ihre ruhelosen Grübeleien mit Intersystem-Kursberechnungen und Ladefaktoren angefüllt, überlagert von Treibstoffberechnungen für Kurskorrekturen und Beschleunigungsphasen. Gelegentlich drang auch etwas Fantasie in derartige Traumstrukturen ein, aber nie in einer Art und Weise, die das Blut anderer hätte in Wallung bringen können.

Parker und Brett stellten sich oft vor, wie ihre eigenen Systeme sich mit den ihren verknüpften. Sie betrachteten die Frage von Ladefaktoren und räumlichen Beziehungen in einer Art und Weise, die Lambert wütend gemacht haben würde, hätte sie davon gewußt. Sie behielten solch unautorisierte Grübeleien für sich, sicher in Tagträumen und Nachtträumen verschlossen, um sie nicht wild zu machen. Es war nicht gut, Lambert zu ärgern. Als Navigatorin der *Nostromo* war sie in erster Linie dafür verantwortlich, daß sie wieder sicher nach Hause zurückkehrten, und das war das Wünschenswerteste, was jedermann sich vorstellen konnte.

Brett stand in der Liste als Techniker der Ingenieurabteilung. Das besagte einfach, daß er ebenso intelligent und gut ausgebildet wie Parker war, aber nicht den gleichen Rang innehatte. Die beiden Männer bildeten ein seltsames Paar, ungleich und für Außenstehende völlig verschieden. Und doch gab es zwischen ihnen eine Art Koexistenz, die hervorragend funktionierte. Zum größten Teil war ihr Erfolg als Freunde und Kollegen darauf zurückzuführen, daß Brett nie in Parkers geistige Regionen eindrang. Der Techniker war in seiner Haltung und seiner Sprache ebenso ernst und phlegmatisch wie Parker sprunghaft und gesprächig war. Parker konnte stundenlang über das Versagen eines Mikrochip schimpfen und fluchen und seine Vorfahren bis zu dem Stück Erde zurück verfluchen, aus dem man seine Bestandteile abgebaut hatte, und Brett würde dann nur ganz geduldig »richtig« sagen.

Für Brett war dieses eine Wort viel mehr als ein bloßer Ausdruck seiner Meinung. Für ihn war es Selbstbestätigung. Für ihn war Schweigen die sauberste Form der Kommunikation. Gesprächigkeit war für ihn Geschwätzigkeit, Narretei.

Und dann war da noch Ash. Ash war der Wissenschaftsoffizier, aber nicht das war es, was seine Träume so komisch machte. Komisch im Sinne von seltsam, nicht im Sinne von spaßig. Seine Träume waren die professionell am besten organisierten der ganzen Mannschaft. Von ihnen allen kamen seine Träume seinem Verhalten im Wachzustand am nächsten. Ashs Träume waren ohne jede Illusion.

Wenn man Ash wirklich kannte, überraschte das nicht. Aber keiner seiner sechs Mannschaftsgefährten kannte ihn.

Ash kannte sich gut. Wenn man ihn fragte, hätte er einem sagen können, warum er nie ein berufsmäßiger Träumer geworden war. Aber niemand kam je auf die Idee, ihn zu fragen, obwohl der Wissenschaftsoffizier ganz eindeutig das professionelle Träumen faszinierender fand als sonst einer von ihnen.

Oh, und da war dann noch die Katze. Sie hieß Jones. Eine ganz gewöhnliche Hauskatze oder in diesem Falle Schiffskatze. Jones war ein großer gelber Kater unbestimmter Herkunft und höchst unabhängig, seit langer Zeit an die Unberechenbarkeiten der Schiffsreise und die Eigentümlichkeiten der Menschen gewöhnt, die durch das Weltall rasten. Auch er schlief den kalten Schlaf und träumte einfache Träume von warmen, trockenen, dunklen Orten und von Mäusen, die der Schwerkraft unterworfen waren.

Von allen Träumern an Bord war er der einzig zufriedene, wenn man ihn auch nicht unschuldig nennen konnte.

Es war jammerschade, daß keiner von ihnen als berufsmäßiger Träumer qualifiziert war, da jeder von ihnen im Laufe seiner Arbeit mehr Zeit zum Träumen hatte als ein Dutzend Professionelle, und dies, obwohl ihr Traumtempo durch den kalten Schlaf verlangsamt wurde. Die Notwendigkeit machte das Träumen zu ihrer wichtigsten Zerstreuung, eine Tiefraummannschaft kann in den Kühltruhen nichts anderes tun als schlafen und träumen. Sie würden vielleicht immer Amateure bleiben, aber sie waren schon vor langer Zeit sehr kompetente Amateure geworden.

Sieben Menschen unterwegs. Sieben stille Träumer auf der Suche nach einem Alptraum.

Die *Nostromo* besaß zwar auch ein gewisses Bewußtsein, aber sie träumte nicht. Sie brauchte das nicht, ebensowenig wie sie auch die Kühltruhen nicht brauchte. Wenn sie träumte, mußten das kurze und flüchtige Träume sein, denn sie schlief nie. Sie arbeitete und funktionierte und sorgte dafür, daß ihre im Winterschlaf befindliche menschliche Besatzung stets dem immer bereiten Tod einen Schritt voraus blieb, einem Tod, der dem kalten Schlaf folgte, wie ein großer grauer Hai einem Schiff auf hoher See.

Beweise für die nie ruhende mechanische Wachsamkeit der *Nostromo* waren überall auf dem ruhigen Schiff zu finden, in einem leisen Summen und in Lichtern, die den Lebensatem des instrumentellen Bewußtseins bildeten. Diese Wachsamkeit erfüllte das ganze Schiff und manifestierte sich in Sensoren, die dauernd jeden Stromkreis und jede Strebe überprüften. Auch draußen hatte die *Nostromo* Sensoren, die den Puls des Kosmos fühlten. Und diese Sensoren hatten eine elektromagnetische Anomalie entdeckt.

Ein Teil des Gehirns der *Nostromo* war besonders dafür begabt, Sinn und Vernunft aus Anomalien herauszudestillieren. Diese hier hatte es gründlich durchgekaut, den Geschmack seltsam gefunden, die Ergebnisse der Analyse untersucht und eine Entscheidung getroffen. Schlummernde Instrumente wurden aktiviert, schlafende Stromkreise aufgeweckt, um den Fluß der Elektronen zu regulieren. Zur Feier dieser Entscheidung flackerten ganze Reihen strahlender Lichter auf, Anzeichen eines sich regenden mechanischen Lebens.

Ein deutliches Summen ertönte, wenn auch im Augenblick nur künstliche Trommelfelle es hören und registrieren konnten. Es war ein Geräusch, das auf der *Nostromo* eine ganze Weile lang nicht gehört worden war, und es kündigte einen seltenen Vorgang an.

In dieser erwachenden Flasche, in der es summte und klickte, in der Geräte miteinander in Verbindung traten, lag ein ganz besonderer Raum. In diesem Raum aus weißem Metall lagen sieben Kokons aus schweeweißem Metall und Plastik.

Ein neues Geräusch erfüllte diesen Raum, ein explosives Ausatmen, das ihn mit frisch gesäuberter atembarer Atmosphäre füllte. Die Menschheit hatte sich freiwillig in diese Lage versetzt und vertraute diesen kleinen blechernen Göttern, wie die *Nostromo* einer war, daß sie ihm den Atem des Lebens lieferten, wenn sie selbst nicht dazu imstande war.

Sinnesorgane jenes halbbewußten elektronischen Wesens schmeckten die neu ausgetretene Luft ab und kamen zu dem Schluß, daß sie geeignet war, in solch zerbrechlichen organischen Gebilden wie der Mensch es war, das Leben zu aktivieren. Weitere Lichter flammten auf, Schalter schlossen sich, Stromkreise erwachten. Die Deckel der sieben Kokons öffneten sich, und Licht fiel auf die Gebilde, die in ihnen ruhten. Ihrer Träume beraubt waren die sieben Mitglieder der Mannschaft der *Nostromo* noch weniger eindrucksvoll als im Hyperschlaf. Zum einen waren sie von der schützenden Cryoschlafflüssigkeit patschnaß, die ihre Körper gefüllt und umgeben hatte. Schleim jeder Art, so stärkend er auch sein mag, ist nicht kleidsam.

Zum anderen waren sie nackt, und die Flüssigkeit war ein armseliger Ersatz für die schlankmachenden und formgebenden Effekte der künstlichen Häute, die man Kleider nennt.

»Herrgott«, murmelte Lambert und wischte sich angewidert Flüssigkeit von den Schultern und der Brust, »ist mir kalt!« Sie trat aus dem Sarg, der Leben statt Tod bewahrte und suchte in einem Wandschrank herum. Mit dem Handtuch, das sie dort fand, begann sie sich den durchsichtigen Sirup von den Beinen zu wischen.

»Warum, zum Teufel, kann Mutter das Schiff nicht wärmen, *ehe* sie uns weckt?« Sie war mit dem Abreiben ihrer Füße beschäftigt und versuchte sich zu erinnern, wo sie ihre Kleider verstaut hatte.

»Das weißt du doch.« Parker war zu sehr mit seiner eigenen klebrigen und müden Person beschäftigt, um die nackte Navigatorin anzustarren. »Vorschrift der Gesellschaft. Energie sparen, also billig wie alles. Warum Energie damit vergeuden, die Kühlabteilung vor dem Aufwecken zu erwärmen, wenn es reichte, die Körper auf Temperatur zu bringen? Außerdem ist es immer kalt, wenn man aus dem Hyperschlaf kommt. Du weißt doch, auf welche Temperatur du in der Truhe abgekühlt wirst.«

»Ja sicher, weiß ich. Trotzdem ist es kalt.« Das murmelte sie nur, weil sie wußte, daß Parker völlig recht hatte, sich aber ärgerte, das zugeben zu müssen. Sie hatte den Ingenieur noch nie sonderlich leiden können.

Verdammt, Mutter, dachte sie und sah die Gänsehaut an ihrem Unterarm an, mach schon *warm!*

Dallas rubbelte sich ab und wischte sich das letzte Cryoschlafzeug vom Körper. Dabei versuchte er, nicht auf etwas zu starren, das die anderen nicht sehen konnten. Es war ihm schon aufgefallen, ehe er aus der Kühltruhe gestiegen war. Das Schiff hatte es so eingerichtet.

»Die Arbeit wird uns schnell genug warm machen.« Lambert murmelte etwas Unverständliches. »Alle an die Plätze. Ich nehme an, ihr erinnert euch noch alle daran, wofür ihr bezahlt werdet. Davon abgesehen, hoffe ich, daß ihr eure Probleme ausschlafen habt können.«

Niemand lächelte oder ging auf seine Bemerkung ein. Parker sah zu seinem Partner hinüber, der sich gerade in seiner Kühltruhe aufsetzte. »Morgen, immer noch bei uns, Brett?«

»Hm.«

»Haben wir ein Glück.« Das kam von Ripley. Sie dehnte sich und machte eine wesentlich ästhetischere Bewegung daraus als all die anderen. »Nett zu wissen, daß unser Hauptgesprächskünstler immer noch so geschwätzig wie eh und je ist.«

Brett lächelte nur, sagte aber nichts. Er war ebenso gesprächig wie die Maschinen, die er bediente, und die siebenköpfige Mannschaftsfamilie machte sich darüber ununterbrochen lustig. Das heißt, sie lachten mit ihm, nicht über ihn.

Dallas machte Rumpfbeugen, die Ellbogen parallel zum Boden, die Hände vor der Brust. Er bildete sich ein, er könnte seine lange nicht gebrauchten Muskeln ächzen hören. Das blitzende gelbe Licht, das ebenso gesprächig wie jede Stimme war, nahm seine Gedanken ganz in Anspruch. Dieser teuflische kleine Zyklop war die Methode, mit der das Schiff ihnen sagte, daß sie nicht etwa geweckt worden waren, weil die Reise zu Ende war, sondern aus einem anderen Grund. Er zerbrach sich den Kopf darüber, was das für ein Grund sein mochte.

Ash setzte sich auf und sah sich ausdruckslos um. Seinem Gesichtsausdruck nach zu schließen, hätte er ebensogut noch hyperschlafen können. »Ich fühle mich tot«, sagte er anklagend. Er musterte Kane. Der Erste Offizier gähnte, war noch nicht ganz wach. Ash war überzeugt und sagte das auch jedem, der es hören wollte, daß der Erste den Hyperschlaf tatsächlich genoß und sein ganzes Leben als Narkoleptiker verbringen würde, wenn man es ihm nur gestattete.

Parker, der die Meinung des Wissenschaftsoffiziers nicht kannte, blickte zu ihm hinüber und meinte freundlich: »Du siehst auch tot aus.« Er war sich bewußt, daß seine Gesichtszüge wahrscheinlich viel besser aussahen. Im Hyperschlaf erschlafften nicht nur die Muskeln, sondern auch die Haut. Dann wanderte seine Aufmerksamkeit zu Kanes Sarg hinüber. Der Erste hatte sich jetzt aufgesetzt.

»Nett, wieder da zu sein.« Er blinzelte.

Der Ingenieur nickte und wandte sich zum Kapitän, der irgend etwas studierte, was der Ingenieur nicht sehen konnte. »Wir sollten uns vielleicht die Bonusfrage noch einmal vornehmen, ehe wir docken.«

Brett ließ schwache Anzeichen von Begeisterung erkennen, die ersten seit dem Erwachen. »Yeah.«

Parker schlüpfte in seine Stiefel und fuhr fort: »Brett und ich sind der Ansicht, daß uns ein voller Anteil zukommt. Voller Bonus für erfolgreichen Abschluß plus Gehalt und Zinsen.«

Wenigstens wußte er, daß der Tiefschlaf seine Ingenieurabteilung nicht beeinträchtigt hatte, sagte sich Dallas müde. Jetzt waren sie kaum ein paar Minuten bei Bewußtsein und fingen schon an, sich zu beklagen.

»Ihr beiden bekommt, was euch vertraglich zusteht. Nicht mehr und nicht weniger. Genauso wie alle anderen.«

»Jeder kriegt mehr als wir«, sagte Brett leise. Für ihn war das eine größere Rede. Auf den Kapitän hatte sie freilich keine Wirkung. Dallas hatte jetzt freilich keine Zeit für Trivialitäten oder unwichtige Wortspiele. Das blitzende Licht verlangte seine volle Aufmerksamkeit und bestimmte seine Gedanken so, daß für anderes keine Zeit war.

»Jeder andere verdient auch mehr als ihr beiden. Beschwert euch doch beim Gehaltsbüro der Gesellschaft, wenn ihr Lust habt, und jetzt geht hinunter.«

»Bei der Gesellschaft beschweren«, murmelte Parker mürrisch und sah Brett zu, wie der sich aus seinem Sarg schwang und anfing, seine Beine abzutrocknen. »Da könnte ich mich gleich beim lieben Gott beschweren.«

»Eben.« Brett überprüfte ein schwaches Lämpchen an seiner Kühlanlage. Kaum bei Bewußtsein, nackt und noch von Cryoflüssigkeit triefend, war er bereits an der Arbeit. Er war der Typ Mensch, der tagelang mit einem gebrochenen Bein gehen konnte, aber außerstande war, eine nichtfunktionierende Toilette zu ignorieren.

Dallas machte sich zum zentralen Computerraum auf und rief den anderen über die Schulter zu: »Kümmert sich einer von euch um die Katze?«

Ripley hob eine schlaffe gelbliche Gestalt aus einer der Kühlanlagen. Sie blickte verletzt. »Seid nicht so gleichgültig.« Sie streichelte das nasse Tier liebevoll. »Jones ist kein Teil der Ausrüstung. Er ist ebenso ein Mannschaftsmitglied wie jeder von uns.«

»Mehr sogar.« Dallas sah Parker und Brett nach, die inzwischen angezogen und im Begriff waren, zur Ingenieurabteilung zu gehen. »Er erfüllt wenigstens die paar wachen Stunden, die ich an Bord habe, nicht mit Klagen über Gehalt oder Prämien.«

Ripley hatte die Katze in ein dickes trockenes Handtuch eingehüllt und wandte sich zum Gehen. Jones schnurrte ungleichmäßig und putzte sich mit großer Würde. Das war nicht das erste Mal, daß er aus dem Hyperschlaf erwachte. Für den Augenblick würde er die Schande hinnehmen, getragen zu werden.

Dallas war mit Abtrocknen fertig. Er drückte auf einen Knopf im Sockel seines Sarges. Eine Schublade schob sich auf fast reibungslosen Lagern heraus. Sie enthielt seine Kleidung und ein paar persönliche Habseligkeiten.

Während er sich anzog, schlurfte Ash zu ihm herüber. Der Wissenschaftsoffizier sprach mit leiser Stimme, während er sein frisches Hemd schloß. »Mutter möchte mit dir sprechen?« Dabei deutete er mit einer Kopfbewegung auf das gelbe Licht, das gleichmäßig an der Konsole blinkte.

»Das habe ich gleich gesehen.« Dallas fuhr mit den Armen in sein Hemd. »Ein helles Gelb. Sicherheitsstufe Eins, keine Warnung. Sag den anderen vorerst nichts. Wenn es ernsthafte Probleme gibt, erfahren sie das früh genug.« Er fuhr in eine verdrückte braune Jacke und ließ sie offen.

»Sehr schlimm kann es nicht sein«, murmelte Ash und deutete wieder auf das gleichmäßig blinkende Licht. »Nur Gelb, nicht Rot.«

»Für den Augenblick.« Dallas war alles andere als ein Optimist. »Ich hätte lieber ein sattes, gemütliches Grün vorgefunden.« Er zuckte die Achseln und versuchte seiner Stimme einen so zuversichtlichen Klang wie Ash zu geben. »Vielleicht ist der Autokoch ausgefallen. Wäre vielleicht gar nicht übel, wenn man bedenkt, was der unter Essen versteht«, witzelte er.

Er versuchte zu lächeln, schaffte es aber nicht. Die *Nostromo* war kein Mensch. Und im Gegensatz zu Menschen war sie nicht zu Streichen fähig und hätte sie daher bestimmt nicht mit einem gelben Warnlicht aus dem Hyperschlaf geweckt, wenn es keinen guten Grund dafür gab. Und ein ausgefallener Autokoch zählte da nicht dazu.

Na schön. Nach einigen Monaten, in denen er nichts anderes getan hatte als geschlafen, hatte er kein Recht, sich zu beklagen, wenn man jetzt ein paar Stunden ehrliche Arbeit von ihm erwartete.

Der zentrale Computerraum unterschied sich wenig von den anderen Räumen an Bord der *Nostromo*. Mit seinem Kaleidoskop von Lichtern und Bildschirmen, Skalen und Druckern vermittelte er den Eindruck von einem Dutzend betrunkenen Weihnachtsbäumen.

Dallas nahm auf einem dick gepolsterten Sessel Platz und überlegte, was zu tun war. Ash nahm gegenüber dem Datenspeicher Platz und betätigte die Schalter schneller und geschickter, als man es einem Mann zugetraut hätte, der gerade aus dem Hyperschlaf erwacht war. Die Fähigkeit des Wissenschaftsoffiziers, mit Maschinen umzugehen, war unnachahmlich.

Dallas wünschte sich oft, er besäße diese Fähigkeit. Immer noch von den Nachwirkungen des Hyperschlafs etwas benommen, drückte er ein paar Knöpfe. Lichtmuster jagten über den Bildschirm und bildeten erkennbare Wörter. Dallas las, was er getippt hatte und war zufrieden.

MONITORFUNKTION BEREIT FÜR MATRIXWIEDERGABE UND FRAGE.

Auch das Schiff war damit einverstanden und die Antwort von Mutter kam sofort. MONITOR ANSPRACHE MATRIX. Reihen von Informationskategorien tauchten unter den drei Begriffen auf.

Dallas überprüfte die lange Liste, die über den Bildschirm lief, wählte den Abschnitt aus, den er wollte und tippte: KOMMANDOPRIORITÄT BEREIT FÜR ANFRAGE?

MONITORFUNKTION BEREIT FÜR ANFRAGE, antwortete Mutter. Computergehirne waren nicht für besondere Gesprächigkeit programmiert. Mutter bildete da keine Ausnahme.

Dallas war es recht. Er war auch nicht gesprächig gestimmt. Er tippte kurz WAS GIBT'S, MUTTER? und wartete.

Man konnte nicht sagen, daß die Brücke der *Nostromo* geräumig war. Bestenfalls etwas weniger beengt als die anderen Räume und Kammern des Schiffes, aber nicht sehr. Fünf leere Konturensessel harrten ihrer Besitzer. Lichter blitzten geduldig an zahlreichen Konsolen auf und ab, während ein gutes Dutzend Bildschirme von verschiedener Form und Größe auf die Ankunft von Menschen warteten, die ihnen sagen würden, was sie abbilden sollten. Eine große Brücke wäre ein zu teurer Luxus gewesen, da die Mannschaft den größten Teil ihrer

Flugzeit reglos in den Kühltruhen verbrachte. Sie war für die Arbeit konstruiert, nicht zur Entspannung oder Unterhaltung. Die Leute, die dort arbeiteten, wußten das ebenso genau wie die Maschinen.

Eine Schiebetür glitt leise in eine Wand. Kane trat ein, dicht gefolgt von Ripley, Lambert und Ash. Sie gingen an ihre Stationen und nahmen mit der Selbstverständlichkeit alter Freunde, die sie nach langer Trennung wieder begrüßen, hinter ihren Konsolen Platz.

Ein fünfter Sitz blieb leer und würde auch unbesetzt bleiben, bis Dallas von seinem Tête-à-tête mit Mutter, dem Computer der *Nostromo*, zurückkehrte. Der Spitzname paßte sehr gut und war keineswegs ironisch zu verstehen. Die Leute wurden sehr ernst, wenn sie von der Maschinerie sprachen, die die Verantwortung dafür trug, daß sie am Leben blieben. Die Maschine ihrerseits nahm die Bezeichnung ähnlich ernst hin, wenn auch nicht mit dem emotionellen Beigeschmack.

Ihre Kleidung war ebenso gelockert wie ihre Körper. Ein Spott auf eine Uniform. Jedes Kleidungsstück reflektierte die Persönlichkeit seines Trägers. Hemden und Hosen waren nach Jahren des Lagerns zerdrückt und unansehnlich. Ebenso wie die Körper, die sie umhüllten.

Die ersten Laute, die auf der Brücke nach so vielen Jahren gesprochen wurden, faßten die Gefühle aller Anwesenden zusammen, wenn sie sie auch nicht verstehen konnten. Jones miaute, als Ripley ihn auf das Deck setzte, ließ dann ein Schnurren vernehmen und strich um ihre Knöchel, als sie es sich in dem hochlehnigen Sessel bequem machte.

»Stöpsel uns ein.« Kane überprüfte seine Konsole, liebkoste sie mit den Augen und suchte nach Kontrasten und Unsicherheiten, während Ripley und Lambert anfingen, die notwendigen Schalter zu drücken.

Neue Lichter und Farben wanderten über die Bildschirme. Man hatte den Eindruck, als wären die Instrumente durch das Auftauchen ihrer organischen Partner erfreut und wollten ihre Talente bei der ersten sich bietenden Gelegenheit demonstrieren.

Ziffern und Worte tauchten vor ihm auf. Kane korrelierte sie mit Ziffern und Worten, die seinem Geist eingeprägt waren. »Sieht soweit ganz gut aus. Gib uns etwas, das wir anstarren können.«

Lamberts Finger tanzten über die Tastatur. Auf der ganzen Brücke flammten Bildschirme auf, die meisten hingen von der Decke, damit man sie besser im Auge behalten konnte. Die Navigatorin warf einen Blick auf die viereckigen Augen, die ihrem Platz am nächsten waren und runzelte die Stirn. Viel von dem, was sie sah, hatte sie erwartet. Aber noch mehr nicht. Das Wichtigste, die erwartete Kontur, die alles dominieren sollte, fehlte. Sie war so wichtig, daß ihr Fehlen die Normalität alles anderen in Zweifel stellte.

»Wo ist die Erde?«

Kane musterte seinen eigenen Bildschirm sorgfältig und entdeckte nur sternenübersäte Schwärze. Selbst, wenn sie zu früh aus dem Hyperraum aufgetaucht waren, sollte das Heimatsystem zumindest auf dem Schirm zu sehen sein. Aber Sol war ebenso unsichtbar wie die erwartete Erde.

»Du bist der Navigator, Lambert. Sag es uns.«

Es *gab* eine zentrale Sonne, die in der Mitte der Bildschirme erstrahlte. Aber die Sonne war nicht Sol. Die Farbe stimmte nicht, und die vom Computer verstärkten Punkte, die das Gestirn umkreisten, waren noch schlimmer als falsch. Sie waren unmöglich, ihre Form stimmte nicht, ihre Größe stimmte nicht und auch nicht die Anzahl.

»Das ist nicht unser System«, stellte Ripley benommen fest und sprach damit das Offensichtliche aus.

»Vielleicht ist es ein Problem unserer Orientierung, nicht der Sterne.« Was Kane da sagte, klang nicht sehr überzeugend, nicht einmal für ihn selbst. »Schiffe sind schon manchmal arschlings zu ihrem Bestimmungsort aus dem Hyperraum aufgetaucht. Das könnte Alpha Centauri bei maximaler Vergrößerung sein. Sol steht vielleicht unter uns. Blicken wir uns um, ehe wir in Panik geraten.« Daß das System auf den Bildschirmen dem von Alpha Centauri ebensowenig glich, behielt er für sich.

Eingebaute Kameras an der zerbeulten Außenhaut der *Nostromo* begannen sich lautlos im Vakuum des Weltraums zu bewegen, die Unendlichkeit nach Spuren einer warmen Erde abzusuchen. Sekundärkameras auf der Ladung der *Nostromo,* einer monströsen Ansammlung ungeschlachter Gebilde und Formen aus Metall, fügten ihren Blickwinkel hinzu. Bewohner einer früheren Zeit hätten mit Staunen festgestellt, daß die *Nostromo* eine beträchtliche Menge von Rohöl durch das

Nichts zwischen den Sternen zog, umgeben von einer automatischen, gleichmäßig funktionierenden Raffinerie.

Bis die *Nostromo* in ihrem Orbit auf die Erde eintraf, würden aus dem Öl alle möglichen Petrochemikalien fertiggestellt sein. Diese Methoden waren notwendig. Die Menschheit hatte zwar schon vor langer Zeit einen wirksamen Ersatz zur Energieversorgung ihrer Zivilisation entwickelt, aber erst nachdem habgierige Individuen den letzten Tropfen Rohöl verbraucht hatten.

Alle Maschinen des Menschen wurden durch Kernfusion und Solarenergie betrieben. Aber ein Ersatz für Petrochemikalien war das nicht. Eine Kernverschmelzungsanlage konnte beispielsweise kein Plastik herstellen. Und die modernen Welten konnten nicht ohne Plastikgegenstände existieren. Und daher *Nostromos* kommerziell sinnvolle, wenn auch historisch inkongruente Ladung von Maschinen und der wertvollen schwarzen Flüssigkeit, die diese Menschen geduldig bearbeiteten.

Das einzige System, das die Kameras fanden, war jenes, das ohnehin in der Mitte der Schirme hing: ein Stern der falschen Spektralfarbe mit einem unpassenden Halsband von Planeten. Jetzt hatte Kane keine Zweifel mehr, weniger sogar als Lambert, daß die *Nostromo* dieses System als unmittelbares Ziel auserwählt hatte.

Aber vielleicht war es ein Fehler in der Zeit, nicht im Raum. Sol konnte links oder rechts von diesem Stern in der Tiefe liegen. Das ließ sich sehr leicht in Erfahrung bringen.

»Ruf doch die Verkehrsüberwachung.« Kane kaute auf seiner Unterlippe. »Wenn wir etwas aufschnappen, wissen wir, daß wir im richtigen Quadranten sind. Wenn Sol in der Nähe steht, bekommen wir von einer der Relaisstationen Antwort.«

Lamberts Finger drückten ein paar Knöpfe. »Hier ist der Tiefraumschlepper *Nostromo*, Registernummer eins acht null zwei vier sechs, auf Kurs zur Erde mit einer Ladung Rohöl in der Raffinerie. Rufen Verkehrsüberwachung Antarctica. Können Sie mich empfangen? Ende.«

Nur das schwache gleichmäßige elektronische Prasseln der fernen Sonnen tönte aus den Lautsprechern. Zu Ripleys Füßen schnurrte Jones der Kater im Gleichklang mit den Sternen.

Lambert versuchte es noch einmal. »Tiefraumschlepper *Nostromo*, rufen Sol/Antarctica Verkehrsüberwachung. Wir haben Navigationsprobleme. Dies ist ein Prioritätsanruf; erbitten Antwort.« Nur das gleichgültige Geräusch der Sterne antwortete. Lambert blickte besorgt auf. »Mayday, Mayday. Schlepper *Nostromo* ruft Sol Verkehrskontrolle oder jedes andere Schiff in Hörweite. Mayday. Antworten.«

Der unberechtigte Notruf (Lambert wußte, daß sie sich nicht in unmittelbarer Gefahr befanden) blieb unbeantwortet. Enttäuscht schaltete sie den Sender ab, ließ den Empfänger aber auf allen Kanälen empfangsbereit für den Fall, daß ein anderes Schiff in der Nähe vorüberzog.

»Ich wußte, daß wir nicht in der Nähe unseres Systems sein konnten«, murmelte Ripley, »ich kenne diese Gegend nicht.« Sie deutete mit einer Kopfbewegung auf den Schirm, der über ihrem Platz hing. »Ein solches System gibt es nicht in der Nähe von Sol. Weiß der Himmel, wo wir sind.«

»Probier's weiter«, befahl Kane. Dann wandte er sich wieder zu Lambert. »Und wo sind wir dann? Hast du schon etwas aufgenommen?«

»Gib mir noch ein bißchen Zeit, ja? Das ist nicht so einfach. Wir sind irgendwo weit draußen.«

»Versuch's weiter.«

»Mach ich.«

Nach einigen Minuten grinste sie befriedigt. »Jetzt habe ich es gefunden . . . uns auch. Wir stehen knapp vor Zeta II Reticuli. Wir haben bis jetzt noch nicht einmal den äußeren besiedelten Ring erreicht. Zu tief, um ein Navigationsfeuer aufzuschnappen, geschweige denn, ein Sol-Verkehrsrelais.«

»Was, zum Teufel, machen wir denn hier?« fragte Kane. »Wenn am Schiff nichts fehlt und wir noch nicht zu Hause sind, warum hat Mutter uns dann aufgetaut?«

Es war kein Zufall und keine direkte Reaktion auf die Frage des Ersten, aber in dem Augenblick begann ein lautes, eindringliches Summen.

In der Nähe des Hecks der *Nostromo* war ein großer Raum, der vorwiegend mit komplizierten starken Maschinen gefüllt war. Dort schlug das Herz des Schiffes, das ausgedehnte Antriebssystem, das es dem Schiff gestattete, den Raum zu verzerren, die Zeit zu ignorieren und Einstein eine lange Nase zu drehen – und nebenbei noch die Geräte mit Energie zu versorgen, die die zerbrechliche menschliche Mannschaft am Leben erhielt.

Am vorderen Ende dieses massiven summenden Gebildes war eine gläserne Kammer, eine durchsichtige Warze auf der Spitze des Hyperdrive-Eisbergs, und in dieser Warze saßen zwei Männer auf Kontursesseln. Sie waren für die Gesundheit und das Wohlbefinden des Schiffsantriebs verantwortlich, eine Aufgabe, mit der beide zufrieden waren. Sie kümmerten sich um den Antrieb, und er kümmerte sich um sie.

Die meiste Zeit sorgte er für sich selbst, und das erlaubte ihnen, ihre Zeit mit angenehmeren, erfreulicheren Dingen zu verbringen wie zum Beispiel dem Biertrinken oder dem Austausch von zotigen Anekdoten. Im Augenblick war Parker an der Reihe. Er erzählte zum hundertsten Male die Geschichte des Mechanikerlehrlings, der zum ersten Mal ein Raumbordell besuchte, in dem es keine Schwerkraft gab. Es war eine gute Geschichte, eine die den schweigsamen Brett immer zu einem wissenden Lächeln und den Erzähler der Geschichte selbst zu einem dröhnenden Lachen verhalf.

». . . und so platzt die Madame herein, gleichzeitig besorgt und wütend«, sagte der Ingenieur, »und bestand darauf, daß wir den armen Teufel befreiten. Wahrscheinlich wußte er nicht, in was er da geraten war.« Wie gewöhnlich lachte er am lautesten über seine Story.

»Du erinnerst dich doch an die Bude. Alle sechs Wände verspiegelt, kein Bett. Nur ein Netz aus Samt quer durch den Raum gespannt, damit man sich orientieren konnte und im Eifer des Gefechts nicht an die Spiegel prallte. Und dann bums mal ohne Schwerkraft. Hohoo!« Er schüttelte wiehernd den Kopf. »Das ist wirklich kein Ort für Amateure, ganz bestimmt nicht! Wahrscheinlich haben ältere Kollegen den Jungen dazu überredet. Nach dem, was das Mädchen mir später erzählte, als sie sich säuberte, ging erst alles ganz gut. Aber dann verlor er das Gefühl für den Schwerpunkt, und sie kamen ins Trudeln, und er geriet in Panik, konnte sich nicht mehr festhalten. Sie versuchte es, aber im freien Fall gehören zum Aufhören ebenso zwei wie zum Anfangen. Die Spiegel haben ihn völlig aus der Orientierung gebracht, ihm wurde erbärmlich schlecht, und er fing an zu kotzen.« Parker nahm einen Schluck Bier. »So eine Sauerei hast du noch nicht gesehen. Ich wette, die sind immer noch mit Spiegelputzen beschäftigt.«

»Hm.« Brett grinste zufrieden.

Parker nickte noch einmal bekräftigend und genoß die letzten Reste seiner Erinnerung. Dann legte er abwesend einen Schalter an seiner Konsole um. Ein befriedigendes grünes Licht flammte auf und blieb stehen.

»Wie ist dein Licht?«

»Grün«, erklärte Brett, nachdem er das Schaltmanöver an seinem Instrumentenbrett wiederholt hatte.

»Meines auch.« Parker studierte die Luftblasen in seinem Bier. Jetzt war er erst vor ein paar Stunden aus dem Hyperschlaf erwacht und langweilte sich bereits. Der Maschinenraum versorgte sich selbst, versäumte keine Zeit, ihm klarzumachen, wie überflüssig er war. Es gab niemanden, mit dem man sich streiten konnte, wenn man von Brett absah, aber mit einem Menschen, der nur einsilbige Worte gebrauchte und für den ein kompletter Satz eine Strapaze darstellte, konnte man sich nicht streiten.

»Ich glaube immer noch, daß Dallas unsere Klagen bewußt ignoriert«, meinte er. »Kann schon sein, daß es nicht in seiner Macht steht, uns einen vollen Bonus zuzuteilen, aber immerhin ist er der Kapitän. Wenn er wollte, könnte er wenigstens ein gutes Wort für uns beide einlegen. Das würde schon helfen.« Er studierte seinen Bildschirm. Auf ihm marschierten Zahlenkolonnen auf, reihten sich aneinander, sprangen nach links oder rechts. Die fluoreszierende rote Linie in der Mitte des Bildschirms stand genau auf Null.

Parker hätte weitergeredet, sich irgendeine andere Geschichte einfallen lassen oder wieder angefangen, sich über sein Gehalt zu beklagen, hätte nicht plötzlich der Summer über ihnen zu tönen begonnen.

»Herrgott, was ist jetzt schon wieder? Hat man denn hier nie seine Ruhe?«

»Richtig.« Brett beugte sich vor, um besser hören zu können, als der Sprecher sich räusperte.

Es war Ripleys Stimme. »In die Messe kommen.«

»Das Mittagessen kann es nicht sein und das Abendessen ist es auch nicht.« Parker war verwirrt. »Entweder sollen wir entladen oder . . .« Er sah seinen Kollegen fragend an.

»Werden's ja sehen«, sagte Brett.

Als sie zur Messe gingen, sah Parker die nicht gerade antiseptisch sauberen Wände des C-Korridors angewidert an. »Ich möchte wissen, warum die nie nach hier unten kommen. Hier gibt's die eigentliche Drecksarbeit.«

»Aus demselben Grund, warum wir nur einen halben Anteil haben und die einen ganzen. Die haben unsere Zeit gekauft, so sehen die das.«

»Nun, ich will dir etwas sagen. Das stinkt.« Parkers Ton ließ keinen Zweifel daran, daß er damit nicht den Geruch meinte, der von den Korridorwänden ausging.

2

Die Messe war zwar weit davon entfernt, bequem zu sein, aber sie war gerade groß genug, um die ganze Mannschaft aufzunehmen. Da sie nur selten ihre Mahlzeiten gleichzeitig einnahmen (der allzeit funktionierende Autokoch ermunterte auf indirekte Weise zur Individualität in den Eßgewohnheiten), war man bei ihrer Konstruktion nicht davon ausgegangen, sieben Personen bequeme Sitzgelegenheiten zu schaffen. So traten sie unruhig von einem Fuß auf den anderen, stießen einander an und bemühten sich intensiv, einander nicht auf die Nerven zu gehen.

Parker und Brett waren unglücklich und gaben sich auch gar keine Mühe, ihr Mißvergnügen zu verbergen. Ihr einziger Trost war das Wissen, daß in der technischen Anlage kein Fehler vorlag und daß der Anlaß – was auch immer er sein mochte – ihrer plötzlichen Erweckung in die Zuständigkeit anderer Personen fiel. Ripley hatte sie bereits davon informiert, daß ihr geplantes Ziel weit und breit nicht zu sehen war.

Parker sagte sich, daß sie sich also alle wieder in den Hyperschlaf begeben würden, ein bestenfalls unangenehmer und höchst unappetitlicher Vorgang und fluchte halblaut. Alles, was ihn länger als unbedingt erforderlich von seinem am Ende der Reise fälligen Scheck trennte, war ihm zuwider.

»Wir wissen, daß wir nicht im Sol-System angekommen sind, Captain.« Kane sprach damit auch für die anderen, die Dallas alle voll Erwartung ansahen. »Wir sind weit von zu Hause entfernt, und dennoch hat das Schiff es für richtig befunden, uns alle aus dem Hyperschlaf zu wecken. Höchste Zeit, daß wir den Grund dafür erfahren.«

»Ja, allerdings«, pflichtete Dallas ihm bereitwillig bei.

Und dann begann er wichtigtuerisch: »Wie ihr alle wißt, ist Mutter darauf programmiert, unsere Reise zu unterbrechen, aus dem Hyperdrive aufzutauchen und uns aus dem Hyperschlaf zu wecken, wenn gewisse, vorher genau festgelegte Umstände eintreten.« Er machte eine höchst wirkungsvolle Pause und sagte dann: »Das ist der Fall.«

»Es muß aber doch etwas ziemlich Ernsthaftes sein. Mir ist das nämlich noch nie passiert.« Lambert sah Jones dem Kater zu, wie er mit einer blitzenden Skala spielte. »Ihr wißt alle, daß man nicht ohne weiteres eine ganze Mannschaft aus dem Hyperschlaf weckt. Schließlich steckt da immer noch ein gewisses Risiko drin.«

»Das ist aber interessant«, murmelte Parker so leise, daß nur Brett es hören konnte.

»Ihr werdet alle gerne hören«, fuhr Dallas fort, »daß der Notfall, um dessentwillen wir geweckt wurden, keine Beziehung zur *Nostromo* hat. Mutter sagt, alles funktioniert perfekt.« In der engen Messe waren ein paar tief empfundene »Amen« zu hören.

»Das Problem liegt anderswo. Um es genauer zu sagen, es liegt in dem kartographisch noch nicht erfaßten System, in das wir eben einfliegen. Wir werden in Kürze in einen Orbit um den betreffenden Planeten einschwenken.« Er sah Ash an, der zustimmend nickte. »Wir haben nämlich ein Signal aus einer unbekannten Quelle aufgefangen. Es ist verzerrt, und Mutter hat allem Anschein nach eine Weile dazu gebraucht, die Sendung zu enträtseln, aber es handelt sich jedenfalls ganz eindeutig um ein Notsignal.«

»He, das kapier' ich nicht.« Lambert blickte verwirrt. »Von allen Standardsendungen sind Notrufe die deutlichsten und die am wenigsten komplizierten. Warum sollte Mutter bei der Interpretation eines Notrufs Schwierigkeiten haben?«

»Mutter vermutet, daß es sich um alles andere als eine ›gewöhnliche‹ Sendung handelt. Es ist ein akustisches Signal, das sich in Abständen von zwölf Sekunden wiederholt. Das wäre noch nichts Außergewöhnliches. Aber sie nimmt an, daß das Signal nicht-menschlichen Ursprungs ist.«

Das schlug wie eine Bombe ein. Als die erste Erregung vorbei war, fuhr er mit seiner Erklärung fort. »Mutter ist aber nicht sicher, und das verstehe *ich* nicht. Ich habe noch nie einen verwirrten Computer erlebt. Unwissend ja, aber nicht verwirrt. Das ist vielleicht das erste Mal, daß so etwas passiert.

Wichtig ist jedenfalls, sie ist genügend davon überzeugt, daß es sich um ein Notsignal handelt. Und das verpflichtet sie, uns aus dem Hyperschlaf zu reißen.«

»Und?« Brett schien das völlig kalt zu lassen.

Kanes Antwort klang leicht gereizt. »Komm schon, Mann, du kennst doch dein Handbuch auch. Nach den Vorschriften der Gesellschaft – Abschnitt B2 – sind wir verpflichter, in einer solchen Situation Hilfe zu leisten. Ob der Notruf jetzt von Menschen oder von sonstwem ausgeht.«

Parker stampfte angewidert mit dem Fuß auf. »Herrgott. Ich sage das ungern, aber wir sind ein Handelsschlepper mit einer großen, schwer zu bewegenden Ladung und kein Rettungsboot. In unserem Vertrag steht nichts von dieser Art Service.« Und dann hellte sich sein Gesicht etwas auf. »Wenn es natürlich Extrabezahlung dafür . . .«

»Du solltest dir deinen Vertrag noch einmal genau durchlesen.« Ash zitierte den Text ebenso klar und eindeutig wie der Hauptcomputer, auf den er so stolz war. »›Jedes Signal, das auf möglicherweise intelligenten Ursprung hindeutet, muß untersucht werden. Nachweisliches Ignorieren solcher Signale zieht bei Beendigung der Reise den Verlust sämtlicher Bezüge und Prämien nach sich.‹« Kein Wort von einer Prämie *für* Hilfsaktionen. Parker stampfte noch einmal mit dem Fuß auf, hielt aber den Mund. Weder er noch Brett hielten sich für den Heldentyp. Etwas, das imstande war, ein Schiff auf einer fremden Welt zur Landung zu veranlassen, könnte sie möglicherweise ähnlich unfreundlich behandeln. Nicht, daß sie irgendwelche Beweise dafür hatten, daß der unbekannte Anrufer zur Landung gezwungen worden war, aber in einem unfreundlichen Universum mußte man Realist sein, und als Realist war man besser Pessimist.

Brett sah durch den Umweg erbittert eine weitere Verzögerung seines Schecks auf sich zukommen.

»Wir gehen der Sache nach. Das ist alles, was es dazu zu sagen gibt.« Dallas musterte sie der Reihe nach. Er hatte von den beiden langsam genug. Ihm machte der Umweg ebensowenig Spaß wie ihnen, und er war ebenso erpicht darauf, nach Hause zu kommen und die Ladung zu löschen. Aber es gab auch Zeiten, wo das Dampfablassen in echten Ungehorsam überging.

»Richtig«, sagte Brett spöttisch.

»Richtig *was?*«

Der Ingenieur war alles andere als ein Narr. Dallas Stimme im Verein mit seinem Gesichtsausdruck ließ Brett erkennen, daß es Zeit war, etwas zurückzustecken.

»Richtig . . . wir gehen der Sache nach.« Dallas starrte ihn immer noch an und so fügte er lächelnd hinzu: »Sir.«

Der Kapitän sah Parker mißtrauisch an, aber der hatte sich bereits beruhigt.

»Können wir darauf landen?« fragte er Ash.

»Jemand anderer ist ja schon gelandet.«

»Das meine ich ja«, sagte er. »›Landen‹ ist ein eindeutig definierter Begriff. Er impliziert eine Folge von Vorgängen, die erfolgreich durchgeführt werden und in einem weichen und sicheren Aufsetzen eines Schiffes auf einer harten Oberfläche resultieren. Wir haben einen Notruf aufgenommen. Das impliziert etwas kompliziertere Umstände. Wir wollen herausfinden, was hier vorgeht – aber vorsichtig, sozusagen mit den Stiefeln in der Hand.«

Auf der Brücke beugten sich Dallas, Kane, Ripley und Ash über einen beleuchteten Kartentisch, während Lambert an ihrer Station saß.

»Da ist es.« Dallas deutete auf einen Leuchtpunkt auf dem Tisch. Er sah sich um. »Ich möchte, daß jeder das hört.« Sie nahmen ihre Plätze wieder ein, und er nickte Lambert zu. Ihr Finger schwebte über einem Schalter. »Okay, laß hören. Aber vorsichtig mit der Lautstärke.« Die Navigatorin legte den Schalter um. Zischen und Störgeräusche erfüllten die Brücke. Und dann verstummten die Störungen plötzlich, und ein Geräusch trat an ihre Stelle, das Kane eisige Schauder über den Rücken jagte. Es dauerte zwölf Sekunden, dann kamen wieder die Störgeräusche.

»Du großer Gott.« Kane wirkte benommen.

Lambert schaltete die Lautsprecher ab. Jetzt waren auf der Brücke nur mehr menschliche Geräusche zu hören.

»Was, zum Teufel, ist das?« Ripley sah aus, als hätte sie auf ihrem Teller plötzlich einen Kadaver entdeckt. »Ich habe noch nie ein solches Notsignal gehört.«

»So nennt es Mutter«, erklärte Dallas ihnen. »Das hier ›fremd‹ zu nennen, kommt mir etwas untertrieben vor.«

»Vielleicht ist es eine Stimme, die . . .« Lambert hielt inne, als ihr bewußt wurde, was sie gerade gesagt hatte, erkannte dann, daß die Folgerungen, die man daraus ziehen konnte, ungenehm waren, und tat so, als hätte sie nichts gesagt.

»Das werden wir bald wissen. Hast du es schon geortet?«

»Ich habe die Planetenregion gefunden.« Lambert wandte sich ihrer Schaltkonsole zu und war dankbar, daß sie sich wieder mit mathematischen Dingen befassen konnte, anstatt mit beunruhigenden Gedanken.

»Nahe genug sind wir.«

»Sonst hätte uns ja Mutter auch nicht aus dem Hyperschlaf gerissen«, murmelte Ripley.

»Es kommt von hier. Aszension sechs Minuten zwanzig Sekunden, Deklination minus neununddreißig Grad zwei Sekunden.«

»Werf mir das mal auf einen Bildschirm.«

Die Navigatorin drückte ein paar Knöpfe. Einer der Brükkenbildschirme flackerte und zeigte ihnen dann einen hellen Punkt.

»Hohes Albedo. Geht's etwas näher?«

»Nein. Ihr müßt es euch erst aus dieser Distanz ansehen. Das werde ich jetzt machen.« Und im nächsten Augenblick schien der Bildschirm auf den Lichtpunkt zuzujagen und ließ ein nicht besonders auffälliges, etwas oval geformtes Gebilde mitten in der Leere erkennen.

»Schlaukopf.« Dallas sagte das durchaus nicht unfreundlich. »Bist du sicher, daß es das ist? Es ist ein überfülltes System.«

»Doch, das ist es schon. Eigentlich nur ein Planetoid. Vielleicht zwölfhundert Kilometer, höchstens.«

»Rotation?«

»An die zwei Stunden nach den ersten Werten. In zehn Minuten weiß ich es genau.«

»Für den Augenblick reicht das schon. Wie steht's mit der Schwerkraft?«

Lambert prüfte ein paar Anzeigegeräte. »Null-Komma-sechsundachtzig – muß verteufelt dichtes Zeug sein.«

»Sag' es Parker und Brett nicht«, warf Ripley ein. »Sonst bilden die sich ein, es sei massives Schwermetall und fangen an zu schürfen, ehe wir unseren unbekannten Sender überprüft haben.«

Ashs Bemerkung war etwas prosaischer. »Man kann darauf gehen.« Sie machten sich daran, in eine Parkbahn einzuschwenken.

Die *Nostromo* schob sich dicht an die winzige Welt heran, zog ihre mächtige Ladung aus Tanks und Raffinerieanlagen hinter sich her.

»Nähern uns dem orbitalen Apogäum. Registrieren. Zwanzig Sekunden. Neunzehn, achtzehn . . .« Lambert setzte den Countdown fort, während ihre Mannschaftskameraden um sie herum tätig waren.

»Zweiundneunzig Grad Steuerbord«, verkündete Kane sachlich.

Der Schlepper mit seiner Raffinierie drehte sich, vollführte in der endlosen Leere des Weltraums eine mächtige Pirouette. Am Heck des Schleppers wurde es einen Augenblick lang hell, als die Sekundärmaschinen einen kurzen Düsenstoß feuerten.

»Äquatorialorbit steht«, erklärte Ash. Unter ihnen drehte sich die Miniaturwelt, als ginge sie das Ganze nichts an.

»Ich brauche eine EC Druckangabe.«

»Ash überprüfte Skalen und sagte dann, ohne sich zu Dallas umzudrehen. »Drei, vier fünf en – em Quadrat . . . etwa null-Komma-fünfunddreißig Atü, Sir.«

»Sag Bescheid, wenn sich etwas ändert.«

»Du machst dir wohl Sorgen, daß das CMGS-Steuer außer Kontrolle geraten könnte, während wir anderswo beschäftigt sind?«

»Genau.«

»Das CMG-Steuer wird über DAS/DCS gebremst. Wir verstärken mit TACS und überwachen das Ganze durch ATMDC und Computerinterface. Fühlst du dich jetzt besser?«

»Wesentlich.« Ash war ein komischer Typ, auf seine Art kühl freundlich, aber ungemein tüchtig. Es gab nichts, was ihn aus der Fassung bringen konnte. Dallas fühlte sich bei der Vorstellung wohl, daß der Wissenschaftsoffizier ihn beobachtete und seine Entscheidungen überprüfte. »Bereithalten zum Abkoppeln von der Plattform.« Er legte einen Schalter um und sprach in ein kleines Mikrofon. »Ingenieurabteilung, vorbereiten zum Abkoppeln.«

»L-Kontrolle an Backbord und Steuerbord ist grün«, meldete Parker jetzt völlig geschäftsmäßig.

»Grün zum Abnabeln«, fügte Brett hinzu.

»Überqueren jetzt Terminator«, teilte Lambert allen mit. »Treten in die Nachtregion ein.« Unter ihnen spaltete eine dunkle Linie dicke Wolken; auf der einen Seite reflektierten sie hell, und auf der anderen waren sie dunkel wie das Innere eines Grabes.

»Jetzt kommt es heran, kommt heran. Bereithalten.« Lambert legte einen Schalter nach dem anderen um. »Bereithalten.

Fünfzehn Sekunden ... zehn ... fünf ... vier ... drei ... eins. Schließen.«

»Abkoppeln«, befahl Dallas kurz.

Winzige Gaswölkchen erschienen zwischen der *Nostromo* und der mächtigen Silhouette der Raffinerieplattform. Die beiden künstlichen Strukturen, die eine winzig und bewohnt, die andere riesig und verlassen, entfernten sich langsam voneinander. Dallas beobachtete das Trennungsmanöver auf dem Bildschirm Nummer zwei.

»Nabelschnur klar«, verkündete Ripley nach kurzer Pause.

»Korrekturmanöver abgeschlossen.« Kane lehnte sich in seinem Sessel zurück und entspannte sich ein paar Sekunden lang. »Alles sauber und klar. Trennung erfolgreich. Kein Schaden.«

»Alles klar«, fügte Lambert hinzu.

»Hier auch«, sagte Ripley erleichtert.

Dallas blickte zu seiner Navigatorin hinüber. »Bist du auch sicher, daß wir sie auf einer stabilen Bahn zurückgelassen haben. Ich bin nicht scharf darauf, daß die zwei Milliarden Tonnen Öl herunterfallen und verbrennen, während wir dort drunten herumstochern. Die Atmosphäre ist nicht dick genug, um uns einen sicheren Schutz zu geben.«

Lambert warf einen Blick auf eine seiner Kontrollskalen. »Die bleibt wenigstens ein Jahr oben, Sir.«

»Das dürfte reichen. Das Geld ist in Sicherheit und unsere Köpfe auch. Gehen wir hinunter. Bereithalten zum Atmosphärenflug.« Fünf Menschen arbeiteten an ihren jeweiligen Aufgaben. Jones, der Kater, saß vor einem Bildschirm und studierte die rasch näherkommenden Wolken.

»Fallen.« Lamberts Aufmerksamkeit konzentrierte sich auf eine Skala. »Fünfzigtausend Meter. Tiefer, tiefer. Neunundvierzigtausend. Haben Atmosphäreberührung.«

Dallas beobachtete seine eigenen Instrumente und versuchte, die Dutzende sich beständig verändernden Zahlen auszuwerten und sich zu merken. Der Tiefraumflug war einzig und allein eine Frage gebührenden Vertrauens auf die Instrumente. Die schwere Arbeit mußte man Mutter überlassen. Beim Atmosphäreflug war das eine ganz andere Geschichte. Hier hatte der Pilot zu arbeiten, nicht die Maschine.

Braungraue Wolken berührten die Unterseite des Schiffes.

»Aufpassen. Sieht scheußlich aus dort unten.«

Typisch Dallas, dachte Ripley. Irgendwo in der hellbraunen Hölle dort unten jammerte ein anderes Schiff einen regelmäßigen, unmenschliche Angst einflößenden Notruf hinaus. Die Welt selbst war kartographisch nicht erfaßt, was bedeutete, daß sie in bezug auf Dinge wie atmosphärische Besonderheiten, Terrain und dergleichen bei Null anfangen mußten. Aber für Dallas war es nicht mehr und nicht weniger als »scheußlich.« Sie fragte sich oft, was einen so tüchtigen und erfahrenen Mann wie ihren Kapitän dazu veranlaßte, eine so unwichtige kleine Konservendose wie die *Nostromo* durch die Galaxis zu steuern.

Die Antwort, hätte sie seine Gedanken jetzt lesen können, hätte sie überrascht. Es machte ihm Spaß.

»Vertikalflug errechnet und registriert. Führen leichte Kurskorrektur durch«, teilte Lambert ihnen mit. »Jetzt auf Kurs. Haben Signal geortet, fliegen geradewegs darauf zu.«

»Verstanden. Wie wird unsere Kursberechnung bei diesem Wetter mit dem Sekundärantrieb klarkommen?«

»Bis jetzt läuft alles ganz gut, Sir. Genau kann ich es aber erst sagen, wenn wir unter diesen Wolken sind. Falls wir das schaffen.«

»Gut.« Er betrachtete mit gefurchter Stirn eine Skala und berührte einen Knopf. Die Zahl veränderte sich. »Sag mir Bescheid, wenn du glaubst, daß wir es verlieren.«

»Okay.«

Der Schlepper stieß auf etwas Unsichtbares. Unsichtbar dem Auge, nicht für die Instrumente. Er schlingerte einmal und dann noch einmal und schließlich ein drittes Mal und fügte sich dann bequem in das dicke Polster finsterer Wolken. Das war alles – ein Tribut an Lamberts Geschick bei der Kursberechnung und das von Dallas als Pilot.

Es dauerte nicht lange. In dem Luftozean herrschten heftige Strömungen. Sie peitschten das Schiff.

»Turbulenz.« Ripley kämpfte mit der Steuerung.

»Ich brauche Navigations- und Landescheinwerfer.« Dallas versuchte sich in dem Mahlstrom zu orientieren, der ihm die Sicht versperrte. »Vielleicht können wir visuell etwas entdekken.«

»Kein Ersatz für die Instrumente«, sagte Ash. »Nicht in dieser Suppe.«

»Das weiß ich auch, aber ich sehe gern, wohin ich fliege.«

»Unter der *Nostromo* flammten kräftige Scheinwerfer auf. Sie vermochten die Wolkenmassen nicht weit zu durchdringen und lieferten Dallas nicht das klare Sichtfeld, das er sich so dringlich wünschte. Aber sie erleuchteten immerhin die dunklen Bildschirme und damit auch die Brücke und die düstere Stimmung, die mit einemmal auf ihr herrschte. Lambert hatte jetzt wenigstens nicht mehr den Eindruck, durch dicke Tinte zu fliegen.

Parker und Brett konnten die Wolkendecke draußen nicht sehen, wohl aber spüren. Der Maschinenraum ruckte plötzlich nach vorne, dann nach hinten und kam dann wieder zum Stillstand.

Parker fluchte halblaut. »Was war das? Hast du das gehört?«

»Yeah.« Brett musterte nervös ein Ablesegerät. »Druckabfall an Einlaß Nummer drei. Wir müssen einen Schild verloren haben.« Er drückte Knöpfe. »Ja, drei ist weg. Staub kommt durch den Einlaß herein.«

»Abschalten, abschalten.«

»Was meinst du wohl, was ich tue?«

»Klasse. Jetzt haben wir eine Sekundärmaschine voll Staub. Verflucht nochmal!«

»Kein Problem, hoffe ich.« Brett drehte an einem Knopf. »Ich stelle Nummer drei auf Durchzug, dann verfängt sich das Zeug wenigstens nicht.«

»Der Schaden ist aber schon geschehen. Was mag das gewesen sein?« Parker mochte gar nicht daran denken, was an der Auskleidung der Einlässe passiert war. »Durch was zum Teufel fliegen wir hier eigentlich? Wolken oder Felsbrocken? Wenn wir nicht abstürzen, dann wette ich zehn Dollar gegen die Unschuld deiner Großtante, daß irgendwo in den entsprechenden Stromkreisen ein elektrisches Feuer ausgebrochen ist.«

Die fünf auf der Brücke wußten nichts von den beständigen Flüchen in der Ingenieurabteilung und beschäftigten sich in aller Ruhe mit der Aufgabe, den Schlepper intakt und in der Nähe der Stelle aufzusetzen, wo das Signal seinen Ursprung hatte.

»Nähern uns Ursprungspunkt.« Lambert blickte auf ein Anzeigegerät. »Distanz jetzt fünfundzwanzig Kilometer. Zwanzig. Zehn. Fünf . . .«

»Verlangsamen Fahrt und wenden.« Dallas lehnte sich auf den Knüppel.

»Kurskorrektur drei Grad vier Minuten.« Er entsprach der Anweisung. »Das wär's. Fünf Kilometer bis zum Zentrum des Suchkreises, Fahrt geradeaus.«

»Kurskorrektur abgeschlossen.« Wieder betätigte Dallas den Knüppel.

»Drei Kilometer. Zwei.« Lambert schien etwas erregt, wenn Dallas auch nicht merken konnte, ob der Grund ihrer Erregung die potentielle Gefahr oder die Nähe des Signals war. »Wir kreisen jetzt praktisch darüber.«

»Gute Arbeit, Lambert. Ripley, wie sieht das Terrain aus? Such uns eine Landestelle.«

»Bin schon dabei, Sir.« Sie überprüfte einige Bildschirme, aber offenbar fand sie nichts Geeignetes, denn ihr Gesichtsausdruck wurde immer mürrischer. Dallas achtete weiterhin darauf, daß das Schiff seinen Zielpunkt festhielt, während Ripley sich alle Mühe gab, sich einen Reim auf die immer noch nicht sichtbare Planetenoberfläche zu machen.

»Visuelle Beobachtung unmöglich.«

»Das sehen wir auch«, murmelte Kane. »Oder besser gesagt, wir sehen es nicht.« Die wenigen unbestimmten Bilder, die die Instrumente an ihn weitergeleitet hatten, waren nicht gerade dazu angetan gewesen, ihn freudig zu stimmen. Alles hatte auf eine feindliche karge Wüste, verlassenes flaches Land hingewiesen.

»Das Radar rauscht.« Ripley wünschte sich, daß elektronische Geräte ebenso schnell auf Unmut reagieren würden wie Menschen. »Das Sonar rauscht. Das Infrarot – Moment mal, jetzt probier ich's mit Ultraviolett. Das Spektrum ist hoch genug, um nicht zu stören.« Im nächsten Augenblick tauchten auf einem Bildschirm wenigstens ein paar Zeilen auf, dicht gefolgt von hell erleuchteten Worten und einer Computerskizze.

»So, das hat geklappt.«

»Ein Landeplatz?«

Ripley wirkte jetzt wieder ganz gelockert. »Soweit ich das feststellen kann, können wir überall aufsetzen. Die Instrumente behaupten, der Boden unter uns wäre flach. Völlig flach.«

Dallas Gedanken zeigten ihm ein Bild von glatter Lava, einer kühlen, aber täuschend dünnen Kruste, die die geschmolzene

Zerstörung darunter kaum verbarg. »Yeah, aber was? Wasser, Pahoehoe, Sand? Verschaff uns einen Reflex, Kane. Wir müssen es genau wissen. Ich gehe jetzt ganz weit runter, damit diese Interferenz verschwindet. Wenn es flach ist, kann ich dicht ran, ohne daß es Ärger gibt.«

Kane legte ein paar Schalter um. »Analysegeräte eingeschaltet. Ich bekomme immer noch Rauschen.«

Dallas lenkte den Schlepper vorsichtig näher an die Planetenoberfläche heran.

»Immer noch Störgeräusche, aber es fängt an, klarer zu werden.«

Wieder verlor Dallas an Höhe. Lambert ließ die Anzeigegeräte nicht aus den Augen. Sie flogen hoch genug, um vor Bodenunebenheiten geschützt zu sein, aber bei ihrer Fluggeschwindigkeit konnte sich das schnell ändern, wenn es zu irgendeinem Defekt in den Schiffsmaschinen kam oder wenn es hier etwa eine unerwartete Luftströmung gab. Und eine weitere Reduzierung ihrer Geschwindigkeit war unmöglich. Bei diesem Wind hätte das bedeutet, daß sie die Kontrolle verloren.

»Immer noch klar, klar, jetzt!« Er studierte die Anzeigen und die Konturlinien, die der Bildtaster des Schiffes lieferte. »Es war einmal geschmolzen, aber das ist es nicht mehr. Nach den Analysegeräten schon seit langer Zeit nicht mehr. Es ist in erster Linie Basalt und etwas Rhyolit, mit ein paar Lavaeinlagerungen. Jetzt ist alles erkaltet und fest. Keine Anzeichen von tektonischer Aktivität.« Er betätigte weitere Instrumente, um tiefer in die Geheimnisse der Haut dieser winzigen Welt einzudringen.

»Keine Falten von einiger Ausdehnung unter uns oder in unmittelbarer Umgebung. Sollte als Landeplatz ganz annehmbar sein.«

Dallas überlegte kurz. »Und hinsichtlich der Oberflächenzusammensetzung bist du ganz sicher?«

»Es ist zu alt, um irgend etwas anderes zu sein.« Die Stimme des Zweiten Offiziers klang beinahe beleidigt. »Und dann habe ich natürlich die Altersdaten mit überprüft. Glaubst du, ich würde uns im Innern eines Vulkans absetzen?«

»Schon gut, schon gut, tut mir leid. Ich frag' ja nur. Ich habe seit meiner Ausbildung keine Landung mehr ohne Karten und Funkfeuer gemacht. Ich bin ein wenig nervös.«

»Sind wir das nicht alle?« warf Lambert ein.

»Also, alles klar?« Niemand hatte etwas einzuwenden. »Dann wollen wir landen. Ich werde einen Spiralanflug versuchen, so gut das bei diesem heftigen Wind geht. Auf die Weise kommen wir besonders nahe heran. Aber du hältst Signalwache, Lambert. Ich habe keine Lust, auf diesem fremden Schiff zu landen. Sag mir Bescheid, wenn wir zu nahe herankommen.« Seine Stimme klang in dem engen Raum eindringlich.

Einige Anpassungen wurden vorgenommen, Befehle erteilt und von getreuen elektronischen Dienern ausgeführt. Die *Nostromo* steuerte einen gleichmäßig spiralförmigen Kurs nach unten, kämpfte gegen seitliche Windströmungen und schwarze Wolkenwirbel an.

»Fünfzehn Kilometer, sinken«, verkündete Ripley mit gleichmäßiger Stimme. »Zwölf . . . zehn . . . acht.« Dallas betätigte einen Schalter. »Verlangsamen Sinkgeschwindigkeit. Fünf . . . drei . . . zwei . . . ein Kilometer.« Wieder eine Schalterdrehung. »Landemaschinen aktivieren.«

»Roger.« Kane schien mit seiner Konsole eins geworden zu sein. »Landeanflug jetzt unter Computerüberwachung.« Ein lautes Summen erfüllte die Brücke, als Mutter die Kontrolle über ihren Landeanflug übernahm und die letzten Meter mit mehr Präzision regulierte, als das der beste menschliche Pilot gekonnt hätte.

»Kufen ausgefahren«, erklärte Kane.

»Motoren abschalten.«

Dallas nahm eine letzte Überprüfung der Instrumente vor und legte dann ein paar Schalter um. »Maschinen abgeschaltet. Landestützen funktionieren.« Ein gleichmäßiges Dröhnen erfüllte die Brücke.

»Neunhundert Meter, sinken.« Ripley beobachtete ihre Konsole. »Achthundert. Siebenhundert, Sechshundert.« Sie fuhr fort, in Intervallen von hundert Metern ihre Höhe auszurufen. Und dann in Intervallen von zehn Metern.

Bei fünf Metern zögerte der Schlepper, balancierte auf seinen Landedüsen über der von Stürmen zerwühlten und der Nacht umhüllten Planetenoberfläche.

»Stützen ausfahren.« Kane war bereits damit beschäftigt, das verlangte Manöver durchzuführen, als Dallas noch den Befehl erteilte. Jetzt war ein leises Pfeifen zu hören. Ein paar dicke Metallstützen falteten sich wie Käferbeine aus dem

Bauch des Schiffes, schwebten über dem immer noch unsichtbaren Felsen unter ihnen.

»Vier Meter . . . uff!« Ripley hielt inne. Ebenso die *Nostromo,* deren Landestützen jetzt das Felsgestein berührten. Mächtige Stoßdämpfer traten in Aktion.

»Wir sind gelandet.«

Irgend etwas schien zu zerbrechen. Ein knackendes Geräusch. Wahrscheinlich ein kleinerer Stromkreis oder vielleicht eine nicht ausreichend kompensierte Überladung. Ein schrecklicher Stoß durchlief das Schiff. Das Metall der Hülle vibrierte, und ein gespenstisches metallisches Stöhnen hallte durch das Schiff.

»Abgerissen, abgerissen!« schrie Kane, während die Lichter auf der Brücke ausgingen. Alarmsignale schrillten, Warnlichter blitzten nervös, als der Schaden durch die miteinander vernetzten Nervenstränge der *Nostromo* jagte.

Als der Stoß die Ingenieurabteilung erreichte, waren Parker und Brett gerade dabei, zwei weitere Bierdosen zu öffnen. Eine Reihe von Röhren in der Kontrollkanzel stand plötzlich in Flammen, und ein Druckventil in der Nähe schwoll an und zerplatzte.

Die Lichter gingen aus, und sie suchten tastend nach Handstrahlern, während Parker sich bemühte, den Knopf zu ertasten, mit dem der Hilfsgenerator eingeschaltet wurde, der sie beim Ausfall der Energiezufuhr von den Hauptmotoren mit Strom versorgen sollte.

Auf der Brücke herrschte Aufregung. Als die Schreie und Fragen schließlich verstummt waren, war es Lambert, die der allgemeinen Ansicht Ausdruck verlieh. »Der Sekundärgenerator sollte inzwischen angelaufen sein.« Sie trat einen Schritt vor und stieß mit dem Knie gegen eine Konsole.

»Ich möchte wissen, was da nicht stimmt?« Kane trat an die Wand und tastete sich an ihr entlang. Landehilfssteuer . . . hier. Seine Finger tasteten einige vertraute Knöpfe. Auslöser für die Heckschleuse . . . dort. Und ganz in der Nähe sollte . . . seine Hand fand den Notlichtschalter, legte ihn um. Das schwache Leuchten ließ einige gespenstisch wirkende Silhouetten erkennen.

Jetzt fanden auch Dallas und Lambert ihre Lichtschalter. Die drei Lichtquellen lieferten genug Helligkeit, um in ihrem Schein arbeiten zu können.

»Was ist passiert? Warum ist der Sekundärgenerator nicht angelaufen? Was hat den Ausfall verursacht?«

Ripley drückte den Sprechschalter des Interkom. »Maschinenraum, was ist geschehen? Wie ist unsere Lage?«

»Lausig.« Parkers Stimme klang angestrengt, verärgert und besorgt. Ein fernes Summen wie die Flügel eines kolossalen Insekts lieferten das Hintergrundgeräusch zu seinen Worten. Und seine Worte schwollen an und wurden wieder leiser, als hätte er Schwierigkeiten, in Reichweite des Interkom-Mikrofons zu bleiben.

»Der verdammte Staub in den Maschinen, das ist passiert. Den haben wir uns beim Herunterkommen eingefangen. Wir haben zu spät dicht gemacht. Wir haben hier ein Feuer in den elektrischen Anlagen.«

»Ein ziemlich großes«, war Bretts einziger Beitrag zu dem Gespräch. Seine Stimme klang fern.

In den nächsten paar Augenblicken hörten sie nur das Zischen der chemischen Feuerlöscher. »Die Einlässe hatten sich verstopft«, konnte Brett schließlich den besorgten Zuhörern mitteilen. »Das hat zu einer Überhitzung geführt, und dabei ist, glaube ich, eine ganze Zelle ausgebrannt. Herrgott, jetzt geht's hier erst richtig los . . .«

Dallas blickte zu Ripley hinüber. »Die beiden scheinen ja ziemlich beschäftigt zu sein. Jetzt möchte ich eine kritische Antwort haben – irgend etwas ist *kaputt*. Hoffentlich war das nur dort hinten, aber es könnte auch schlimmer sein. Ist der Rumpf aufgerissen?« Er atmete tief durch. »Und wenn ja, wo und wie schlimm?«

Ripley sah sich die Druckskalen des Schiffes an und überprüfte dann die einzelnen Kabinendiagramme, ehe sie sich eine Antwort zutraute. »Ich sehe nichts. Wir haben noch vollen Druck in allen Abteilungen. Wenn es irgendwo ein Loch gegeben hat, ist es zu klein, um hier angezeigt zu werden, oder bereits von Dichtmasse abgedichtet.«

Ash studierte seine Konsole. Ebenso wie die anderen Geräte hatte sie ihre autonome Energieversorgung, was sich bei einem größeren Energieausfall, wie sie ihn gerade erlebten, als sehr zweckmäßig erwies. »Die Luft in sämtlichen Abteilungen zeigt keine Anzeichen von Verseuchung durch Außenatmosphäre. Ich glaube, wir sind noch dicht, Sir.«

»Die beste Nachricht, die ich seit sechzig Sekunden bekommen habe. Kane, schalte die Außenschirme ein, soweit die noch funktionieren.«

Der Erste betätigte drei Schalter. Zuerst war ein Flackern zu sehen, Andeutungen von weichen geologischen Konturen, dann völlige Finsternis.

»Nichts. Wir sind draußen ebenso blind wie hier drinnen. Ich brauche zuerst Sekundärenergie, ehe wir uns draußen umsehen können. Die Batterien reichen nicht für ein Bild.«

Die Audiosensoren benötigten weniger Energie. Sie übertrugen die Stimme dieser Welt in das Innere der Kabine. Die Sturmwinde schwollen an und wurden wieder leiser, erfüllten die Brücke mit klickenden und zischenden Geräuschen, als ob Fische miteinander stritten.

»Ich wünschte, wir wären bei Tag hier runtergekommen.« Lambert sah zu einer finsteren Luke hinaus. »Dann könnten wir ohne Instrumente sehen.«

»Was ist denn, Lambert?« spottete Kane. »Angst vor der Dunkelheit?«

Sie erwiderte sein Lächeln nicht. »Die Dunkelheit, die ich kenne, macht mir keine Angst. Nur die, die ich nicht kenne. Besonders wenn sie mit Geräuschen wie diesem Notruf erfüllt ist.« Sie wandte ihre Aufmerksamkeit wieder der vom Staub umwirbelten Luke zu.

Ihre Bereitschaft, ihren tiefsten Ängsten Ausdruck zu geben, trug nicht dazu bei, die gedrückte Stimmung auf der Brücke zu verbessern. Schon unter normalen Umständen überfüllt und eng, wirkte sie bei fast völliger Dunkelheit erstickend, und das Schweigen, das auf ihnen allen lastete, machte es noch schlimmer.

Als Ripley verkündete: »Wir haben wieder Interkomverbindung mit der Ingenieurabteilung«, war das für alle eine Erleichterung. Dallas und die anderen sahen ihr erwartungsvoll zu, während sie am Verstärker herumdrehte. »Bist du das, Parker?«

»Yeah, ich bin's.« Dem Klang seiner Stimme nach zu schließen, war der Ingenieur für eine seiner gewohnten bissigen Bemerkungen zu müde.

»Und wie steht's?« Im Geiste drückte Dallas sich die Daumen. »Was ist mit dem Feuer?«

»Das haben wir erstickt.« Er seufzte, was über das Interkom wie ein Windstoß klang. »Es war in der alten Wandverkleidung in der C-Etage ausgebrochen. Eine Weile dachte ich schon, wir müßten ersticken. Aber zum Glück ist das Zeug schneller verbrannt als ich dachte, ehe es zu viel von unserer Luft auffressen konnte. Das Kohlendioxid wird jetzt abgesogen.«

Dallas leckte sich über die Lippen. »Und wie steht es mit Schäden? Ich meine nicht das oberflächliche Zeug. Mich interessiert jetzt nur die Schiffsfunktion und etwaige Störungen in unserer Leitung.«

»Mal sehen . . . Schirm drei ist total hin.« Dallas konnte sich jetzt gut vorstellen, wie der Ingenieur die einzelnen Punkte an den Fingern abzählte. »Der Überlastungsschutz ist weg und wenigstens drei Zellen in Modul zwölf sind auch hin, mit allen Folgen, die das hat.« Er ließ das einsinken und fügte dann hinzu: »Willst du die Kleinigkeiten auch wissen? Gib' mir eine Stunde Zeit, dann mache ich dir eine Liste.«

»Laß nur, Augenblick.« Er wandte sich zu Ripley. »Probier's nochmal mit den Bildschirmen.« Das tat sie, aber ohne Wirkung.

»Wir müssen eben noch eine Weile ohne auskommen«, erklärte er ihr.

»Seid ihr sicher, daß das alles ist?« sagte sie. Ripley ertappte sich dabei, wie sie zum ersten Mal seit die beiden zur Mannschaft gekommen waren, für Parker und Brett Sympathie empfand. Oder besser gesagt, seit sie eingetreten war, da Parker ja bereits vor ihr der Besatzung der *Nostromo* angehört hatte.

»Bis jetzt schon.« Er hustete. »Im Augenblick versuchen wir wieder volle Energieversorgung herzustellen. Der Ausfall von Modul zwölf hat hier hinten alles durcheinandergebracht. Wir sagen euch Bescheid, wie es um die Energieversorgung steht, wenn wir alles überprüft haben, was das Feuer zerstört hat.«

»Wie steht es mit Reparaturen? Kommt ihr klar?« Dallas überdachte noch einmal den kurzen Bericht, den der Ingenieur gegeben hatte. Die ersten Schäden sollten sie selbst zurechtflicken können. Aber das Problem mit den Zellen würde Zeit beanspruchen. Und was an Modul zwölf nicht funktionierte – er zog es vor, gar nicht daran zu denken.

»Hier draußen können wir ganz bestimmt nicht alles reparieren, ganz gleich, wieviel Mühe wir uns auch geben«, erwiderte Parker.

»Das habe ich auch nicht angenommen. Keiner erwartet das. Was *könnt* ihr denn machen?«

»Wir müssen einige dieser Röhren neu verlegen und die beschädigten Einlässe neu auskleiden. An die größeren Schäden können wir nicht heran. Dazu brauchten wir ein komplett ausgestattetes Dock. Wir müssen also improvisieren.«

»Ich verstehe. Was noch?«

»Sage ich doch, Modul zwölf. Ich will da nichts beschönigen. Wir haben eine Hauptzelle verloren.«

»Wie? Der Staub?«

»Teilweise.« Parker hielt inne, wechselte ein paar auf der Brücke unhörbare Worte mit Brett und kam dann wieder ans Mikrofon. »Einige Fragmente haben sich am Einlaß gesammelt, sich miteinander verbunden und die Überhitzung verursacht, die das Feuer auslöste. Du weißt ja, wie empfindlich diese Düsen sind.«

»Und könnt ihr etwas machen?« fragte Dallas. Irgendwie mußte das System ja repariert werden. Ersetzen konnten sie es nicht.

»Ich glaube schon. Brett ist auch meiner Ansicht. Wir müssen alles säubern und dann aussaugen und sehen, ob es hält. Wenn es nach dem Reinigen dicht bleibt, sollten wir es schaffen. Wenn nicht, können wir ja versuchen, das Loch zu flicken. Wenn sich freilich herausstellen sollte, daß ein Rohr der Länge nach gesprungen ist, nun . . .« Er verstummte.

»Davon wollen wir im Augenblick noch nicht sprechen«, schlug Dallas vor. »Kümmern wir uns zunächst um die vordringlichen Probleme und hoffen, daß es sonst keine gibt.«

»Einverstanden.«

»Richtig«, fügte Brett hinzu, wobei es so klang, als arbeite er irgendwo links vom Ingenieur.

»Brücke, Ende.«

»Ingenieurabteilung, Ende. Haltet den Kaffee warm.«

Ripley schaltete das Interkom aus und blickte Dallas erwartungsvoll an. Er saß stumm da und überlegte.

»Wie lange dauert es, bis wir wieder funktionsfähig sind, Ripley. Angenommen, Parker schätzt den Schaden richtig ein und er und Brett schaffen die Reparaturen, und die Flickstellen halten?«

Sie überlegte. »*Wenn* es ihnen gelingt, die Leitungen umzulegen und Modul zwölf soweit zusammenzuflicken, daß es wieder seinen Anteil der Belastung übernehmen kann, würde ich fünfzehn bis zwanzig Stunden schätzen.«

»Nicht übel. Ich war auf achtzehn gekommen.« Er lächelte nicht, fühlte sich aber wieder etwas hoffnungsvoller. »Wie steht es mit den Hilfsaggregaten? Hoffentlich funktionieren die, sobald wir wieder Energie haben.«

»Ich arbeite schon daran.« Lambert betätigte ein paar Schalter. »Bis die in der Ingenieurabteilung fertig sind, sind wir es auch.«

Zehn Minuten später meldete sich ein winziger Lautsprecher an Kanes Konsole und gab einige piepsende Laute von sich. Er sah auf eine Skala und schaltete dann das Interkom ein. »Brücke, hier Kane.«

Erschöpft, aber gleichzeitig auch zufrieden klingend, meldete sich Parkers Stimme: »Ich weiß nicht, wie lange es halten wird . . . einige der Schweißnähte, die wir machen mußten, sind ziemlich lausig. Wenn jetzt alles so läuft, wie es sollte, dann gehen wir die Nähte noch einmal durch. Ihr solltet jetzt eigentlich Energie haben.«

Der Erste drückte einen Schalter. Auf der Brücke wurde es wieder hell, die Anzeigegeräte flackerten, und der Rest der Mannschaft brummte zustimmend.

»Wir haben wieder Energie und Licht«, meldete Kane. »Gute Arbeit, ihr beiden.«

»Alles was wir tun, *ist* gut«, erwiderte Parker.

»Richtig.« Brett mußte neben dem Mikrofon gestanden haben, unmittelbar vor den Maschinen. Das konnte man aus dem gleichmäßigen Summen schließen, das den Hintergrund zu seinen einsilbigen Bemerkungen bildete.

»Freut euch nur nicht zu früh«, sagte Parker. »Die neuen Verbindungen sollten halten, aber ich will nichts versprechen. Wir haben hier hinten nur improvisiert. Gibt's vorne etwas Neues?«

Kane schüttelte den Kopf und erinnerte sich dann, daß Parker die Geste nicht sehen konnte. »Nicht das Geringste.« Er blickte zur nächsten Luke hinaus. Die Lichter der Brücke erhellten den nackten kahlen Boden draußen. Gelegentlich trug der wütende Sturm einen größeren Stein in die Höhe, der dann das Licht der Scheinwerfer reflektierte. Aber das war alles.

»Nur nackter Felsen, wir sehen nicht besonders weit. Nach

allem, was ich weiß, könnten wir fünf Meter neben einer Oase hocken.«

»Träumt nur weiter.« Parker rief Brett etwas zu und schloß dann mit einem geschäftsmäßigen: »Wir sagen Bescheid, wenn es hier Ärger gibt. Haltet uns bitte auch auf dem laufenden.«

»Wir schicken euch eine Postkarte.« Kane schaltete ab.

3

Vielleicht wäre es für den inneren Frieden eines jeden besser gewesen, wenn die Notsituation angehalten hätte. Jetzt, wo sie wieder Licht und Energie hatten und nichts anderes zu tun, als einander oder die Instrumente anzustarren, wurden die fünf Leute auf der Brücke zunehmend unruhig. Es gab keinen Platz, um sich zu strecken und zu entspannen. Wäre auch nur einer von ihnen auf und ab gegangen, hätte er den ganzen verfügbaren Raum dazu benötigt. So brüteten sie an ihren Stationen, tranken unmäßige Mengen von Kaffee, die der Autokoch von sich gab und versuchten sich etwas einfallen zu lassen, das sie von der augenblicklichen unangenehmen Situation ablenkte. Sie zogen es vor, über das, was außerhalb des Schiffes auf sie wartete, vielleicht sogar in unmittelbarer Nähe, keine Spekulationen anzustellen.

Von ihnen allen schien nur Ash einigermaßen mit seiner Lage zufrieden. Im Augenblick erfüllte ihn nur der geistige Zustand seiner Mannschaftsgefährten mit Besorgnis. Auf dem Schiff gab es keine Möglichkeit, sich zu entspannen. Die *Nostromo* war ein Schlepper, ein Arbeitsschiff, jedenfalls kein Vergnügungskreuzer. Wenn keine wichtigen Aufgaben zu erfüllen waren, so pflegte die Mannschaft ihre Zeit im Schoße des Hyperschlafes zu verbringen. So war es ganz natürlich, daß sie im Wachzustand verbrachte Zeit, in der es nichts zu tun gab, selbst unter günstigen Umständen nervös machte. Und die augenblicklichen Umstände waren alles andere als günstig.

Ash war imstande, sich voll und ganz mit theoretischen Problemen und dem Computer beschäftigt zu halten, ohne sich je zu langweilen. Er empfand im Wachzustand verbrachte Zeit als anregend.

»Schon irgendwelche Reaktionen auf unsere Rufe?« Dallas beugte sich in seinem Sessel vor und sah den Wissenschaftsoffizier erwartungsvoll an.

»Ich habe jede Art von Reaktion untersucht, die im Handbuch steht, und außerdem noch freie Assoziationen. Und dann habe ich Mutter noch einen streng mechanisch-analogen Code ausprobieren lassen.« Ash schüttelte enttäuscht den Kopf. »Nichts außer demselben Notruf, der sich in den üblichen Intervallen wiederholt. Alle anderen Kanäle sind leer, abgesehen von einem schwachen gleichmäßigen Knattern auf Null-Komma-dreiunddreißig.« Er deutete mit dem Daumen nach oben.

»Mutter sagt, das sei die charakteristische Signatur des Zentralsterns dieser Welt. Wenn dort draußen irgend etwas oder irgendjemand lebt, so kann er nur diesen Hilferuf von sich geben, sonst nichts.«

Dallas knurrte einen Fluch. »Wir haben doch wieder volle Energie. Sehen wir nach, wo wir sind. Schaltet die Flutlichter ein.«

Ripley legte einen Schalter um. Eine Batterie kräftiger Scheinwerfer, helle Perlen auf dem dunklen Hintergrund des Rumpfs der *Nostromo,* flammten vor den Luken auf. Wind und Staub waren jetzt deutlicher zu sehen und bildeten kleine Wirbel in der Luft. Weit und breit war keine Spur von Leben zu erkennen, kein Moosbüschel, kein Baum, kein Strauch, nichts. Nur Wind und Staub, die durch die Nacht wirbelten.

»Keine Oase«, flüsterte Kane wie im Selbstgespräch. Leer, gleichmäßig, unwirtlich, das war es, was sie alle dachten.

Dallas erhob sich, ging zu einer Luke und starrte in den Sturm hinaus, sah zu, wie Felssplitter vorbeihuschten. Er fragte sich, ob die Luft auf dieser kleinen Welt wohl je zum Stillstand kam. Schließlich kannten sie die Zustände hier nicht, und es war gut möglich, daß die *Nostromo* mitten in einer stillen Sommernacht gelandet war. Aber das war unwahrscheinlich. Diese Welt war nicht groß genug, um wirklich unangenehmes Wetter zu produzieren, wie beispielsweise Jupiter. Das tröstete ihn etwas. Das und die Erkenntnis, daß das Wetter draußen wahrscheinlich nicht mehr viel schlechter werden konnte.

Das lokale Klima lieferte auch den meisten Gesprächsstoff. »Da kommen wir nirgends hin«, meinte Kane. »Jedenfalls nicht, solange es finster ist.«

Ash blickte von seiner Konsole auf. Er hatte sich nicht bewegt, offenbar war er physisch ebenso zufrieden wie geistig. Kane konnte nicht verstehen, wie der Wissenschaftsoffizier das machte. Wenn er nicht gelegentlich seinen Platz verlassen hätte, um herumzulaufen, wäre er inzwischen sicher schon verrückt geworden.

Ash bemerkte seinen Blick und meinte: »Mutter sagt, die

Sonne geht in zwanzig Minuten auf. Wo immer wir auch hinwollen – jedenfalls brauchen wir nicht mehr in der Finsternis herumzulaufen.«

»Das ist schon etwas«, räumte Dallas ein, froh, sich an etwas halten zu können. »Wenn die Leute, die den Notruf ausgeschickt haben, sonst nichts zu sagen haben oder nichts sagen können, werden wir sie suchen müssen. Oder *es*, falls das Signal von einem automatischen Sender abgestrahlt wird. Wie weit sind wir denn von der Sendestelle entfernt?«

Ash warf einen Blick auf sein Anzeigegerät und tippte dann ein paar Zeilen in den Computer. »Etwa dreitausend Meter, im wesentlichen über ebenes Terrain, soweit die Scanner das erkennen können. Die Stelle liegt im Nordosten unserer gegenwärtigen Position.«

»Zustand des Terrains?«

»So, wie wir es beim Anflug feststellten. Dasselbe harte Zeug wie das, auf dem wir jetzt sitzen. Massiver Basalt mit kleinen Variationen, wenn ich auch nicht ausschließen möchte, daß wir da und dort auf umfangreiche amygdaloidale Einschlüsse stoßen könnten.«

»Dann werden wir eben aufpassen.«

Kane überlegte und rechnete im Kopf. »Wenigstens nahe genug, um zu Fuß hinzugehen.«

»Ja.« Lambert schien zufrieden. »Ich war nicht besonders scharf darauf, das Schiff bewegen zu müssen. Eine gerade Landung aus dem Orbit ist leichter zu errechnen, als eine Boden-Boden Bewegung. Wenigstens bei dem Wetter.«

»Okay. Wir wissen, *worauf* wir uns bewegen müssen. Jetzt müssen wir nur noch herausfinden, *worin*. Ash, bitte einen Atmosphäretest.«

Der Wissenschaftsoffizier drückte ein paar Knöpfe. In der Außenhaut der *Nostromo* öffnete sich eine winzige Luke. Eine Metallflasche schob sich in den Wind, sog eine winzige Menge der Luft dieser Welt ein und sank ins Schiff zurück. Die Probe wurde in eine Vakuumkammer ausgestoßen. Komplizierte Instrumente machten sich daran, ihren Inhalt zu analysieren. Kurz darauf erschienen die Bestandteile der Luft in Gestalt von Ziffern und Symbolen auf Ashs Bildschirm.

Er studierte sie kurz, veranlaßte, daß eine Position noch einmal überprüft wurde, und berichtete dann seinen Kollegen.

»Fast eine Urmischung. Eine Menge Stickstoff, etwas Sauerstoff und eine hohe Konzentration von freiem Kohlendioxid. Spuren von Methan und Ammoniak, ein Teil des letzteren im gefrorenen Zustand . . . es ist kalt draußen. Ich arbeite jetzt an den kleineren Beimischungen, aber ich rechne nicht mit irgendwelchen Überraschungen. Es sieht alles ziemlich normal und nicht atembar aus.«

»Druck?«

»Zehn hoch vier dyn pro Quadratzentimeter. Das sollte nicht behindern, solange der Wind nicht stärker wird.«

»Wie steht es mit dem Feuchtigkeitsgehalt?« wollte Kane wissen. Die Bilder einer imaginären Oase fern der Erde verblaßten schnell in seiner Vorstellung.

»Achtundneunzig Doppel-P. Es riecht wahrscheinlich nicht besonders gut, aber es ist feucht. Eine Menge Wasserdampf. Komische Mischung, muß ich sagen. Ich hätte nie damit gerechnet, soviel Dampf gemeinsam mit Methan vorzufinden. Na, schön. Ich würde jedenfalls nicht raten, aus irgendwelchen Wasserlöchern zu trinken, falls es solche geben sollte. Sie enthalten nämlich wahrscheinlich kein Wasser.«

»Noch etwas, das wir wissen müssen?« fragte Dallas.

»Nur die Basaltoberfläche, eine Menge harter Lava. Und kalte Luft, weit unterhalb der Marke«, informierte sie Ash. »Wir würden auch dann Schutzanzüge brauchen, wenn die Luft atembar wäre, schon wegen der Temperatur. Wenn es dort draußen etwas Lebendes gibt, dann muß es verflucht zäh sein.«

Dallas blickte resigniert drein. »Wahrscheinlich war es unvernünftig, etwas anderes zu erwarten. Aber hoffen darf man ja schließlich. Die Atmosphäre reicht also gerade aus, um die Sicht zu erschweren. Da hätte ich dann schon gar keine Luft vorgezogen, aber schließlich haben wir ja diesen Felsbrocken nicht konstruiert.«

»Wer weiß. »Kane gab sich wieder philosophisch. »Vielleicht erfüllt er für irgend jemand oder irgend etwas die Vorstellung vom Paradies.«

»Hat keinen Sinn, sich drüber aufzuregen«, riet ihnen Lambert. »Es hätte viel schlimmer sein können.« Sie blickte in den Sturm hinaus. Die Morgendämmerung nahte, und es begann langsam heller zu werden.

»Jedenfalls ziehe ich das hier einem Gasriesen vor, wo wir

in ruhigen Zeiten Winde von dreihundert Stundenkilometern hätten oder zehn- oder zwanzigfaches Gewicht. Hier können wir wenigstens herumlaufen, ohne Stabilisatoren oder alle möglichen Geräte herumzuschleppen. Ihr wißt nicht einmal mehr, wann ihr es gut habt.«

»Komisch, daß ich mich auch gar nicht so gut fühle«, konterte Ripley. »Ich würde mich lieber wieder zum Hyperschlaf hinlegen.« Etwas berührte sie am Fuß, und sie beugte sich hinunter, um Jones zu streicheln. Die Katze schnurrte dankbar.

»Ob es jetzt eine Oase ist oder nicht«, verkündete Kane, »ich melde mich jedenfalls freiwillig, als erster hinauszugehen. Ich hätte gerne die Chance, unseren geheimnisvollen Notrufer aus der Nähe anzusehen. Man kann nie wissen, was man vorfindet.«

»Juwelen und Gold?« Dallas mußte grinsen. Kane war ein notorischer Schatzsucher.

Er zuckte die Achseln. »Warum nicht?«

»Ich hab's gehört. Okay.« Auch Dallas würde der kleinen Expedition angehören. Er sah sich auf der Brücke um und suchte einen dritten Kandidaten. »Lambert. Du auch.«

Sie schien nicht besonders glücklich. »Meinetwegen. Warum ich?«

»Warum nicht du? Du bist sonst auch für unseren Kurs verantwortlich. Wollen mal sehen, wie gut du außerhalb der Brücke bist.« Er setzte sich in Richtung auf den Korridor zu in Bewegung, blieb dann stehen und meinte: »Noch eines. Wir werden wahrscheinlich ein totes Wrack und einen automatischen Signalgeber vorfinden, sonst hätten wir wahrscheinlich schon von irgendwelchen Überlebenden gehört. Aber ganz sicher können wir noch nicht sagen, womit wir es zu tun bekommen. Diese Welt scheint ja nicht gerade von Leben zu wimmeln, feindlichem oder sonstigem, aber jedenfalls wollen wir kein unnötiges Risiko eingehen. Nehmen wir uns also ein paar Waffen mit.« Er zögerte, als Ripley Anstalten machte, sich ihnen anzuschließen.

»Drei ist die Maximalzahl, die das Schiff verlassen dürfen, Ripley. Du wirst warten müssen.«

»Ich will nicht hinaus«, erklärte sie. »Mir gefällt es hier. Ich hab' nur alles getan, was ich hier tun kann. Parker und Brett werden Hilfe brauchen können . . .«

Im Maschinenraum war es viel zu heiß, und das trotz aller Mühe, die sich die Kühlanlage des Schleppers gab. Das kam von dem vielen Schweißen, zu dem Brett und Parker sich genötigt sahen und dem engen Raum, in dem sie arbeiten mußten. Die Luft in der Nähe der Thermostate blieb vergleichsweise kühl, während die in der Nähe der Schweißstellen sich schnell aufheizte.

Den Laserschweißgeräten war das nicht zum Vorwurf zu machen. Sie erzeugten einen relativ kühlen Strahl. Aber wo das Metall schmolz und zusammenfloß, um eine frische Naht zu bilden, wurde natürlich als Nebenprodukt Hitze erzeugt. Beide Männer arbeiteten ohne Hemd, und der Schweiß strömte ihnen über die nackten Oberkörper.

Ripley lehnte ganz in der Nähe an der Wand und benutzte ein seltsam aussehendes Werkzeug dazu, eine Schutzverschalung zu lösen. Komplizierte Ansammlungen aus buntem Draht und winzigen geometrischen Gebilden kamen darunter zum Vorschein. Zwei kleine Stücke davon waren verkohlt. Mit Hilfe eines weiteren Werkzeugs entfernte sie die beschädigten Teile und suchte in der Tasche, die an ihrer Seite hing, nach Ersatz.

Als sie das erste Ersatzteil befestigte, schaltete Parker gerade den Laser ab. Er musterte die Schweißnaht kritisch. »Eigentlich nicht schlecht, wenn ich mich selbst loben darf.« Er wandte sich um und sah Ripley an. Der Schweiß ließ ihre Bluse am Körper kleben.

»Hey, Ripley, . . . ich hab' eine Frage.«

Sie blickte nicht von ihrer Arbeit auf. Ein zweites neues Modul schnappte neben dem ersten fest, wie ein Zahn, der neu in seinen Sockel geschoben wird.

»Ja? Ich hör' schon zu.«

»Bekommen wir auch eine Chance, mal hinauszugehen, oder sitzen wir hier fest, bis alles erledigt ist? Die Energieversorgung haben wir ja wieder hergestellt. Das übrige Zeug hier . . .« – damit wies er mit einer weit ausholenden Handbewegung auf die rauchgeschwärzten Wände des Maschinenraums – »ist reine Kosmetik. Nichts, das nicht ein paar Tage Zeit hätte.«

»Die Antwort kennt ihr doch beide.« Sie setzte sich hin und rieb sich die Hände, während sie ihn ansah. »Der Kapitän hat sich seine beiden Begleiter ausgewählt, und damit ist das erledigt. Solange sie nicht zurück sind und Meldung gemacht haben, kann niemand hinaus. Drei draußen, vier drinnen. So lautet die Regel.« Plötzlich kam ihr ein Gedanke, und sie hielt inne und musterte ihn wissend. »Aber das ist es gar nicht, was dich stört, wie? Du machst dir Gedanken über das, was sie vielleicht finden könnten. Oder wir haben dich alle falsch eingeschätzt und in Wirklichkeit interessiert dich nur das abstrakte Wissen, bist du ganz dem Wunsch ergeben, die Grenzen des bekannten Universums weiter nach draußen zu schieben?«

»Nein, zum Teufel.« Ripleys sarkastische Bemerkung schien Parker nicht im geringsten zu stören. »Ich bin einzig und allein dem Ziel ergeben, die Grenzen meines Bankkontos hinauszuschieben. Also – wie steht es mit meinem Anteil, falls die etwas Wertvolles finden?«

Ripley wirkte gelangweilt. »Keine Sorge. Ihr bekommt schon beide, was euch zusteht.« Sie suchte wieder in ihrer Tasche nach einem bestimmten Chip.

»Ich arbeite jetzt nicht mehr weiter«, verkündete Brett plötzlich, »sofern uns kein voller Anteil garantiert wird.«

Ripley fand das Stück, das sie brauchte, und befestigte es an der Wand. »Euer Vertrag garantiert einem jeden von euch, daß ihr einen Anteil an allem bekommt, das wir finden. Das wißt ihr beide. Und jetzt hört auf mit dem Gerede und geht wieder an die Arbeit.« Sie wandte sich ab und begann zu überprüfen, ob die neu eingebauten Module richtig funktionierten.

Parker starrte sie an, wollte schon etwas sagen, überlegte es sich dann aber anders. Sie war Deckoffizier des Schiffes, und es würde ihnen überhaupt nichts einbringen, sie zu ärgern. Er hatte gesagt, was er sagen wollte, und sie hatte ihn in seine Grenzen verwiesen. Besser, es dabei zu belassen, ganz gleich wie ihm dabei zumute war. Er war durchaus imstande, logisch zu handeln, wenn die Lage das erforderte.

Ärgerlich schaltete er den Laser wieder ein und begann einen weiteren Abschnitt der aufgeplatzten Röhre abzudichten. Brett, der die Zuleitung des Schweißgerätes hielt, sagte »Richtig« ohne etwas Bestimmtes zu meinen.

Dallas, Kane und Lambert gingen durch einen schmalen Korridor. Neben ihren isolierten Arbeitshosen waren sie jetzt mit Stiefeln, Jacken und Handschuhen bekleidet. Sie trugen

Laserpistolen, eine Miniaturausgabe des Schweißgerätes, das Parker und Brett benutzten.

Vor einer wuchtigen Tür mit Warnsymbolen und den Worten

HAUPTSCHLEUSE
– ZUTRITT FÜR UNBEFUGTE VERBOTEN –

blieben sie stehen.

Dallas fand die Warnung immer höchst überflüssig, da es an Bord des Schiffes so etwas wie eine unbefugte Person nicht geben konnte und jedermann, der dazu befugt war, an Bord zu sein, auch befugt war, die Schleuse zu benutzen.

Kane berührte einen Schalter. Ein Schutzschild schob sich zur Seite und legte drei darunter verborgene Knöpfe frei. Er drückte sie in der richtigen Reihenfolge. Ein Pfeifen ertönte, und die Türe schob sich zur Seite. Sie traten ein.

An den Wänden hingen sieben Vakuumanzüge. Sie waren unförmig und schwerfällig, aber für diesen Ausflug absolut notwendig, falls Ashs Einschätzung der draußen herrschenden Zustände auch nur einigermaßen zutraf. Sie waren einander beim Anlegen der künstlichen Häute behilflich und überprüften gegenseitig die Anzugfunktionen.

Dann kam die Zeit, die Helme aufzusetzen. Das geschah mit der gebotenen Sorgfalt, und jeder überzeugte sich, daß die Dichtung seines Nachbarn auch funktionierte.

Dallas überprüfte Kanes Helm, Kane den von Lambert, und diese wiederum leistete dem Kapitän denselben Dienst. Dieses fast rituelle Spiel zelebrierten sie mit dem größten Ernst – das war das Astronautenäquivalent von Affen, die einander putzten. Automatische Regelgeräte wurden eingeschaltet. Bald atmeten alle drei die etwas abgestanden schmeckende Luft aus ihren Anzugtanks.

Dallas schaltete mit einer behandschuhten Hand die Sprechanlage des Helms ein.

»Ich sende. Hört ihr mich?«

»Empfang«, verkündete Kane und steuerte sein Mikrofon aus. »Hörst du mich auch?« Dallas nickte und wandte sich Lambert zu.

»Empfange«, sagte sie ohne sich die geringste Mühe zu geben, ihr Mißvergnügen zu verbergen. Sie war immer noch nicht froh darüber, daß man sie für die Exkursion ausgewählt hatte.

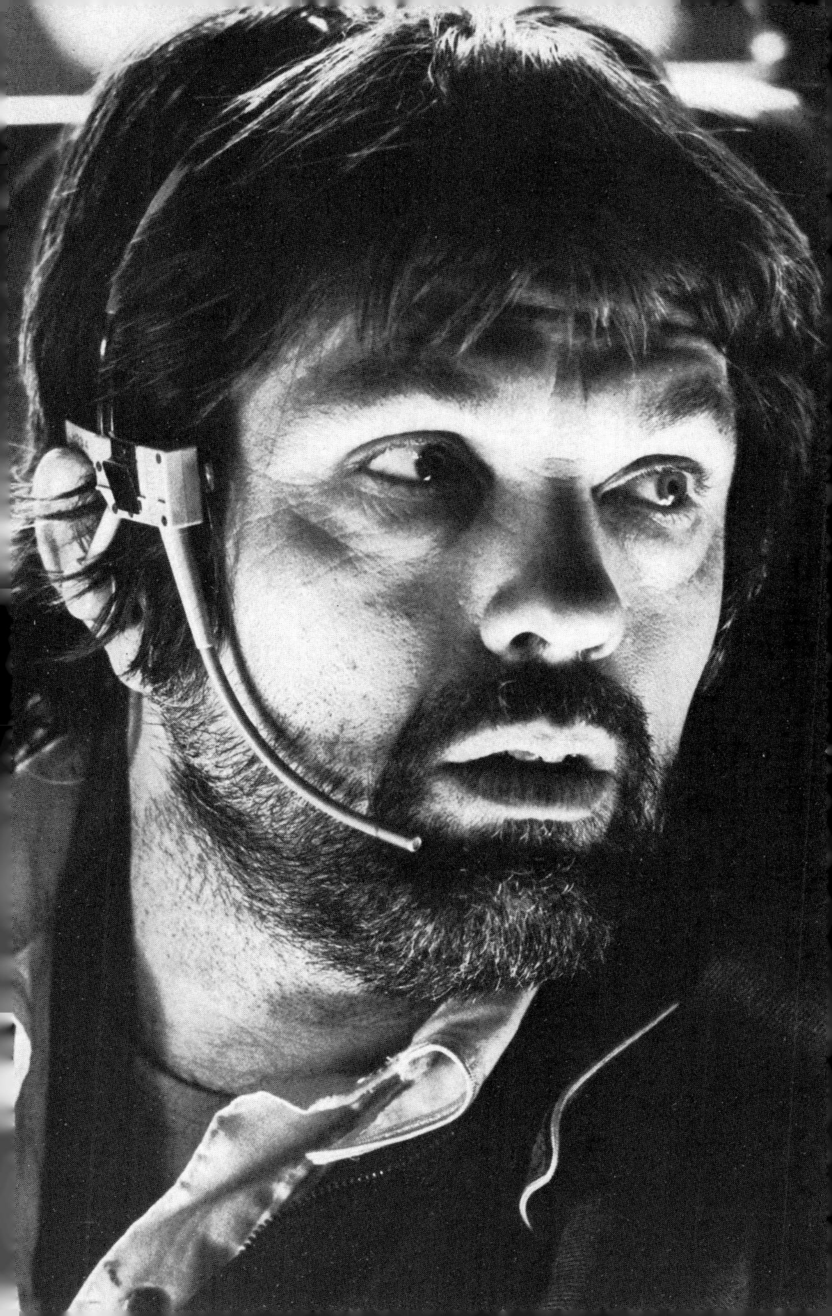

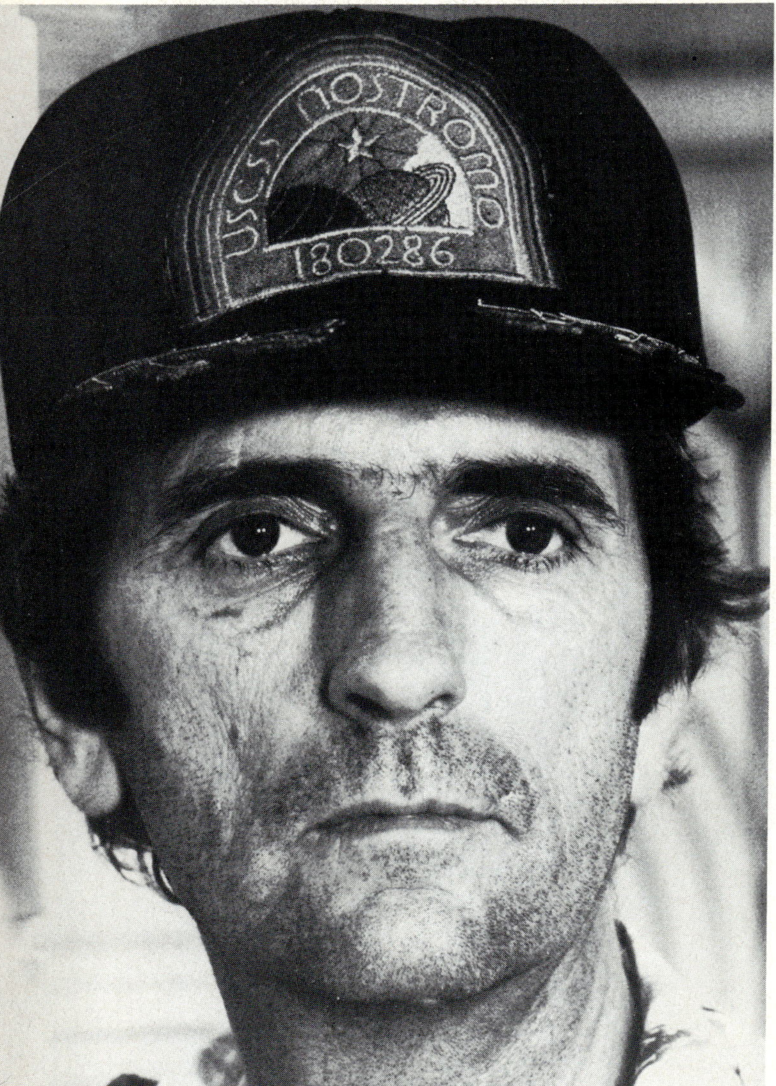
USCSS NOSTROMO
180286

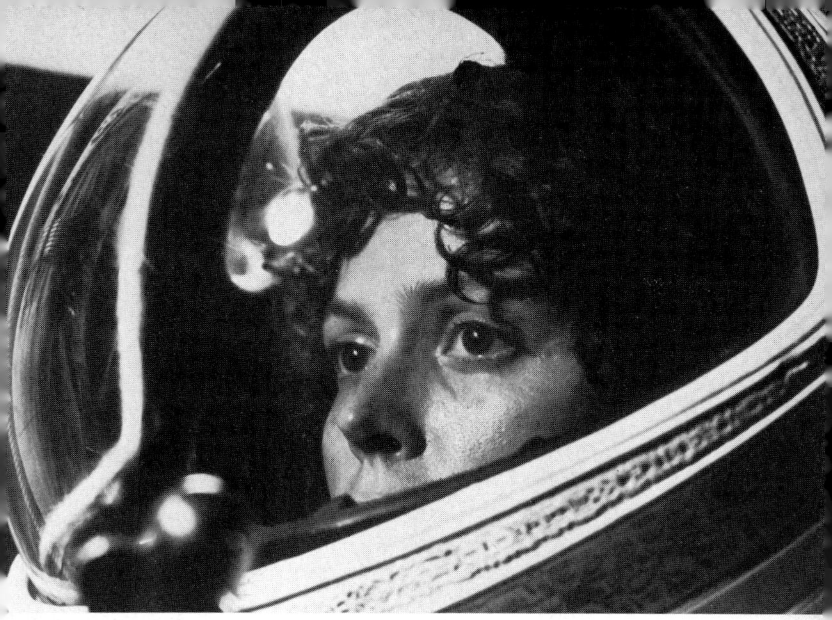

»Komm schon, Lambert«, sagte Dallas in dem Bemühen sie aufzuheitern. »Ich hab' dich wegen deiner Fähigkeiten, nicht wegen deines sonnigen Gemüts ausgewählt.«

»Danke für die Blumen«, erwiderte sie trocken, »aber sonst für nichts. Hättest du nicht Ash oder Parker mitnehmen können? Wahrscheinlich hätten die sich sogar gefreut.«

»Ash muß an Bord bleiben. Das weißt du. Parker hat im Maschinenraum zu tun und könnte ohne Instrumente nicht einmal aus einer Papiertüte herausfinden. Mir macht es nichts aus, wenn du mich bei jedem Schritt verfluchst. Sorge nur dafür, daß wir den Ursprung dieses verdammten Signals finden.«

»Wunderbar.«

»Okay, dann wären wir soweit. Und daß mir keiner von der Waffe Gebrauch macht, solange ich es nicht befehle.«

»Erwartest du freundliche Gesellschaft?« Kane musterte ihn zweifelnd.

»Man sollte auf das Beste hoffen, nicht das Schlimmste befürchten.« Er schaltete auf einen anderen Kanal. »Ash, bist du da?«

Die Antwort kam von Ripley. »Er ist zur Wissenschaftskuppel unterwegs. Gib ihm ein paar Minuten.«

»Roger.« Er wandte sich zu Kane. »Innere Luke schließen.« Der Erste betätigte die entsprechenden Schalter, und die Türe schloß sich hinter ihnen. »Jetzt äußere öffnen.«

Kane wiederholte die Prozedur, die ihnen Zutritt zu der Schleuse verschafft hatte. Nachdem er den letzten Knopf gedrückt hatte, trat er zurück und wartete neben den beiden anderen. Ohne sich dessen bewußt zu werden, preßte Lambert sich mit dem Rücken gegen die innere Schleusentür. Eine instinktive Reaktion auf das ihnen bevorstehende Unbekannte.

Das äußere Schleusentor glitt beiseite. Vor den drei Menschen zogen Wolken aus Staub und Dampf vorüber. Das Licht der frühen Dämmerung hatte die Farbe von verbrannten Orangen. Das war nicht das vertraute beruhigende Gelb von Sol, aber Dallas hoffte, daß es besser werden würde, wenn die Sonne weiter am Himmel emporstieg. Sie gab ihnen genug Licht, um zu sehen, wenn es auch in der dichten mit Staubpartikeln beladenen Luft wenig genug zu sehen gab.

Sie traten auf die Liftplattform hinaus, die zwischen Trägern verlief. Kane berührte einen weiteren Schalter. Die Plattform sank in die Tiefe. An der Unterseite der Plattform angebrachte Sensoren sorgten dafür, daß sie in dem Augenblick anhielt, als sie den höchsten Punkt des fremden Terrains berührte.

Geführt von Dallas, der mehr aus Gewohnheit als irgendeiner Vorschrift folgend, die Spitze übernommen hatte, traten sie vorsichtig auf die Oberfläche des Planeten. Die Lava war hart und gab auch unter ihren Stiefeln nicht nach. Winde von Orkanstärke zerrten an ihnen, als sie sich umsahen. Im Augenblick konnten sie nichts anderes erkennen, als das, was unter ihren Stiefeln war und irgendwo im orangebraunen Nebel verschwamm.

Was für ein schrecklicher, deprimierender Ort, dachte Lambert. Nicht, daß er ihr Furcht eingejagt hätte, wenn es auch beunruhigend genug war, nur ein kurzes Stück weit sehen zu können. Es erinnerte sie an einen nächtlichen Sprung in ein von Haien wimmelndes Wasser. Auch dort konnte man nie wissen, was plötzlich aus der Finsternis auf einen zukam.

Vielleicht traf sie ihre Entscheidung zu schnell. Aber eigentlich glaubte sie das nicht. In all dem verhüllten Land, das sie umgab, war keine einzige warme leuchtende Farbe, kein Blau, kein Grün; nur ein beständiges Wogen von trübem Gelb, traurigem Orange, müdem Braun und Grau. Nichts, das einen wärmte und einen damit auch auf angenehmere Gedanken brachte. Die Atmosphäre hatte die Farbe eines mißlungenen Chemieexperiments, und sie bedauerte alles, das vielleicht einmal hier gelebt hatte. Obwohl es dafür keinerlei Beweise gab, war sie innerlich davon überzeugt, daß zu dieser Stunde auf dieser Welt nichts lebte.

Vielleicht hatte Kane recht, vielleicht war das für irgendein unbekanntes Geschöpf der Inbegriff des Paradieses. Aber wenn das der Fall sein sollte, konnte sie sich nicht vorstellen, daß sie auf die Gesellschaft eines solchen Geschöpfes großen Wert legen würde.

»Welche Richtung?«

»Was?« Der Nebel und die Wolken hatten ihre Gedanken gleichsam stocken lassen. Sie schüttelte den Kopf, wie um sie wieder in Bewegung zu setzten.

»Welche Richtung, Lambert?« Dallas starrte sie an.

»Hhm? Ich habe zuviel nachgedacht.« Vor ihrem geistigen Auge stellte sie sich ihre Station an Bord der *Nostromo* vor. Dieser Sitz und die Navigationsinstrumente, die unter normalen Umständen so beengend wirkten, kamen ihr jetzt wie ein kleines Stück des Himmels vor.

Sie nahm ein kleines Gerät, das an ihrem Gürtel hing und warf einen prüfenden Blick auf den winzigen Bildschirm. »Dort drüben.« Sie deutete in die Richtung.

»Geh du voraus.« Dallas trat hinter sie.

Von dem Kapitän und Kane gefolgt, stapfte sie in den Sturm hinaus. Als sie die schützende Masse der *Nostromo* hinter sich gelasssen hatten, packte sie der Sturm und hüllte sie ein.

Sie blieb verärgert stehen und betätigte eines der Instrumente ihres Anzugs. »Jetzt sehe ich überhaupt nichts mehr.«

Plötzlich hallte Ashs Stimme in ihrem Helm. »Schalte den Sucher ein. Er ist auf das Notsignal abgestimmt. Laß' dich von ihm lenken und dreh' nicht daran herum. Ich hab' ihn schon eingeschaltet.«

»Er ist eingeschaltet und abgestimmt«, schoß sie zurück. »Glaubst du, ich kenne meinen Job nicht?«

»Ich wollte dir nicht zu nahe treten«, erwiderte der Wissenschaftsoffizier abwehrend. Sie brummte nur etwas Unverständliches und drang dann tiefer in die Düsternis ein.

Dallas sprach in sein Helmmikrofon: »Der Sucher funktioniert einwandfrei. Kannst du uns klar empfangen, Ash?«

In der Beobachtungskuppel an der Unterseite des Schiffs wandte Ash seinen Blick von den staubverhüllten Gestalten ab, die sich langsam von der *Nostromo* entfernten, und sah auf die hell beleuchtete Konsole vor sich. Auf dem Bildschirm waren deutlich die stilisierten Umrisse von drei Menschen zu erkennen. Er tippte an einen Schalter, und sein Sessel schob sich unter leichtem Summen ein Stückchen nach vorne, so daß er genau vor dem Leuchtschirm saß.

»Ich sehe euch ganz deutlich. Ausgezeichnete Bildwiedergabe. Audioempfang ebenfalls einwandfrei. Ich glaube nicht, daß ich euch verlieren würde, dazu ist die Suppe nicht dick genug, und viel Interferenz scheint es hier unten auch nicht zu geben. Das Notsignal kommt auf einer anderen Frequenz herein, es besteht also auch keine Gefahr von Überlagerung.«

»Das klingt gut.« Dallas Stimme hallte unnatürlich laut aus dem Lautsprecher. »Wir empfangen dich ganz klar. Laß den Kanal offen. Wir haben keine Lust, uns hier draußen zu verlaufen, nicht in dieser dicken Suppe.«

»Roger. Ich überwache jeden Schritt, den ihr macht, aber ich werde euch nicht belästigen, wenn sich nicht etwas Auffälliges ergibt.«

»Roger. Dallas Ende.« Er ließ den Schiffskanal offen und bemerkte, daß Lambert ihn durch die Gesichtsscheibe ihres Helms beobachtete. »Wir vergeuden Anzugzeit. Gehen wir.«

Sie drehte sich wortlos um und wandte ihre Aufmerksamkeit wieder dem Sucher zu, stapfte in die wallende Finsternis. Die etwas geringere Schwerkraft machte die Last des Anzugs und der Tanks etwas leichter, wenn auch alle sich immer noch wunderten, woraus diese kleine Welt wohl bestehen mochte, daß sie eine so hohe Anziehungskraft erzeugen konnte. Dallas überlegte, wie man am besten eine geologische Untersuchung anstellen könnte. Vielleicht war das Parkers Einfluß; jedenfalls wollte er die Möglichkeit, daß diese Welt größere Lager an wertvollen Schwermetallen enthielt, nicht ignorieren.

Die Gesellschaft würde natürlich auf solche Entdeckungen Anspruch erheben, da sie ja mit Geräten der Gesellschaft und auch im Dienste der Gesellschaft gemacht wurden. Aber immerhin würde das ein paar großzügige Prämien bedeuten. Am Ende erwies sich ihr unbeabsichtigter Zwischenaufenthalt hier vielleicht doch noch als profitabel.

Der Wind blies ihnen entgegen, hämmerte als massiver Regen aus Staub und kleinen Gesteinsbrocken auf sie hernieder.

»Ich sehe in keine Richtung weiter als drei Meter«, murmelte Lambert.

»Hör auf zu meckern«, sagte Kane.

»Ich meckere gern.«

»Hört auf, euch wie Kinder zu benehmen. Das ist jetzt nicht der richtige Ort dafür.«

»Ein reizender Ort, würde ich sagen.« Lambert ließ sich nicht einschüchtern. »Von Mensch und Natur völlig unbeeinträchtigt. Ein herrlicher Ort – wenn man ein Felsbrocken ist.«

»Schluß, habe ich gesagt.« Darauf verstummte sie, murmelte aber, so daß die anderen es nicht hören konnten weiter. Dallas konnte ihr den Befehl erteilen, daß sie zu reden aufhörte, aber daß sie meckerte, konnte er ihr nicht verbieten.

Plötzlich lieferten ihr ihre Augen eine Information, die ihre Gedanken von der beständigen Klage über diesen Ort ablenkten. Etwas war vom Bildschirm ihres Suchers verschwunden.

»Was ist denn los?« fragte Dallas.

»Augenblick mal.« Sie betätigte die Feineinstellung des Geräts, was mit den unförmigen Handschuhen nicht einfach war. Die Linie, die vom Bildschirm verschwunden war, tauchte wieder auf.

»Ich hatte einen Moment lang das Signal verloren. Jetzt habe ich es wieder.«

»Probleme?« Eine Stimme hallte aus der Ferne in ihren Helmen. Ash gab seiner Sorge Ausdruck.

»Nichts Ernsthaftes«, teilte Dallas ihm mit. Er drehte sich langsam im Kreise und versuchte trotz des Sturms irgend etwas Massives zu entdecken. »Eine Menge Staub und Dampf. Der Sucherstrahl beginnt sich abzuschwächen. Wir hatten das Signal einen Augenblick lang verloren.«

»Hier ist es immer noch ganz kräftig.« Ash warf einen Blick auf sein Anzeigegerät. »Ich glaube nicht, daß der Sturm daran schuld ist. Vielleicht kommt ihr in hügeliges Terrain. Das könnte das Signal blockieren. Paßt auf. Wenn ihr es verliert und nicht gleich wiederfindet, schaltet ihr am besten den Sucher um und verfolgt mein Signal zum Schiff zurück, bis ihr die Sendung wieder auffangt, dann versuche ich euch von hier aus zu lenken.«

»Wir merken es uns, aber bis jetzt ist es nicht notwendig. Wir sagen dir Bescheid, wenn es Schwierigkeiten gibt.«

»Roger. Ash Ende.«

Jetzt herrschte wieder Stille. Sie tasteten sich ohne zu sprechen durch den staubbeladenen orangeroten Dunst. Nach einer Weile blieb Lambert wieder stehen.

»Wieder verloren?« wollte Kane wissen.

»Nee. Richtungswechsel.« Sie deutete nach links. »Jetzt in die Richtung.«

Sie gingen in die Richtung, die sie ihnen gewiesen hatte, und Lambert ließ jetzt den Bildschirm ihres Suchers keinen Augenblick mehr aus den Augen, während Dallas und Kane ihre Geräte auf Lambert gerichtet hatten. Der Sturm um sie wurde noch heftiger. Die Staubpartikel klirrten an den Gesichtsplatten ihrer Helme, und manchmal glaubten sie aus den Geräuschen Worte herauslesen zu können.

Tick, Tick . . . laß uns rein . . . tick, tick . . . laß uns rein, laß uns rein . . . tick, tick . . .

Dallas schüttelte unwirsch den Kopf. Das Schweigen, die von Staub eingehüllte Verlassenheit, die sie umgab, der orangerote Dunst; all das fing an, seine Wirkung auf ihn auszuüben.

»Es ist ganz nahe«, sagte Lambert. Die Sensoren ihrer Anzüge verrieten Ash gleichzeitig, daß plötzlich ihr Pulsschlag schneller geworden war. »Ganz nahe.«

Sie setzten ihren Marsch fort. Etwas ragte hoch über sie auf. Dallas Atem ging jetzt flach und schnell. Das war die Erregung ebenso wie die Anstrengung.

Enttäuschung . . . es war nur eine große Felsformation, grotesk verzerrt. Ashs Vermutung, daß sie jetzt in bergigeres Terrain eindrangen, erwies sich als richtig. Einen Augenblick lang suchten sie unter dem Steinmonolith Schutz. Gleichzeitig verschwand die Linie erneut von Lamberts Sucher.

»Jetzt hab' ich sie wieder verloren«, teilte sie ihnen mit.

»Haben wir es verfehlt?« Kane studierte die Felsen, versuchte über sie hinwegzusehen, konnte es aber nicht.

»Nein, sofern es nicht unter der Erde liegt.« Dallas lehnte sich an die Felswand. »Vielleicht ist es hinter diesem Zeug.« Er schlug prüfend mit der Faust gegen den Stein. »Vielleicht ist es auch nur wegen dem Sturm ausgefallen. Machen wir Pause und sehen dann weiter.«

Sie warteten, lehnten sich an den von Erosion zerfressenen Felsbrocken. Rings um sie heulten Staub und Sturm.

»Jetzt sind wir wirklich blind«, sagte Kane.

»Es sollte bald hell werden.« Er betätigte einen Schalter an seinem Helm. »Ash, falls du mich hörst – wie lange noch, bis wir Tageslicht haben?«

Die Stimme des Wissenschaftsoffiziers klang schwach und war von Störungen überlagert. »Die Sonne geht in etwa zehn Minuten auf.«

»Dann sollten wir mehr sehen können.«

»Oder umgekehrt«, warf Lambert ein. Sie gab sich nicht die geringste Mühe, ihr fehlendes Interesse zu verbergen. Sie war verdammt müde, und bis jetzt hatten sie den Ursprung des Signals noch nicht erreicht. Das war nicht nur physische Schwäche. Die Leere, die sie umgab, und die deprimierend dunklen Farben machten sie müde. Sie fühlte sich wie in einer trüben, schlammigen Unterwasserlandschaft und sehnte sich nach der hellen sauberen Vertrautheit ihrer Konsole.

Die zunehmende Helligkeit trug nichts dazu bei, ihre Laune zu heben. Anstatt ihre Stimmung zu verbessern, kühlte die aufgehende Sonne sie eher ab, indem die Luft sich von fauligem Orangerot ins Blutrote verfärbte. Vielleicht würde das Ganze weniger furchterregend wirken, wenn der schwache Stern ganz aufgegangen war

Ripley wischte sich mit der Hand über die Stirn und atmete erschöpft aus. Sie brachte das letzte Stück Verschalung an, nachdem sie sich vorher überzeugt hatte, daß die neuen Chips richtig funktionierten, und legte dann ihre Werkzeuge in die Tasche zurück.

»Mit dem Rest solltet ihr alleine klarkommen. Die komplizierten Sachen habe ich erledigt.«

»Keine Sorge. Das schaffen wir schon«, versicherte ihr Parker, wobei er darauf achtete, daß seine Stimme gleichmäßig blieb. Er blickte nicht in ihre Richtung, sondern konzentrierte sich weiter auf die eigene Arbeit. Er ärgerte sich immer noch, daß man ihm und Brett keine Chance gegeben hatte, sich irgendwie an dem Fund zu beteiligen, der ihnen vielleicht bevorstand.

Sie ging auf die nächste Treppe zu. »Wenn ihr Schwierigkeiten habt und Hilfe braucht – ich bin auf der Brücke.«

»Richtig«, sagte Brett leise.

Parker blickte ihr nach und sah, wie ihre schlanke Gestalt nach oben verschwand. »Miststück.«

Ash betätigte einen Schalter. Drei sich bewegende Silhouetten wurden scharf und regelmäßig, verloren die verschwommenen Umrisse und wurden wieder klar, als der Bildverstärker seine Funktion aufnahm. Er überprüfte die anderen Monitore. Die drei Signale kamen jetzt glasklar herein.

»Wie geht's denn?« wollte eine Stimme über das Interkom wissen.

Er schaltete schnell den Schirm ab und drückte den Sprechknopf. »Bis jetzt alles klar.«

»Wo sind sie?« fragte Ripley.

»Die sind jetzt ziemlich dicht dran. Sie sind in felsigem Terrain, und das Signal wandert immer wieder aus, aber sie sind so nahe dran, daß ich mir gar nicht vorstellen kann, sie könnten es verfehlen. Wir müssen jeden Augenblick von ihnen hören.«

»Weil wir gerade von dem Signal reden, wissen wir inzwischen mehr darüber?«

»Noch nicht.«

»Hast du schon versucht, die Sendung durch den ECIU zu jagen, um sie genauer zu analysieren.« Ihre Stimme klang etwas ungeduldig.

»Hör' zu, mich interessieren die Einzelheiten ebenso wie dich. Aber Mutter hat es noch nicht identifiziert, warum soll ich also daran herumbasteln?«

»Darf ich es mal versuchen?«

»Wenn du Lust hast«, erklärte er. »Schaden kann es nicht, und es vertreibt uns die Zeit. Sag mir Bescheid, wenn du etwas findest, falls du Glück hast.«

»Yeah. Falls ich Glück habe.« Sie schaltete ab.

Sie lehnte sich in ihrem Sessel auf der Brücke zurück. Jetzt, wo die anderen draußen und Ash unten in seiner Kuppel war, kam ihr die Brücke seltsam geräumig vor. Das war, soweit sie sich erinnern konnte, das erste Mal, daß sie alleine auf der Brücke war. Es war ein seltsames Gefühl und eigentlich auch nicht ganz angenehm.

Nun, wenn sie sich schon die Mühe machen würde, eine ECIU Analyse vorzunehmen, sollte sie jetzt anfangen. Sie drückte einen Schalter, und das gequälte fremdartige Klagen erfüllte die Brücke. Eilig drehte sie die Lautstärke zurück. Selbst, wenn man es leise hörte, ging es einem noch durch Mark und Knochen.

Sie konnte sich gut vorstellen, daß es eine Stimme war, wie Lambert das vermutete. Freilich war das eine Vorstellung, die mehr der Fantasie als der wissenschaftlichen Erkenntnis entstammte. Reiß dich zusammen, Frau – stelle fest, was die Maschine zu sagen hat, und laß deine emotionellen Reaktionen beiseite.

Es war natürlich höchst unwahrscheinlich, daß ihr etwas gelang, was Mutter nicht geschafft hatte. Aber Ash hatte das richtig erkannt, es war immerhin etwas zu tun. Sie konnte es nicht ertragen, auf der leeren Brücke zu sitzen und nichts zu tun, das ließ ihr viel zuviel Zeit zum Nachdenken. Besser unnötige Arbeit, als überhaupt keine . . .

4

Je höher die verborgene Sonne stieg, desto heller wurde die blutrote Farbe der Atmosphäre. Jetzt war es ein verschwommenes, schmutziges Gelbrot, statt des vertrauten hellen Sonnenscheins der Erde, aber dennoch viel freundlicher anzusehen als vorher.

Der Sturm hatte etwas nachgelassen; auch der Staub war nun weniger dicht. Zum ersten Mal konnten die drei müden Menschen weiter als ein paar Meter sehen.

Bereits seit einiger Zeit hatte der Weg sie bergauf geführt. Das Terrain war immer noch hügelig, bestand aber, abgesehen von vereinzelten Basaltsäulen, aus erstarrter Lava. Es gab nur wenige schroffe Vorsprünge, weil das Gestein in ungezählten Äonen von der beständigen Winderosion zu sanften Rundungen abgeschliffen worden war.

Kane hatte jetzt die Spitze übernommen und ging ein paar Schritte vor Lambert. Er rechnete jeden Augenblick damit, von ihr zu hören, daß sie das Signal wieder aufgefunden hatte. Er erstieg einen leichten Abhang, blickte nach vorne und rechnete damit, dieselbe Szenerie zu sehen, die sie bis jetzt begleitet hatte: geglättetes Felsgestein, das nach oben führte.

Statt dessen entdeckten seine Augen etwas ganz anderes, so völlig unerwartet, daß sie sich hinter der schmutzigen durchsichtigen Gesichtsplatte seines Helms weiteten und er einen heiseren Ruf ausstieß.

»DU GROSSER GOTT!«

»Was ist denn? Was ist . . .?« Lambert war, dicht gefolgt von Dallas, neben ihn getreten. Beide waren von dem unerwarteten Anblick ebenso schockiert, wie Kane das gewesen war. Sie hatten angenommen, daß das Notsignal von irgendeinem Mechanismus ausging, aber eine bildhafte Vorstellung hatten sie sich von dem Sender nicht gemacht. Der Sturm und die Notwendigkeit, dicht beieinander zu bleiben, hatte sie voll beschäftigt. Jetzt mit dem Gegenstand konfrontiert, der die Signale aussandte, einem Gegenstand, der wesentlich eindrucksvoller war als irgendeiner von ihnen erwartet hatte, war es einen Augenblick lang um ihre wissenschaftliche Distanz geschehen.

Es war ein Schiff. Es war relativ intakt, aber fremdartiger, als irgendeiner von ihnen für möglich gehalten hätte. Dallas hätte es nicht gerade als unheimlich bezeichnet, aber es war doch in einer Art und Weise beunruhigend, wie das eigentlich bei einem technischen Gegenstand nicht sein dürfte. Die Linien des mächtigen Wracks waren klar, aber unnatürlich und gab dem Gebilde eine Aura des Bizarren.

Es überragte sie und die Felsen, auf denen es ruhte. Nach dem, was sie davon sehen konnten, mußte es ebenso wie die *Nostromo* gelandet sein. Mit dem Bauch nach unten. Das Schiff war aus Metall und hatte die Form eines riesigen Us, wobei die beiden Hörner des Us ganz leicht nach innen aufeinander zugebogen waren. Der eine Arm war etwas kürzer als sein Gegenstück und stärker gebogen. Ob das auf einen Schaden zurückzuführen war oder eine fremdartige Konzeption von Symmetrie, konnten sie natürlich nicht wissen.

Als sie näher kamen, stellten sie fest, daß das Fahrzeug sich an der Basis des Us etwas verdickte, wobei eine Reihe konzentrischer Erhebungen wie dicke Platten sich am Ende in eine Kuppel verjüngten. Dallas kam zu dem Schluß, daß die beiden Hörner den Antrieb und die Maschinenräume des Schiffes enthielten, während in der dickeren Vorderpartie die Aufenthaltsräume, möglicherweise der Laderaum und die Brücke untergebracht waren. Aber ebensogut konnte es genau umgekehrt sein. Das Schiff lag allem Anschein nach leblos und ohne jegliche Aktivität da. Aus dieser Nähe war die inzwischen wieder aufgefundene Sendung ohrenbetäubend, und alle drei beeilten sich, die Lautstärke zu reduzieren.

Das unbekannte Metall, aus dem der Rumpf bestand, schimmerte stumpf in dem immer heller werdenden Licht in seltsam glasiger Art, jedenfalls wie keine Legierung, die je von Menschenhand geformt worden war. Dallas war nicht einmal überzeugt, daß es sich um Metall handelte. Eine erste Untersuchung ließ nämlich erkennen, daß die Schiffshaut allem Anschein nach aus einem Stück zu bestehen schien; jedenfalls waren keinerlei Schweißnähte oder sonstige Verfahren zum Verbinden von Platten oder Rumpfteilen zu erkennen. Insgesamt vermittelte das fremde Schiff den seltsamen Eindruck, als wäre es gewachsen und nicht industriell hergestellt worden.

Das war natürlich bizarr. Und unabhängig von der Baumethode war die wesentliche Erkenntnis natürlich, daß es sich ohne jeden Zweifel um ein Schiff handelte.

Der unerwartete Anblick hatte sie so verblüfft, daß keiner auch nur einen Gedanken darauf verwendete, was das sichtlich intakte Schiff in Gestalt von Prämien oder Bergegeldern wert sein mochte.

Alle drei schrien gleichzeitig in ihre Helmmikrofone. »Irgendein Schiff. Ja, ein Schiff«, wiederholte Kane immer wieder.

Lambert studierte die gläsern schimmernde Oberfläche der gewölbten Schiffsflanken, das Fehlen jeglicher erkennbarer Außenaufbauten, und schüttelte verwundert den Kopf. »Bist du ganz sicher? Vielleicht ist es ein lokales Gebäude. Es ist wirklich unheimlich . . .«

»Nee.« Kane blickte immer noch auf die zwei gebogenen Hörner, die das »Heck« des Schiffes bildeten. »Es ist nicht mit dem Boden verbunden. Selbst wenn man fremdartige architektonische Vorstellungen zugrundelegt, ist es doch ganz eindeutig, daß das kein Gebäude sein kann. Es ist ganz bestimmt ein Schiff.«

»Ash, kannst du es sehen?« Dallas erinnerte sich jetzt, daß der Wissenschaftsoffizier über ihre Anzugsvideokameras alles mitverfolgen konnte und das Wrack wahrscheinlich im selben Augenblick entdeckt hatte, in dem Kane seinen erschreckten Schrei ausgestoßen hatte.

»Yeah, ich kann es sehen. Nicht besonders deutlich, aber gut genug, um Kanes Meinung zu teilen, daß es sich um ein Schiff handelt.« Ashs Stimme klang in ihren Helmen erregt. Zumindest so erregt, wie das bei dem Wissenschaftsoffizier möglich war. »Habe noch nie so etwas gesehen. Augenblick mal.« Sie wartete, während Ash die Anzeigegeräte studierte und ein paar schnelle Fragen in den Schiffscomputer tippte.

»Mutter auch nicht«, meldete er dann. »Es ist ein völlig unbekannter Typ, er läßt sich mit nichts in Verbindung bringen, das wir je zuvor gefunden haben. Ist es so groß, wie es von hier aus wirkt?«

»Eher größer«, erklärte Dallas. »Eine massive Konstruktion. Bis jetzt sind keinerlei Details zu erkennen. Wenn es im selben Maßstab gebaut ist wie unsere Schiffe, müssen die Erbauer ein gutes Stück größer als wir gewesen sein.«

Lambert stieß ein nervöses Kichern aus. »Wir werden es ja sehen, wenn noch welche an Bord geblieben sind, um uns zu begrüßen.«

»Wir sind ganz nahe und genau auf der Peillinie«, sagte Dallas zu Ash, ohne die Bemerkung der Navigatorin zu beachten. »Du solltest ein viel klareres Signal von uns empfangen. Was ist mit dem Notruf? Irgendwelche Verschiebungen? Wir sind zu nahe dran, um etwas festzustellen.«

»Nein. Was dieses Signal erzeugt, muß im Inneren dieses Gebildes sein, da bin ich ganz sicher. Das muß so sein. Wenn es dahinter läge, hätten wir es nie durch diese Metallmasse aufnehmen können.«

»Wenn es Metall ist.« Dallas untersuchte immer noch den Rumpf des fremden Schiffes. »Sieht eher wie Plastik aus.«

»Oder Bein«, meinte Kane nachdenklich.

»Angenommen, die Sendung kommt tatsächlich aus dem Inneren des Schiffes, was tun wir dann?« fragte sich Lambert.

Der Erste Offizier trat einen Schritt vor. »Ich gehe hinein und sehe mich um, dann sage ich euch Bescheid.«

»Langsam, Kane, sei nicht so verdammt wild auf Abenteuer. Irgendwann kriegst du damit noch mächtigen Ärger.«

»Ich gehe hinein. Wir müssen doch etwas tun. Schließlich können wir nicht hier draußen rumstehen und warten, bis über dem Schiff irgendwelche magische Offenbarungen in der Luft auftauchen.«

Kane blickte Dallas mit gerunzelter Stirn an. »Würdest du denn ernsthaft vorschlagen, daß wir nicht hineingehen?«

»Nein, nein. Aber zu überstürzen brauchen wir auch nichts.« Er wandte sich dem Wissenschaftsoffizier im Schiff zu. »Empfängst du uns noch, Ash?«

»Jetzt schwächer, seit ihr vor dem Sender steht«, kam die Antwort. »Das gibt einige Interferenz. Aber ich kann euch noch ganz gut hören.«

»Okay. Ich sehe keine Lichter oder Lebenszeichen. Keinerlei Bewegung, abgesehen von diesem verdammten Staub. Versuche uns anzupeilen und setze alle Sensoren ein. Ich möchte wissen, ob du irgend etwas siehst oder findest, das wir nicht wahrnehmen können.«

Ash brauchte eine Weile, um dem Befehl nachzukommen. Sie bewunderten immer noch die elegant unsymmetrischen Linien des riesigen Schiffes.

»Ich habe alles versucht«, berichtete der Wissenschaftsoffizier schließlich. »Wir sind auf so etwas nicht eingerichtet. Die

Nostromo ist ein Schlepper, kein Forschungsschiff. Um vernünftige Werte zu bekommen, würde ich eine Menge teures Zeug brauchen, das wir einfach nicht an Bord haben.«

»Also gut – was kannst du mir sagen?«

»Von hier aus gar nichts. Ich kriege überhaupt keine eindeutigen Resultate. Von dem Gebilde geht soviel verschiedene Strahlung aus, daß ich nur einen Wirrwarr von Werten bekomme. Wir haben einfach nicht die richtigen Geräte dafür.«

Dallas versuchte seine Enttäuschung vor den anderen zu verbergen. »Ich verstehe. Ist ohnehin nicht wichtig. Aber versuche es weiter. Und sag mir sofort Bescheid, wenn du etwas Auffälliges findest. Irgend etwas. Besonders, wenn sich etwas bewegen sollte. Keine Einzelheiten. Die Analyse übernehmen wir hier.«

»Roger. Paßt gut auf euch auf.«

»Was nun, Captain?« Dallas Blick wanderte an dem mächtigen Schiff entlang und kehrte dann zu Kane und Lambert zurück, die ihn beobachteten. Der Erste hatte natürlich recht. Das bloße Wissen, daß das Signal von diesem Schiff ausging, reichte nicht. Sie mußten versuchen, die Ursache des Signals zu erfahren, mußten herausfinden, was die Anwesenheit dieses Schiffes auf dieser winzigen Welt zu bedeuten hatte. So weit gekommen zu sein und dann das Innere des Fremden nicht zu erforschen, war einfach unvorstellbar.

Schließlich war es die Neugierde gewesen, die die Menschheit von ihrer isolierten, unwichtigen Welt hinausgetrieben hatte über den Abgrund, der die Sterne voneinander trennte.

Er traf seine Entscheidung, die einzig logische Entscheidung. »Von hier sieht es ziemlich tot aus. Wir nähern uns zuerst der Basis. Und dann, wenn sich nichts zeigt . . .«

Lambert sah ihn an. »Ja?«

»Dann . . . das werden wir ja dann sehen.«

Sie gingen auf das Schiff zu, der überflüssige Sucher baumelte von Lamberts Gürtel.

»Ich kann jetzt nur . . .«, sagte Dallas, als sie sich dem mächtigen Schiff näherten.

An Bord der *Nostromo* verfolgte Ash jedes Wort, das gesprochen wurde, und dann verstummte Dallas Stimme plötzlich. Sie kam noch einmal kräftig durch und verschwand dann ganz. Gleichzeitig verlor Ash den Bildkontakt.

»Dallas!« Er betätigte in fieberhafter Eile ein paar Schalter an der Konsole und versuchte den bereits überlasteten Kameras höheren Kontrast abzugewinnen. »Dallas, kannst du mich hören? Ich hab' dich verloren, wiederhole, verloren . . .«

Nur das gleichmäßige thermonukleare Zischen der lokalen Sonne hallte klagend aus den Lautsprechern.

Wenn man unmittelbar unter dem Rumpf stand, war die kolossale Größe des fremden Raumschiffs noch beeindruckender. Es wölbte sich über ihnen, stieg in den mit Staub beladenen Himmel auf und wirkte viel massiver als das zerklüftete Felsgestein, auf dem es ruhte.

»Immer noch keine Spur von Leben«, murmelte Dallas halb im Selbstgespräch, während er den Rumpf musterte. »Keine Lichter, keine Bewegung.« Er deutete auf das, was er für den Bug des Schiffes hielt. »Und kein Weg nach innen. Versuchen wir es in der Richtung.«

Während sie vorsichtig über zersplittertes Gestein und lose Felsbrocken stiegen, wurde Dallas bewußt, wie klein er sich angesichts des fremden Schiffes vorkam. Nicht im physischen Sinne, obwohl der mächtige Bogen des Rumpfes die drei Menschen wie Zwerge erscheinen ließ, sondern unbedeutend und winzig im kosmischen Maßstab. Die Menschheit wußte immer noch sehr wenig vom Universum, hatte nur den winzigen Bruchteil eines einzigen Winkels erforscht.

Es war erregend und intellektuell in hohem Maße befriedigend, wenn man hinter einem Teleskop stand, Spekulationen über das anzustellen, was in den schwarzen Abgründen auf einen wartete, aber es war eine völlig andere Sache, das isoliert auf einem unangenehm kleinen Staubkorn von einer Welt wie dieser hier zu tun, überragt von einem Schiff nichtmenschlicher Herkunft, das eher einem natürlichen Gewächs glich als einem vertrauten Mechanismus zum Manipulieren und Überwinden der Gesetze der Physik.

Das, so gestand er sich im stillen, störte ihn an dem Wrack am meisten. Hätte es in seinen Umrissen und seiner Zusammensetzung mehr dem Hergebrachten entsprochen, so wäre ihm sein nichtmenschlicher Ursprung nicht so bedrohlich vorgekommen. Er schrieb seine Gefühle nicht einfacher Xenophobie zu. Nur hatte er eben nicht erwartet, daß das Fremde derart *fremd* sein würde.

»Es kommt etwas.« Er sah, daß Kane auf den Schiffsrumpf vor ihnen deutete. Zeit, sich von müßigen Spekulationen zu befreien, sagte er sich. Zeit, sich mit der Wirklichkeit auseinanderzusetzen. Dieses seltsame U-Gebilde war ein Raumfahrzeug, das sich nur oberflächlich von der *Nostromo* unterschied. An dem Material, aus dem es gebaut war, war nichts Böses, an der Konstruktion nichts Bedrohliches. Ersteres war das Resultat einer anderen Technologie, letzteres entsprang wahrscheinlich in erster Linie ästhetischen Vorstellungen. So betrachtet, nahm das Schiff eine Art exotischer Schönheit an. Ohne Zweifel erregte sich Ash inzwischen bereits über die einzigartige Konstruktion des Schiffes und wünschte bei ihnen zu sein.

Dallas bemerkte Lamberts unveränderten Ausdruck und wußte, daß es zumindest eine Person unter den Mitgliedern seiner kleinen Expedition gab, die ohne zu zögern mit dem Wissenschaftsoffizier den Platz getauscht hätte.

Kane hatte auf drei dunkle Flecken an der Flanke des Rumpfes hingewiesen. Als sie näher kamen, wurden aus den Flecken ovale Öffnungen, die neben Höhe und Breite auch Tiefe zeigten.

Schließlich standen sie unmittelbar unter den drei Pockennarben des Metalls (oder der Plastikmasse? Glas? oder was sonst?) des Rumpfes. Hinter den außen liegenden Ovalen gähnten engere noch dunklere Öffnungen. Der Wind fegte Staub und Bimsstein durch die Öffnungen, ein Zeichen dafür, daß sie schon seit einiger Zeit offen standen.

»Sieht wie ein Eingang aus«, mutmaßte Kane, während er mit auf die Hüften gestützten Händen dastand und die Öffnungen studierte. »Vielleicht eine Art Luftschleuse. Seht ihr die inneren Öffnungen dahinter?«

»Wenn es Schleusen sind, warum dann alle drei so dicht beisammen?« Lambert musterte die Öffnungen argwöhnisch. »Und warum stehen sie alle offen?«

»Vielleicht hatten die Erbauer des Schiffes etwas für die Zahl drei übrig.« Kane zuckte die Achseln. »Wenn wir einen finden, kannst du ihn fragen.«

»Sehr komisch.« Sie lächelte nicht. »Vielleicht war es so, aber warum haben sie dann alle drei offengelassen.«

»Wir wissen nicht, daß sie offen sind.« Dallas war von den glattlippigen Ovalen fasziniert, die so völlig anders waren, als die schwerfälligen viereckigen Schleusenöffnungen der *Nostromo*. Sie schienen in die Außenhaut des Rumpfes eingearbeitet, anstatt nachträglich mit schwerfälligen Schweißnähten und Bolzen befestigt.

»Was die Frage angeht, warum sie vielleicht offenstehen, falls das tatsächlich der Fall ist«, fuhr Dallas fort, »nun, vielleicht wollte die Mannschaft schnell heraus.«

»Warum brauchen sie dazu drei offene Schleusen?«

Jetzt riß Dallas die Geduld. »Woher, zum Teufel, soll ich das wissen?« Doch gleich darauf fügte er hinzu: »Tut mir leid ... das war überflüssig.«

»Nein, das war es nicht.« Diesmal grinste sie leicht. »Es war eine dumme Frage.«

»Höchste Zeit, daß wir uns ein paar Antworten holen.« Nach einem prüfenden Blick auf den Boden, um nicht auf dem lockeren Gestein zu Fall zu kommen, stieg er die leichte Neigung zu den Öffnungen hinauf. »Wir haben lange genug gewartet. Gehen wir hinein, wenn wir das können.«

»Irgend jemand kann das ja als Schleuse betrachten.« Kane studierte das Innere der Öffnung, die sie jetzt betraten. »Aber ich nicht.«

Dallas war bereits drinnen. »Die Oberfläche ist fest. Die zweite Türe oder Luke oder was auch immer das sein soll, steht ebenfalls offen.« Und nach kurzer Pause: »Hier ist eine große Kammer.«

»Wie steht es mit Licht?« Lambert griff nach ihrer Taschenlampe, die sie neben der Pistole an der Hüfte trug.

»Für den Augenblick scheint es auszureichen. Spart euch eure Lampen, bis wir sie brauchen. Kommt herein.«

Kane und Lambert folgten ihm durch einen kurzen Korridor, der sie in einen Raum mit hoher Decke führte. Wenn es in diesem Abschnitt des Schiffes Anzeigegeräte, Skalen oder irgendwelche Instrumente gab, so waren sie hinter grauen Wänden verborgen. Eine Art Rippen von rundem Querschnitt umspannten Boden, Decke und Wände. Das Ganze erinnerte frappierend und unangenehm an einen menschlichen Brustkorb. Gespenstisches Licht von draußen fiel auf Staubpartikeln, die in der fast unbewegten Luft der unheimlichen Kammer schwebten.

Dallas sah seinen Ersten Offizier an. »Was meinst denn du?«

»Keine Ahnung. Der Laderaum vielleicht? Oder Teil eines komplizierten Schleusensystems? Ja, das ist's wohl. Wir haben gerade eine Doppeltür passiert, und das hier ist die eigentliche Schleuse.«

»Mächtig groß für eine Luftschleuse.« Lamberts Stimme klang in ihren Helmen ganz leise.

»Ist auch nur eine Vermutung. Wenn die Insassen dieses Schiffes ihm gegenüber die gleiche Proportion hatten, wie wir zur *Nostromo,* brauchten sie wahrscheinlich eine Schleuse dieser Größe. Aber ich muß zugeben, daß mir die Vorstellung eines Laderaumes eher einleuchtet. Vielleicht erklärt das sogar, warum drei Eingänge benötigt wurden.« Er wandte sich um und sah, wie Dallas sich über ein schwarzes Loch im Boden beugte.

»He, Vorsicht, Dallas! Wir haben keine Ahnung, was dort unten lauern könnte oder wie tief das Loch ist.«

»Dieses Schiff steht nach außen offen, und bis jetzt hat niemand unser Eindringen zur Kenntnis genommen. Ich glaube nicht, daß hier drinnen irgend etwas lebt.« Dallas nahm seine Lampe vom Gürtel, knipste sie an und richtete den grellen Strahl nach unten.

»Siehst du etwas?« fragte Lambert.

»Yeah.« Kane grinste. »Zum Beispiel einen Hasen mit einer Armbanduhr?« Es klang fast hoffnungsvoll.

»Gar nichts sehe ich.« Dallas ließ den Lichtstrahl langsam kreisen. Es war ein eng gebündelter kräftiger Strahl.

»Was ist es denn?« Lambert war neben ihn getreten, hielt sich aber vorsichtig ein paar Schritte von dem Abgrund entfernt.

»Noch ein Laderaum?«

»Das kann man von hier aus nicht sagen. Es führt einfach nach unten. Glatte Wände soweit mein Lichtstrahl reicht. Keine Spur von Handgriffen oder einem Lift, einer Leiter oder sonst einer Möglichkeit, hinunterzukommen. Ich sehe den Boden nicht. Das Licht reicht nicht weit genug. Muß ein Zugangsschacht oder so etwas ähnliches sein.« Er schaltete seine Lampe aus, trat einen Meter von dem Loch zurück und hakte Geräte von seinem Gürtel los. Er legte sie auf den Boden, nahm den Tornister ab, legte ihn daneben und sah sich dann in der schwach beleuchteten grauen Kammer um.

»Was auch immer dort unten ist, wartet. Sehen wir uns zuerst hier um. Ich möchte sicher gehen, daß wir keine Überraschungen erleben. Vielleicht finden wir sogar einen bequemeren Weg nach unten.« Er ließ noch einmal seine Lampe aufleuchten und ließ den Lichtkegel über die Wände gleiten. So sehr sie auch an das Innere eines Wals erinnerten, blieben sie erfreulich reglos.

»Wir können uns jetzt ruhig trennen, aber wir sollten uns nicht zu weit voneinander entfernen. Unter keinen Umständen sollten wir einander aus den Augen verlieren. Länger als ein paar Minuten dürfte das nicht dauern.«

Kane und Lambert schalteten ihre eigenen Lampen ein. Dann begannen sie, den großen Saal zu erforschen.

Auf dem Boden lagen verstreut Fragmente irgendeines grauen Materials. Zum größten Teil war es unter kleinen Staubdünen vergraben, die irgendwie in das Schiff eingedrungen waren. Kane kümmerte sich nicht um das Zeug. Sie suchten nach etwas, das noch intakt war.

Plötzlich fiel der Lichtkegel von Dallas' Lampe auf ein Gebilde, das nicht zum Boden oder den Wänden gehörte. Er trat näher und sah sich die Umrisse des Gegenstandes genauer an. Es schien sich um eine kleine Urne oder Vase von hellbrauner, glänzender Farbe zu handeln. Er trat näher, hielt die Lampe so, daß er hineinsehen konnte.

Leer.

Enttäuscht ging er weiter und wunderte sich darüber, daß etwas dem Anschein nach so Zerbrechliches ganz geblieben war, während andere dauerhaftere Substanzen offenbar zerbrochen waren. Freilich war es durchaus möglich, daß das Material der Urne selbst dem Hitzestrahl seiner Pistole widerstehen würde.

Er war schon fast bereit, zu dem Schacht im Boden zurückzukehren, als sein Lichtstrahl auf etwas Kompliziertes und offenkundig Mechanisches fiel. In den halborganisch wirkenden Wänden des fremden Schiffes war das beruhigend funktionelle Aussehen dieses Gegenstandes gleichsam eine Erleichterung, wenn er sich auch keinerlei Vorstellung machen konnte, was er darstellte oder wie er gebaut war.

»Hierher!«

»Irgend etwas passiert?« fragte Kane.

»Nein, gar nicht. Ich habe einen Mechanismus gefunden.«

Lambert und Kane eilten auf ihn zu, ihre Stiefel ließen kleine Staubfontänen aufsteigen. Jetzt beleuchteten auch ihre Lampen das, was Dallas gefunden hatte. Alles schien still und tot, obwohl Dallas das merkwürdige Gefühl beschlich, als funktionierte irgendwo hinter diesen seltsam geformten Paneelen eine geduldige Kraft. Der Anblick einer einzelnen Metallstange, die sich langsam und gleichmäßig in einer Art Schiene vor und zurück bewegte, deutete auf mechanisches Leben hin, auch wenn es nach den Sensoren ihrer Anzüge völlig lautlos geschah.

»Das scheint noch zu funktionieren. Ich möchte nur wissen, wie lange es schon so auf und ab fährt.« Kane untersuchte das Gerät fasziniert. »Und dann möchte ich wissen, was es macht.«

»Das kann ich dir sagen.« Sie wandten sich Lambert zu, die bestätigte, was Dallas bereits vermutet hatte. Sie hielt ihren Sucher in der Hand, das Instrument, das sie von der *Nostromo* hergeführt hatte. »Das ist der Sender. Automatischer Notruf, wie wir es vermutet haben. Sieht so sauber aus, als wäre es nagelneu, obwohl es wahrscheinlich das Signal schon seit Jahren absetzt.« Sie zuckte die Achseln. »Vielleicht seit Jahrzehnten. Oder noch viel länger.«

Dallas führte ein kleines Gerät über den fremden Mechanismus. »Elektrostatische Ablenkung. Das erklärt, weshalb kein Staub darauf liegt. Schade. Hier drinnen ist kein Wind, und die Dicke der Staubschicht könnte uns einen Hinweis darauf geben, wie lange die Maschine schon läuft. Sie scheint tragbar zu sein.« Er schaltete den Scanner ab und schob ihn wieder in das Futteral, das er am Gürtel trug.

»Hat sonst noch jemand etwas gefunden?« Sie schüttelten beide den Kopf.

»Nur Wände mit Rippen und Staub.« Kane schien enttäuscht.

»Kein Hinweis auf eine Öffnung, die in einen anderen Abschnitt des Schiffes führt? Keine weiteren Löcher im Boden?« Wieder die doppelte Verneinung. »Dann bleibt uns nur der Schacht, es sei denn, wir bohren ein Loch in die nächste Wand. Ich glaube, wir sollten zunächst ersteres versuchen, ehe wir hier Dinge kaputtmachen.« Er sah, daß Kane die Achseln zuckte. »Willst du aufgeben?«

»Noch nicht. Das tue ich erst, wenn wir jeden Zentimeter dieser großen grauen Bestie durchsucht haben und außer glatten Wänden und versiegelten Maschinen nichts finden.«

»Mich würde das überhaupt nicht stören«, sagte Lambert.

Ihr Gesichtsausdruck machte allen klar, daß das auch ihre feste Überzeugung war.

Sie gingen den Weg zurück, den sie gekommen waren, und reihten sich vorsichtig am Rande der kreisförmigen Öffnung im Deck auf. Dallas kniete nieder, was in dem Schutzanzug nicht ganz einfach war, und betastete, so gut das ging, den Rand des Schachtes.

»Mit diesen verdammten Handschuhen kann man nicht viel sagen, aber es fühlt sich regelmäßig an. Der Schacht muß ein normaler Bestandteil des Schiffes sein. Ich dachte, er könnte durch eine Explosion entstanden sein. Schließlich haben wir einen Notruf aufgefangen.«

Lambert studierte das Loch. »Eine Hohlladung könnte tatsächlich ein glattes Loch wie dieses erzeugen.«

»So etwas macht dir richtig Spaß, wie?« Dallas war enttäuscht. »Aber ich bin trotzdem der Ansicht, daß es ein normaler Teil dieses Schiffes ist. Die Wände sind zu regelmäßig. Selbst für eine Hohlladung, und wäre sie noch so kräftig.«

»Ich habe ja nur meine Meinung gesagt.«

»Jedenfalls haben wir nun die Wahl, da hinunterzusteigen, ein Loch in eine Wand zu blasen oder wieder hinauszugehen und uns einen anderen Eingang zu suchen.« Er blickte zu Kane hinüber, der auf der anderen Seite des Schachtes stand. »Das ist deine große Chance.«

Der Erste Offizier wirkte gleichgültig. »Wenn du willst, mir soll's recht sein. Und wenn mir nach Großzügigkeit zumute ist, sage ich dir sogar über die Diamanten Bescheid.«

»Was für Diamanten?«

»Die ich dort unten in den alten Kisten finden werde.« Er deutete in das Loch.

Lambert half ihm das Klettergerät anzulegen, vergewisserte sich, daß das Geschirr sicher an seinen Schultern und dem Rücken befestigt war und drückte dann den Prüfknopf. Ein leises Summen im Lautsprecher seines Helms verriet ihm, daß alles in Ordnung war. An der Vorderseite des Gerätes blinkte ein grünes Licht.

»Fertig.« Er sah Dallas an. »Bist du soweit?«

»Einen Augenblick noch.« Der Kapitän hatte aus ein paar Metallstreben ein Dreibein aufgebaut. Das Gebilde wirkte zerbrechlich, viel zu dünn, um das Gewicht eines Mannes zu tragen. In Wirklichkeit hätte es sie alle drei ausgehalten, ohne sich auch nur einen Millimeter zu verbiegen.

Jetzt stellte Dallas es so auf, daß die Spitze über dem Schacht stand. Die drei Beine wurden mit Klammern mit dem Deck verbunden. An der Spitze hing eine kleine Vorrichtung, die aus einer Winde und einer Spule mit dünnem Kabel bestand. Dallas rollte zwei Meter davon ab und reichte Kane das Ende. Der Erste befestigte es an dem Karabinerhaken an seiner Brust, überzeugte sich, daß das Kabel hielt und forderte Lambert dann auf, sich mit ihrem ganzen Gewicht dagegenzustemmen. Es hielt.

»Du darfst das Kabel unter keinen Umständen aushaken«, sagte Dallas streng. »Selbst wenn du haufenweise Diamanten glitzern siehst.« Er überprüfte seinerseites die Kabeleinheit. Kane war ein guter Offizier. Die Schwerkraft war hier zwar geringer als auf der Erde, würde aber völlig ausreichen, um Hackfleisch aus Kane zu machen, wenn er abstürzte. Sie hatten keine Ahnung, wie tief der Schacht in die Eingeweide des Schiffes hinunterführte. Vielleicht handelte es sich sogar um einen Bergwerksschacht, der sich unter dem Rumpf fortsetzte und ins Innere des Planeten führte. Plötzlich mußte Dallas grinsen. Vielleicht würde Kane doch noch seine Diamanten finden.

»Du kommst in weniger als zehn Minuten zurück«, befahl er mit einer Stimme, die keinen Widerspruch duldete. »Klar?«

»Aye, aye.« Kane setzte sich vorsichtig und ließ die Beine über den Rand baumeln. Dann packte er das Kabel mit beiden Händen, stieß sich ab und hing in der Mitte der Öffnung. Die untere Hälfte seines Körpers war bereits nicht mehr zu sehen.

»Wenn du nicht in zehn Minuten wieder zurück bist, ziehe ich dich heraus«, warnte ihn Dallas.

»Beruhige dich. Ich werd' ein braver Junge sein. Außerdem kann ich auf mich selbst aufpassen.« Er hörte auf, hin und her zu pendeln, und hing nun bewegungslos über dem Abgrund.

»Tu das. Und halt uns auf dem laufenden.«

»Roger.« Kane schaltete das Klettergerät ein. Das Kabel entrollte sich gleichmäßig, und er sank in den Schacht. Er spreizte die Beine und berührte prüfend die glatten Schachtwände. Wenn er sich zurücklehnte und die Füße gegen die vertikale Wand stemmte, konnte er nach unten gehen.

Bemüht, das Gleichgewicht nicht zu verlieren, schaltete er seine Lampe ein und richtete den Scheinwerferkegel nach unten. Jetzt konnte er zehn Meter matt glänzendes Metall sehen. Dahinter war undurchdringliche Schwärze.

»Hier drinnen ist es wärmer«, meldete er, nachdem er kurz die Sensoren seines Anzugs überprüft hatte. »Das muß warme Luft sein, die von unten aufsteigt. Könnte ein Teil der Maschinenanlage sein, wenn die noch funktioniert. Irgend etwas muß ja schließlich diesen Sender mit Energie versorgen.«

Er stieß sich von der Wand ab, ließ mehr Kabel abrollen und setzte seinen Abstieg fort. Nach einigen Minuten hielt er inne, um sich kurz auszuruhen. Es war tatsächlich merklich wärmer geworden und wurde noch wärmer, je weiter er nach unten kam. Der plötzliche Klimawechsel belastete das Kühlsystem seines Anzugs, und er begann zu schwitzen, wenn auch die Klimaanlage im Helm dafür sorgte, daß seine Gesichtsplatte klar blieb. Sein Atem hallte laut im Helm wider, und er machte sich Sorgen, weil er wußte, daß Dallas und Lambert es hören konnten. Er wollte nicht, daß man ihn schon zurückrief.

Er lehnte sich zurück, blickte nach oben und sah die Mündung des Schachts, einen runden Lichtkreis in einem schwarzen Rahmen. Jetzt tauchte ein dunkler Punkt auf und schob sich in den Lichtkreis. Ein Lichtstrahl wurde von der glatten Wand reflektiert.

»Alles klar dort unten?«

»Okay. Nur mächtig heiß. Ich kann dich noch sehen. Bin noch nicht auf dem Grund.« Er holte tief Luft, dann noch einmal, suchte seine Lungen zu füllen. Der Regulator seines Tanks summte protestierend. »Das ist schwere Arbeit. Ich kann jetzt nicht mehr reden.«

Er beugte die Knie und stieß sich wieder von der Wand ab, ließ noch mehr Kabel abrollen. Inzwischen hatte er sich etwas mit seiner Umgebung vertraut gemacht und fühlte sich sicherer. Der Schacht führte weiterhin nach unten. Bis jetzt waren keine Anzeichen sichtbar geworden, daß er sich verengte oder seine Richtung veränderte. Und falls er weiter wurde, sollte ihn das nicht stören. Das nächste Mal stieß er sich kräftiger ab und machte längere und längere Sprünge, fiel in der Dunkelheit immer schneller. Der Lichtkegel seiner Lampe schien unverändert in die Tiefe, zeigte ihm aber nichts als dieselbe monotone unveränderte Dunkelheit.

Als er wieder verschnaufen mußte, hielt er inne und überprüfte die Instrumente seines Anzugs. »Interessant«, sagte er dann ins Mikrofon. »Ich bin jetzt bereits unter dem Bodenniveau.«

»Wir hören«, erwiderte Dallas. Dann mußte er wieder an Bergwerksschächte denken und fragte: »Irgendeine Veränderung in deiner Umgebung? Immer noch der gleiche Wandbelag?«

»Soweit ich sehen kann. Wie steht's mit der Leine?«

Eine kurze Pause, in der Dallas das auf der Rolle verbliebene Kabel überprüfte. »Gut. Du hast noch mehr als fünfzig Meter. Wenn der Schacht noch weiter in die Tiefe führt, müssen wir abbrechen und uns vom Schiff ein anderes Gerät holen. Aber ich glaube nicht, daß der Schacht so weit nach unten führt.«

»Wieso?«

Dallas Stimme klang nachdenklich. »Dann würden die Proportionen des Schiffes nicht mehr stimmen.«

»Die Proportionen in bezug auf was und wessen Gefühl für Proportionen?«

Darauf wußte Dallas keine Antwort.

Ripley hätte ihre Suche aufgegeben, wenn sie etwas Besseres zu tun gehabt hätte. Aber das war nicht der Fall. Am ECIU-Brett zu spielen war aber immer noch besser, als in einem leeren Schiff herumzuwandern oder die unbesetzten Liegen anzustarren, die sie umgaben.

Und dann stupste irgendeine Veränderung in den Prioritäten ihrer Fragestellung etwas in dem gigantischen Informationsspeicher des Schiffes an. Der Text flackerte so abrupt über den Bildschirm, daß sie ihn beinahe gelöscht und die nächste Serie begonnen hätte, ehe ihr klar wurde, daß sie tatsächlich eine vernünftige Antwort erhalten hatte. Das war das Unangenehme an Computern, dachte sie, sie hatten einfach keinen Sinn für Intuition. Sie konnten nur Schlüsse ziehen – die richtigen Fragen mußte ein Mensch ihnen stellen.

Sie studierte den Bildschirmtext gebannt, runzelte die Stirn und tippte dann weitere Fragen ein. Manchmal konnte Mutter einem ausweichen, ohne es zu wollen. Man mußte sich darauf verstehen, diese verwirrenden Einzelheiten zu vermeiden.

Aber diesmal war der Text, den sie las, ganz klar und ließ auch keinen Platz für Mißverständnisse. Dabei wäre ihr das vielleicht sogar lieber gewesen. Sie drückte den Knopf der Sprechanlage. Sofort meldete sich eine Stimme.

»Wissenschaftskuppel. Was ist Ripley?«

»Es ist sehr wichtig, Ash, und dringend.« Sie sprach in kurzen, abgehackten Sätzen. »Ich habe endlich etwas aus der Gedächtnisbank. Über ECIU. Vielleicht ist es gerade erst gekommen. Ich weiß nicht, aber darauf kommt es nicht an.«

»Gratuliere.«

»Das ist jetzt nicht wichtig«, herrschte sie ihn besorgt an. »Mutter hat allem Anschein nach einen Teil der fremden Sendung entziffert. Sie ist sich nicht sicher, aber nach dem, was ich lese, fürchte ich, daß das Signal kein SOS-Ruf ist.«

Das brachte Ash zum Schweigen, wenn auch nur einen Augenblick lang. Als er dann antwortete, war seine Stimme so ruhig und emotionslos wie immer, trotz der Bedeutung von Ripleys Mitteilung. Sie bewunderte seine Ruhe.

»Wenn es kein Notruf ist, was ist es dann?« fragte er ruhig. »Und warum so nervös? Du bist doch nervös, oder?«

»Kann man wohl sagen, daß ich nervös bin! Mehr als nervös, wenn Mutter recht hat. Sie sagt, sie sei sich nicht sicher, aber das Signal könnte eine Warnung sein.«

»Was für eine Warnung?«

»Als ob das etwas zu bedeuten hätte – ›was für eine Warnung‹!«

»Es gibt keinen Anlaß zum Schreien.«

Ripley atmete ein paarmal kurz durch und zählte dann bis fünf. »Wir müssen sie erreichen. Die müssen das sofort erfahren.«

»Der Ansicht bin ich auch«, sagte Ash bereitwillig. »Aber es nützt nichts. Als sie das fremde Schiff betraten, haben wir sie völlig verloren. Ich habe jetzt schon seit einiger Zeit keinen Kontakt mehr mit ihnen. Die Nähe des fremden Senders im Verein mit der seltsamen Zusammensetzung des fremden Schiffes hat alle meine Versuche vereitelt, die Verbindung wieder herzustellen. Und du kannst mir glauben, daß ich es versucht habe!« Und was er dann sagte, klang fast wie eine Herausforderung. »Du kannst ja selbst versuchen, mit ihnen Verbindung zu bekommen, wenn du das willst. Ich bin dir gerne behilflich.«

»Hör zu, ich habe mit keinem Wort behauptet, daß ich dich für unfähig halte, Ash. Wenn du sagst, daß wir sie nicht erreichen können, dann können wir sie nicht erreichen. Aber verdammt nochmal, sie müssen es *erfahren!*«

»Was schlägst du vor?«

Sie zögerte und meinte dann entschlossen: »Ich gehe ihnen nach. Ich werde es ihnen persönlich sagen.«

»Das glaube ich nicht.«

»Ist das ein Befehl, Ash?« Sie wußte, daß der Wissenschaftsoffizier in Notsituationen wie dieser Befehlsgewalt über sie hatte.

»Nein, aber gesunder Menschenverstand. Verstehst du denn nicht? Überleg' doch, Ripley«, drängte er sie, »ich weiß, daß ich dir nicht besonders sympathisch bin, aber versuch doch einmal, das Ganze rational zu sehen.

Wir können das einfach nicht riskieren. Wir vier – du und ich und Parker und Brett sind die Mindestzahl, die benötigt wird, um einen Start durchzuführen. Drei runter, vier drauf. Das ist die Vorschrift. Deshalb hat Dallas uns alle an Bord gelassen. Wenn du ihnen jetzt nachläufst, aus welchem Grund auch immer, dann sitzen wir hier fest, bis jemand zurückkommt. Wenn sie nicht zurückkommen, wird niemand erfahren, was hier geschehen ist.« Er machte eine Pause und fügte dann hinzu: »Außerdem haben wir keinen Anlaß, irgend etwas zu befürchten. Wahrscheinlich ist dort alles in bester Ordnung.«

»Also gut.« Es fiel ihr schwer, nachzugeben. »Ich räume ein, daß du recht hast. Aber das ist eine Ausnahmesituation. Ich bin trotzdem der Ansicht, daß ihnen jemand nachgehen sollte.«

Sie hatte Ash noch nie seufzen hören, und das tat er auch jetzt nicht, aber danach zumute war ihm ganz bestimmt.

»Was soll das Ganze?« Er sagte es ganz ruhig, als wäre es sonnenklar. »In der Zeit, die einer von uns brauchen würde, um zu ihnen zu kommen, erfahren sie ohnehin, ob es ein Warnsignal ist oder nicht. Habe ich recht?«

Ripley gab keine Antwort, sondern starrte Ash auf dem Monitorschirm an. Der Wissenschaftsoffizier erwiderte ihren Blick. Was sie nicht sehen konnte, war das Diagramm auf dem Monitorschirm seiner Konsole. Sie hätte es sehr interessant gefunden.

5

Von der kurzen Rast erfrischt, stieß Kane sich von der glatten Schachtwand ab und setzte seinen Weg in die Tiefe fort. Ein zweites Mal stieß er sich ab, wartete darauf, daß seine Stiefel erneut die Wand berührten. Aber diesmal blieb der Kontakt aus, er segelte ins Leere. Die Wände des Schachts waren verschwunden. Er schwang frei am Ende des Kabels.

Irgendein Raum, dachte er. Vielleicht wieder eine Kammer, wie die große oben. Jedenfalls hatte der Schacht in diesen Raum geführt. Der anstrengende Abstieg ließ seinen Atem schneller gehen, und er spürte auch, daß es erneut wärmer geworden war.

Seltsam, aber jetzt schien die Finsternis ihn stärker einzuengen als vorher, als er sich noch in dem Schacht bewegt hatte. Er überlegte, was wohl unter ihm liegen mochte, wie weit es entfernt war und was passieren würde, wenn das Kabel jetzt riß.

Ruhig Blut, Kane, redete er sich ein. Du mußt weiter an Diamanten denken. Funkelnde große Diamanten, klar und lupenrein, viele Karat. Nicht an diese nebelartige Schwärze, in der du jetzt hängst, diese Finsternis, die den Hauch fremder Gespenster trug. Erinnerungen und . . .

Verdammt, jetzt tat er es schon wieder.

»Siehst du etwas?«

Erschreckt riß er reflexartig an dem Kabel und fing wieder zu schwingen an. Er benutzte den Mechanismus, um zur Ruhe zu kommen und räusperte sich dann, ehe er Antwort gab. Er durfte nicht vergessen, daß er nicht alleine hier unten war. Dallas und Lambert warteten über ihm, gar nicht weit entfernt. Und einen bescheidenen Fußmarsch südwestlich des Wracks lag die *Nostromo*, angefüllt mit dem heimeligen Duft von Kaffee, vertrauten Schweißausdünstungen und dem beruhigenden Komfort des Kälteschlafs.

Einen Augenblick lang wünschte er sich fast verzweifelt, wieder an Bord des Schiffes zu sein. Und dann machte er sich klar, daß es auf dem Schlepper keine Diamanten gab und ganz bestimmt keinen Ruhm. Hier hingegen war vielleicht beides zu finden.

»Nein, nichts. Unter mir ist jetzt eine Höhle oder ein Raum. Ich bin aus dem Schacht raus.«

»Höhle? Reiß dich zusammen, Kane. Du bist immer noch im Schiff.«

»Bin ich das? Denk an das, was wir von Bergwerksschächten gesprochen haben? Vielleicht stimmt das doch.«

»Dann solltest du jetzt jeden Augenblick in deinen verdammten Diamanten schwimmen.«

Beide Männer lachten, Dallas Stimme klang aus dem Helmlautsprecher hohl und verzerrt. Kane versuchte sich die Schweißtropfen von der Stirn zu schütteln. Das war das Unangenehme an Schutzanzügen. Wenn sie einen kühl hielten, waren sie Klasse, aber wenn man zu schwitzen anfing, konnte man sich nichts abwischen, bloß die Gesichtsplatte, und das nützte nichts.

»Okay, dann ist es eben keine Höhle. Jedenfalls ist es hier unten warm wie in einer Sauna.« Er lehnte sich etwas zur Seite und überprüfte die Instrumente, die er am Gürtel trug. Er war weit genug unter der Oberfläche, um sich in einer Höhle zu befinden, aber bis jetzt hatte er nichts gefunden, was darauf hindeutete, daß er sich irgendwo anders, als in den Eingeweiden des fremden Schiffes befand.

Es gab nur eine Möglichkeit, sich da zu vergewissern. Er mußte den Boden finden.

»Wie ist die Luft dort unten? Außer daß sie heiß ist.«

Wieder ein Blick auf die Instrumente. »Ganz ähnlich wie draußen. Hoher Stickstoffgehalt, wenig bis gar kein Sauerstoff. Die Wasserdampfkonzentration ist hier unten sogar noch höher, das kommt von dem Temperaturanstieg. Wenn du willst, kann ich eine Probe nehmen. Ash kann sich dann ja daran versuchen.«

»Laß das jetzt ruhig. Mach weiter.«

Kane drückte einen Schalter. Sein Gürtel registrierte die Zusammensetzung der Atmosphäre am gegenwärtigen Ort. Das sollte Ash befriedigen, wenn auch eine Probe besser gewesen wäre. Immer noch schwer atmend schaltete Kane die Einheit an seiner Brust wieder ein. Mit vertrauenerweckendem Summen fuhr das Gerät fort, ihn langsam in die Tiefe absinken zu lassen.

Es war ein einsameres Gefühl, als wenn man durch den Weltraum fällt. Während das Kabel sich abspulte und er sich langsam im Kreise drehte, sank er durch völlige Finsternis. Kein Stern, kein Nebel war zu sehen.

Die friedliche Schwärze hatte ihn so völlig ruhig gemacht, daß er beinahe einen Schock empfand, als seine Stiefel auf festen Boden trafen. Er grunzte überrascht und hätte beinahe das Gleichgewicht verloren. Dann richtete er sich auf und schaltete die Klettereinheit ab.

Er war schon im Begriff, das Kabel zu lösen, als er sich an Dallas Anweisung erinnerte. Es würde recht schwierig sein, seine Umgebung zu erforschen, solange er an dem störenden Kabel hing, aber Dallas würde wütend werden, wenn er feststellte, daß Kane sich von dem Kabel gelöst hatte. Blieb ihm also nur, zu beten, daß das blöde Ding sich nicht irgendwo verhedderte.

Sein Atem ging jetzt etwas ruhiger, und er schaltete seine Lampe und die Anzuglichter ein, um sich in seiner neuen Umgebung zu orientieren. Im nächsten Augenblick war ihm klar, daß seine Annahme, sich in einer Höhle zu befinden, ebenso unrichtig wie emotionell gewesen war. Ganz offensichtlich war dies eine andere Kammer in dem fremden Schiff.

Dem Aussehen nach – den kahlen Wänden und der hohen Decke nach zu schließen – handelt es sich vermutlich um einen Frachtraum. Sein Scheinwerferkegel huschte über seltsame Gebilde und Formationen, die entweder integrierter Bestandteil des Frachtraumes selbst waren oder die man irgendwie daran befestigt hatte. Sie wirkten weich, fast flexibel und standen damit im Gegensatz zu dem massiven Aussehen der Rippen, die die Korridorwände verstärkten. Sie säumten die Wände vom Boden bis zur Decke, sauber und ordentlich.

Und doch hatte er nicht den Eindruck, als handle es sich um Gegenstände, die man hier verstaut hatte. Dazu war in dem mächtigen Raum zuviel Platz verschwendet. Freilich, solange sie keine Ahnung hatten, um was es sich bei den Vorsprüngen handelte, war es eigentlich absurd, Spekulationen anzustellen, welche Überlegung hinter den fremden Methoden des Verstauens von Ladung steckten.

»Alles klar dort unten, Kane?« Das war Dallas Stimme.

»Yeah. Ihr solltet das sehen.«

»Was sehen? Was hast du gefunden?«

»Das weiß ich nicht. Aber unheimlich ist es.«

»Wovon redest du denn?« Und nach einer kurzen Pause: »Kane, könntest du dich nicht etwas klarer ausdrücken? ›Unheimlich‹ besagt nicht sonderlich viel. Dieses ganze Schiff ist unheimlich, aber in dem offiziellen Bericht werden wir es wohl etwas anders beschreiben müssen.«

»Okay. Also, ich bin wieder in einer großen Kammer, so wie die oben. Und da ist etwas, überall an den Wänden.«

Er hielt seine Handlampe unbewußt wie eine Waffe vor sich, ging zu der nächstliegenden Wand und untersuchte die Vorsprünge. Aus der Nähe war jetzt ganz deutlich zu erkennen, daß es sich nicht um Teile der Wandstruktur handelte. Nicht nur das, sie wirkten irgendwie . . . organischer.

Oben sah Dallas Lambert an.

»Wie lange noch bis zum Sonnenuntergang?«

Sie studierte ihre Instrumente und drückte dann an einem davon kurz einen Schalter. »Zwanzig Minuten.« Sie verband die Feststellung mit einem vielsagenden Blick, aber Dallas reagierte nicht darauf, sondern wandte seine Aufmerksamkeit wieder dem schwarzen Kreis des Schachtes zu und blickte in die Tiefe, obwohl er dort natürlich nichts sehen konnte.

Im Scheinwerferkegel erkannte Kane, daß weitere dieser seltsamen Gebilde auf dem Boden der Kammer lagen, in der Mitte des Raumes. Er ging auf sie zu und umkreiste sie vorsichtig, während er einzelne davon näher untersuchte. Sie waren alle etwa dreißig Zentimeter hoch, von ovaler Form und sahen irgendwie ledern aus. Er wählte sich eins der Gebilde aus, richtete seine Lampe darauf und hielt den Lichtkegel fest. In dem gleichmäßigen Licht war nichts Neues zu erkennen, es schien auch keine Wirkung auf das eiförmige Ding zu haben.

»Es ist ganz sicher irgendeine Art Lagerraum.« Aus dem Helmlautsprecher kam keine Antwort. »Ich habe gesagt, daß es ganz sicher ein Lagerraum ist. Hört mich jemand?«

»Klar und deutlich«, antwortete Dallas schnell. »Wir hören nur zu, das ist alles. Du sagst, du bist ziemlich sicher, daß es ein Lagerraum ist?«

»Richtig.«

»Irgend etwas, das diese Vermutung bestätigt, außer der Größe und der Form?«

»Sicher. Ein paar von diesen Vorsprüngen an den Wänden liegen hier auch auf dem Boden herum, und sie sind mit Sicherheit nicht Teil des Schiffes. Der ganze Raum ist voll davon. Lederartige Dinger, eigentlich ähneln sie dieser Urne, die wir oben gefunden haben, nur daß die hier viel weicher aussehen. Ich habe den Eindruck, sie sind mit irgend etwas gefüllt und abgedichtet, während die oben leer war. Und sie scheinen nach irgendeinem Schema angeordnet zu sein, obwohl dabei ziemlich viel Platz verschwendet ist. Kannst du erkennen, was in den Dingern ist?« Dallas erinnerte sich an das hohle Urnengebilde, das er gefunden hatte.

»Augenblick mal. Ich seh's mir mal aus der Nähe an.« Ohne die Lampe auszuschalten, ging er näher an das Gebilde heran, das er studiert hatte und berührte es mit der behandschuhten Hand. Nichts geschah. Er beugte sich vor und drückte an den Seiten. Dann oben. An der glatten Oberfläche war nichts zu sehen, das darauf hindeutete, daß man es öffnen konnte.

»Fühlt sich irgendwie komisch an, selbst durch die Handschuhe.«

Dallas schien plötzlich beunruhigt. »Ich habe nur gefragt, ob du hineinsehen kannst. Versuche nicht, es zu öffnen. Du weißt nicht, was drinnen ist.«

Kane sah sich den Gegenstand näher an. Er hatte sich nicht verändert und zeigte auch keine Auswirkung seines Drückens und Quetschens. »Was auch immer drinnen ist, das Ding ist jedenfalls dicht.«

Er wandte sich ab und ließ seinen Scheinwerferstrahl über die Reihen von Gebilden schweifen. »Vielleicht finde ich eines, das gesprungen ist oder sich etwas geöffnet hat.«

Im Widerschein seiner Anzuglampe tauchte lautlos eine Art Beule an der prallen Oberfläche des Gebildes auf, das er berührt hatte. Jetzt entstand eine zweite Beule und dann noch eine, mehrere, bis die glatte Fläche von einer ganzen Anzahl ›Warzen‹ überzogen war.

»Alle gleich«, meldete er Dallas und Lambert. »Keines der Dinger hat eine Ritze oder ein Loch.« Geistesabwesend ließ er den Scheinwerferstrahl wieder zu dem Gegenstand zurückwandern, den er berührt hatte, beugte sich vor und kniff verblüfft die Augen zusammen.

Die bisher undurchsichtige Oberfläche des Dings war jetzt halbdurchsichtig geworden. Und während er sie mit geweiteten Augen anstarrte, klarte die Oberfläche weiter auf, wurde völlig durchsichtig wie Glas. Er trat näher heran, richtete seinen Scheinwerferstrahl auf die Unterseite des Gegenstandes, starrte ihn an, atmete kaum, während im Inneren des ovalen Behälters Umrisse sichtbar wurden.

»Jesus . . .!«

»Was? Kane, was geht dort unten vor?« Dallas mußte an sich halten, um nicht zu schreien.

Im Inneren des Ovoids war jetzt ganz deutlich ein winziger Alptraum sichtbar. Er lag eingerollt und zusammengefaltet da, kompakt und zart, ganz aus gummiartigem Fleisch bestehend. Auf Kane wirkte es wie die Ausgeburt eines Delirium tremens, die man aus einem kranken Gehirn herausdestilliert und der man Form und Gestalt verliehen hatte.

Das Ding hatte die Form einer vielfingerigen Hand, deren lange knochige Finger in die Handfläche eingerollt waren. Sah man von den zusätzlichen Fingern ab, so hätte man meinen können, es handle sich um die Hand eines Skeletts. Und aus der Mitte der Handfläche stach etwas hervor, etwas, das wie ein kurzes Rohr aussah. Und unter der Hand war ein muskulöser Schwanz eingerollt. Auf ihrem Rücken konnte er ganz undeutlich ein konvexes Gebilde ausmachen, das wie ein glasiges Auge aussah.

Dieses Auge . . . wenn es ein Auge war und nicht einfach eine glänzende Auswucherung . . . mußte er sich aus der Nähe ansehen. Trotz des Ekels, der in ihm aufstieg, schob er sich noch näher heran und hob die Lampe, um besser sehen zu können.

Das Auge bewegte sich – *und blickte ihn an.*

Das Ovoid explodierte. Und dann öffnete sich die Hand und sprang ihn an, von der Energie des aufgerollten Schwanzes getrieben. Er hob den Arm, um sie abzuwehren. Zu spät. Sie klammerte sich an seiner Gesichtsplatte fest. Aus schrecklicher Nähe sah er das sich bewegende Rohr in der Mitte der Handfläche, es strich nur Zentimeter von seiner Nase entfernt über das Glas. Etwas fing an zu zischen, und das Material seiner Gesichtsplatte begann sich aufzulösen. Er geriet in Panik, versuchte das Geschöpf wegzureißen.

Jetzt hatte es die Platte durchdrungen. Fremde Atmosphäre, kalt und übelriechend, mischte sich in seine Atemluft. Er fühlte, wie ihn Schwäche erfaßte, zerrte hilflos an der Hand. Etwas schob sich eindringlich gegen seine Lippen.

So benommen, daß auch das Schreckliche seinen Schrecken verloren hatte, taumelte er in dem Raum herum und versuchte das widerliche Ding von sich zu reißen. Die langen empfindlichen Finger waren durch die offene Gesichtsplatte geglitten. Sie betasteten jetzt seinen Schädel, während der dicke

Schwanz sich hereinschob und wie eine Schlange um seinen Hals wand.

Er bekam kaum noch Luft, und dieses widerliche Rohr, das sich wie ein fetter Wurm anfühlte, glitt in seinen Rachen. Er stolperte über die eigenen Füße, stürzte und fiel dann nach hinten.

»Kane . . . Kane, kannst du mich hören?« Dallas schwitzte unter seinem Anzug. »Kane, gib Antwort.« Schweigen. Er überlegte einen Augenblick lang. »Wenn du dein Sprechgerät nicht benutzen kannst, dann gib mir zwei Piepser aus deinem Ortungsgerät.« Er blickte Lambert an, die das Signal empfangen konnte. Sie wartete eine Weile, schüttelte dann langsam den Kopf.

»Was kann passiert sein?« fragte sie.

»Ich weiß nicht. Ich weiß es nicht. Vielleicht ist er gestürzt und hat seine Energiezellen beschädigt.« Er zögerte. »Er kann oder will nicht antworten. Ich glaube, wir sollten ihn hochziehen.«

»Ist das nicht etwas voreilig? Ich mache mir auch Sorgen, aber . . .«

Dallas Augen waren angstgeweitet. Als er bemerkte, daß Lambert ihn anstarrte, beruhigte er sich.

»Schon gut, schon gut. Dieser Ort . . .« – seine Handbewegung umfaßte alles, die Wände, das schwarze Loch im Boden – »hat mich einen Augenblick lang erwischt, das ist alles. Ich sage immer noch, daß wir ihn heraufholen sollten.«

»Das reißt ihn von den Füßen, wenn er nicht damit rechnet. Er könnte sich dabei verletzen, wenn er ungünstig liegt. Wenn wirklich etwas passiert ist, wirst du es nie erfahren.«

»Versuche es noch einmal, ihn zu erreichen.«

Lambert drückte den Sprechschalter ihres Interkom. »Kane . . . Kane. Verdammt nochmal, gib Antwort!«

»Versuch es weiter.« Während Lambert ihre Bemühungen fortsetzte und abwechselnd bettelte und drohte, beugte Dallas sich über den Schacht und untersuchte das Kabel. Es ließ sich leicht in seiner Hand bewegen. Zu leicht. Er zog daran, und ein Meter Leine kam ihm entgegen, ohne daß er irgendeinen Widerstand verspürte.

»Die Leine ist los.« Er drehte sich zu ihr um.

»Er gibt noch immer keine Antwort. Kann nicht oder will nicht. Meinst du, daß er sich abgehakt hat? Ich weiß, was du ihm gesagt hast, aber du kennst ihn ja. Wahrscheinlich dachte er, wir würden es nicht merken, wenn die Kabelspannung eine Weile nachläßt. Wenn er etwas entdeckt hat und Angst hat, das Kabel könnte sich irgendwo verhängen oder nicht lang genug sein, würde ich es ihm durchaus zutrauen, daß er den Haken löst.«

»Mich interessiert nicht, was er möglicherweise gefunden hat. Mich interessiert nur, weshalb er keine Antwort gibt.« Dallas schaltete den Windenmotor ein. »Würde mir leid tun, wenn es ihn stört. Wenn ihm und seinen Geräten nichts passiert ist, wird er sich noch wünschen, daß er das Kabel gelöst hätte.«

Die Winde begann jetzt das Kabel aufzuspulen. Dallas beobachtete es gebannt und entspannte sich dann etwas, als er sah, wie die Leine nach ein paar Metern straff wurde. Wie erwartet bewegte sie sich jetzt langsamer.

»Jetzt hängt ein Gewicht dran.«

»Hat es sich irgendwo verhängt?«

»Nein. Es kommt immer noch herauf. Nur langsamer. Wenn es sich an etwas verhängt hätte und außer Kane noch etwas in die Höhe ziehen würde, dann würde man das bemerken. Ich glaube, er hängt noch dran, wenn er auch keine Antwort geben kann.«

»Was ist, wenn er unten bleiben will und sein Brustgerät dazu benützte um wieder in die Tiefe zu sinken?«

Dallas schüttelte den Kopf. »Das geht nicht.« Er deutete mit einer Kopfbewegung auf die Winde. »Der Hauptschalter ist hier oben, nicht an dem tragbaren Gerät, das er umgeschnallt hat. Er wird heraufkommen, ob es ihm nun paßt oder nicht.«

Lambert blickte voll Erwartung in den Schacht. »Ich kann immer noch nichts sehen.«

Der Lichtkegel beleuchtete einen Teil des Loches. Dallas hatte seine Handlampe darauf gerichtet. »Ich auch nicht. Aber die Leine kommt immer noch herauf.«

Die Winde drehte sich, und die beiden Gestalten in ihren Schutzanzügen warteten besorgt, daß etwas im Lichtkegel von Dallas Scheinwerfer auftauchte. Es dauerte ein paar Minuten, bis der Kegel von etwas durchbrochen wurde, das von unten heraufkam.

»Da kommt er.«

»Er bewegt sich nicht.« Lambert suchte besorgt nach irgendeiner Bewegung, aber da war nichts. Kane regte sich nicht.

Das Dreibein bog sich leicht nach unten durch, als die letzten paar Meter Kabel aufgespult wurden.

»Halte dich bereit, ihn aufzufangen, wenn er in deine Richtung schwingt.« Lambert machte sich auf der gegenüberliegenden Seite der Schachtöffnung bereit.

Jetzt tauchte Kanes Körper am Ende des Kabels auf. In dem schwachen Licht konnte man erkennen, daß er völlig schlaff in seinem Geschirr hing.

Dallas lehnte sich über den Abgrund und wollte den reglosen Ersten Offizier an seinem Brustgeschirr packen. Beinahe hätte seine Hand ihn berührt, als er im Inneren des Helms das graue, ebenso reglose Geschöpf sah, das Kanes Kopf umfaßt hielt. Er zog die Hand zurück, als hätte er sich verbrannt.

»Was ist denn?« wollte Lambert wissen.

»Paß auf. Da ist etwas an seinem Gesicht, in seinem Helm. Ein Alien, ein fremdes Geschöpf.«

Sie ging um die Schachtöffnung herum. »Was ist . . .« Dann sah sie zum ersten Mal das Wesen, das sich wie eine Molluske in ihrer Schale im Helm festgesetzt hatte. »O Gott!«

»Nicht anfassen.« Dallas studierte die reglose Gestalt seines Schiffskameraden. Dann machte er eine fächelnde Handbewegung auf das Ding zu, das an Kanes Gesicht hing. Es rührte sich nicht. Dann griff er danach, bereit, sich zurückzuwerfen und wegzurennen. Seine Hand bewegte sich ganz dicht auf das Ding zu, näherte sich der augenähnlichen Ausbuchtung an seinem Rücken. Das Alien nahm keine Notiz von ihm, gab, abgesehen von einem schwachen gleichmäßigen Pulsieren, keinerlei Lebenszeichen von sich.

»Lebt es?« Lamberts Magen begann zu revoltieren. Ihr war, als hätte sie gerade einen Liter von den halbverarbeiteten Abfallprodukten der *Nostromo* geschluckt.

»Es bewegt sich nicht, aber ich glaube, daß es lebt. Nimm seine Arme, ich nehme die Beine. Vielleicht können wir es herunterwerfen.«

Lambert schickte sich an, den Befehl auszuführen, hielt dann inne und musterte ihn unsicher. »Wieso soll ich die Arme . . .?«

»Ach, zum Teufel, dann nimm die Beine!«

»Danke.«

Dallas tauschte mit ihr den Platz. Während er das tat, glaubte er zu erkennen, wie ein Finger der Hand sich bewegte, ganz leicht, aber er war nicht sicher.

Er wollte Kane unter den Armen anheben, spürte sein Gewicht, zögerte. »So bringen wir ihn nie bis zum Schiff. Nimm du die eine Seite und ich nehme die andere.«

Vorsichtig drehten sie den reglosen Körper des Ersten Offiziers herum. Das Alien fiel nicht herunter. Es blieb an Kanes Gesicht ebenso sicher hängen wie vorher, als der Offizier noch unberührt auf dem Rücken gelegen hatte.

»Klappt nicht. Wunschdenken. Ich habe eigentlich auch nicht damit gerechnet, daß es herunterfallen würde. Schaffen wir ihn zum Schiff.«

Er schob einen Arm unter Kanes Rücken und hob ihn in sitzende Position. Dann legte er sich einen Arm des Ersten Offiziers über die Schultern. Lambert tat es ihm auf der anderen Seite gleich.

»Fertig?« Sie nickte. »Behalt' das Ding im Auge. Wenn es so aussieht, als wollte es herunterfallen, dann laß sofort los und hau ab.« Sie nickte wieder. »Gehen wir.«

Als sie den Eingang des fremden Schiffes erreicht hatten, blieben sie stehen. Beider Atem ging schwer. »Laß ihn herunter«, sagte Dallas zu ihr. Lambert kam dem Befehl bereitwillig nach. »So geht das nicht. Seine Füße bleiben an jedem Steinbrocken und in jeder Bodenspalte hängen. Bleib bei ihm. Ich werde versuchen, eine Art Travois zu machen.«

»Aus was denn?« Aber Dallas war bereits ins Schiff zurückgeeilt.

»Das Winden-Dreibein«, hörte sie seine Stimme in ihrem Helm. »Das ist kräftig genug.«

Während sie auf Dallas Rückkehr wartete, hielt Lambert sich so weit von Kane entfernt, wie das möglich war. Draußen heulte der Sturm, und das schwächer werdende Licht verkündete das Herannahen der Nacht. Sie ertappte sich dabei, daß sie immer wieder das winzige Monstrum anstarrte, das sich an Kane festgekrallt hatte. Ihre Gedanken kreisten beständig um das, was wohl in der Tiefe des Schachtes geschehen sein mochte.

Sie brachte es fertig, *nicht* an das zu denken, was das Gebilde vielleicht mit ihm tat. Das mußte sie, um nicht hysterisch zu werden.

Da kehrte Dallas zurück, Teile des zerlegten Dreibeins unter dem rechten Arm. Er breitete die Stücke auf dem Deck aus und begann daraus eine Art Schlitten zu machen, auf dem sie Kane ziehen konnten. Die Angst beflügelte seine behandschuhten Finger.

Als das Travois fertig war, ließ er es vorsichtig zur Oberfläche des Planeten hinunter. Die letzten paar Meter fiel es, zerbrach aber nicht. Er sagte sich, daß das primitive Gebilde den bewußtlosen Ersten tragen konnte, bis sie die *Nostromo* erreichten.

Der kurze Tag neigte sich inzwischen seinem Ende zu, und der Himmel nahm wieder die Farbe von Blut an. Der Sturm nahm wieder zu und heulte klagend. Nicht, daß sie im Dunkeln Kane nicht zurücktransportieren oder den Schlepper nicht finden könnten, aber Dallas verspürte nicht den geringsten Drang, des Nachts auf dieser von Winden gepeitschten Welt unterwegs zu sein. Etwas unvorstellbar Groteskes war aus den Tiefen des Wracks heraufgestiegen und hatte sich an Kanes Gesicht und in ihren Gedanken festgekrallt. Vielleicht sammelten sich in diesem Augenblick in der staubverhüllten Dämmerung noch schrecklichere Gestalten. Er sehnte sich verzweifelt nach den sicheren Metallwänden der *Nostromo.*

Als die Sonne hinter den Wolken versank, flammte der Ring von Scheinwerfern an der Unterseite des Schleppers auf. Sie schafften es nicht, die Landschaft, die das Schiff umgab, in freundlicherem Licht erstrahlen zu lassen, aber sie reichten immerhin aus, um die düsteren Konturen des Felsgesteins zu erhellen, auf dem die *Nostromo* ruhte. Gelegentlich wirbelten vor ihnen dichtere Staubfahnen auf und vereitelten selbst diesen schwachen Versuch, sich die Nacht fernzuhalten.

Auf der Brücke wartete Ripley resignierend auf irgendein Wort von der schweigenden Forschergruppe. Die ersten Gefühle der Hilflosigkeit und des Unwissens waren inzwischen verblaßt. An ihre Stelle war ein unbestimmt taubes Gefühl an Körper und Seele getreten. Sie brachte es nicht über sich, durch eine Luke nach draußen zu blicken. Sie konnte nur stumm dasitzen, gelegentlich einen Schluck lauwarmen Kaffee trinken und ausdruckslos auf die sich langsam verändernden Zeilen ihres Anzeigegerätes zu starren.

Jones, der Kater, saß vor einer Luke. Er empfand den Sturm erheiternd und hatte ein hektisches Spiel erfunden, in dem er immer wieder nach den größeren Steinpartikeln schlug, wenn eines außen gegen die Luke prallte. Jones wußte, daß er keines der fliegenden Staubkörner fangen konnte. Er verstand die Naturgesetze, die hinter der festen Durchsichtigkeit lagen. Das machte zwar sein Spiel etwas weniger lustig, aber nicht unmöglich. Außerdem konnte er so tun, als wären die dunklen Steinfragmente Vögel, obwohl er nie einen Vogel gesehen hatte. Aber instinktiv kannte er auch sie.

Ripley war nicht die einzige, die die Monitorschirme überwachte und immer wieder auf die Anzeigegeräte blickte. Ash als der einzige Nicht-Kaffee-Trinker auf der *Nostromo* tat seine Arbeit ohne flüssige Anregung. Sein Interesse wurde nur duch neue Informationen verstärkt.

Zwei Anzeigegeräte, die eine Weile unverändert gewesen waren, erwachten plötzlich zum Leben, und auf das Nervensystem des Wissenschaftsoffiziers wirkten die neuen Zahlen ebenso wie jenes Narkotikum auf seine Mannschaftskameraden. Er schaltete die Lautsprecher an und überprüfte sie gründlich, ehe er die Sprechanlage zur Brücke hinzuschaltete und die Daten meldete.

»Ripley? Bist du da?«

»Yo.« Sie bemerkte seine Erregung und saß plötzlich kerzengerade auf ihrem Sitz. »Gute Nachrichten?«

»Ich glaube schon. Ich habe gerade die Signale ihrer Anzüge aufgenommen. Und die Anzugbilder sind wieder auf den Schirmen.«

Sie atmete tief und stellte dann die beängstigende aber notwendige Frage: »Wie viele?«

»Alle. Drei Signale, gleichmäßig.«

»Wo sind sie?«

»Nahe . . . sehr nahe. Jemand muß auf den Gedanken gekommen sein, die Peilsender einzuschalten, damit wir sie sehen können. Sie kommen im gleichmäßigen Tempo auf uns zu. Langsam, aber stetig. Sieht gut aus.«

Darauf solltest du dich nicht verlassen, dachte sie bei sich und schaltete gleichzeitig ihren Stationssender ein.

»Dallas . . . Dallas, kannst du mich hören?« Ein Wirbel von Störgeräuschen antwortete, und sie verfeinerte ihre Abstimmung. »Dallas, hier spricht Ripley. Bitte kommen.«

»Ruhig Blut, Ripley. Wir hören dich. Wir sind fast zurück.«

»Was ist geschehen? Wir haben euch von den Bildschirmen verloren, und eure Anzugsignale waren auch weg, als ihr in das Wrack eingedrungen seid. Ich habe Ash' Bänder gesehen. Habt ihr . . .?«

»Wir haben einen Notfall.« Dallas Stimme klang erschöpft und verärgert. »Kane ist verletzt. Wir werden Hilfe brauchen, um ihn ins Schiff zu schaffen. Er ist bewußtlos. Jemand wird uns helfen müssen, ihn aus der Schleuse zu tragen.«

Über die Lautsprecher kam schnell Antwort. »Ich komme«, sagte Ash.

Parker und Brett verfolgten im Maschinenraum interessiert das Gespräch.

»Bewußtlos«, wiederholte Parker. »Ich hab' immer gewußt, daß Kane eines Tages Probleme bekommen würde.«

»Richtig.« Bretts Stimme klang besorgt.

»Aber für einen Schiffsoffizier eigentlich kein übler Bursche. Er ist mir lieber als Dallas. Ist nicht so schnell mit einem Befehl bei der Hand. Ich bin ja neugierig, was denen dort draußen zugestoßen ist.«

»Weiß nicht. Werden's erfahren.«

»Vielleicht«, fuhr Parker fort, »ist er bloß gestürzt und hat sich dabei die Rübe angeschlagen.«

Die Erklärung überzeugte Parker ebensowenig wie Brett. Beide Männer verstummten und wandten ihre Aufmerksamkeit wieder dem knackenden Lautsprecher zu.

»Wir sind da.« Dallas war noch kräftig genug, um mit einer Kopfbewegung auf das Schiff zu deuten. Einige undeutlich sichtbare, an Bäume erinnernde Gebilde ragten in der Nacht vor ihnen auf. Sie trugen ein größeres formloses Gebilde: den Rumpf der *Nostromo*. Sie kamen am Schiff an, als Ash die innere Schleusentüre erreicht hatte. Dort blieb er stehen, vergewisserte sich, daß das Schleusentor funktionierte und drückte dann den nächsten Interkom-Knopf.

»Ripley . . . ich bin am inneren Schleusentor.« Er ließ den Sprechkanal offen und trat an die kleine Sichtluke. »Bis jetzt noch keine Spur von ihnen. Draußen ist es schon stockfinster, aber wenn sie an den Lift kommen, sollte ich ihre Anzuglichter sehen können.«

»Okay.« Ihre Gedanken kreisten fieberhaft, und einige davon hätten den wartenden Wissenschaftsoffizier vielleicht überrascht. Sie überraschten sie selbst.

»Welche Richtung?« Dallas kniff die Augen zusammen und versuchte, sich in dem wirbelnden Staub zu orientieren, versuchte, im Licht der Scheinwerfer den Lift zu finden.

Lambert deutete nach links. »Dort drüben, glaube ich. Beim ersten Träger. Der Lift sollte dahinter sein.« Sie bewegten sich in jene Richtung, bis sie fast über das Liftgitter stolperten. Trotz ihrer Müdigkeit zerrten sie Kanes reglose Gestalt von dem Travois und stemmten ihn auf die Liftplattform.

»Glaubst du, du kannst ihn aufrecht halten? Wenn wir ihn nicht noch einmal hochheben müssen, ist es leichter.«

Sie atmete tief. »Yeah, ich denke schon. Solange uns nur jemand hilft, sobald wir durch die Schleuse sind.«

»Ripley, bist du da?«

»Ja, Dallas.«

»Wir kommen jetzt hoch.« Er sah zu Lambert hinüber. »Bereit?« Sie nickte.

Er drückte einen Knopf. Zuerst ein Ruck, dann hob sich die Liftplattform gleichmäßig und kam an der Schleuse zum Stillstand. Dallas lehnte sich etwas zur Seite und legte einen Schalter um. Die Außenschleuse glitt beiseite, sie traten ein.

»Druck?« fragte ihn Lambert.

»Laß nur. Eine Schleuse voll Luft können wir erübrigen. Wir sind in einer Minute drinnen, und dann können wir aus diesen verdammten Anzügen raus.« Sie schlossen das Außentor und warteten darauf, daß die innere Tür sich öffnete.

»Was ist mit Kane passiert?« fragte Ripley. Dallas war zu müde, um zu bemerken, daß in ihrer Stimme außer der zu erwartenden Sorge noch etwas anderes lag. Er stemmte Kane etwas höher auf seinen Schultern und kümmerte sich jetzt nicht mehr um das Geschöpf. Es hatte sich auf dem Weg zurück zum Schiff keinen Zentimeter bewegt, und er erwartete auch nicht, daß es sich jetzt plötzlich regen würde.

»Irgendein fremder Organismus, ein Alien«, sagte er zu ihr und empfand das schwache Echo seiner eigenen Stimme in dem engen Helm beruhigend. »Wir wissen nicht, wie es geschah und woher es kam. Es hat sich an ihm festgekrallt. Ich habe noch nie so etwas gesehen. Jetzt bewegt es sich nicht, den ganzen Rückweg hat es sich nicht bewegt. Wir müssen ihn in die Krankenstation schaffen.«

»Ich brauche eine klare Definition«, sagte sie mit leiser Stimme.

»Klare Definition, zum Teufel damit!« Dallas bemühte sich, seine Stimme so ruhig wie möglich klingen und sich die Wut, die er empfand, nicht anmerken zu lassen. »Hör zu, Ripley, wir haben nicht gesehen, wie es passiert ist. Er war in einem Schacht weit unter uns. Wir wußten nicht, daß etwas passiert war, bis wir ihn in die Höhe gezogen haben. Genügt das als klare Definition?« Am anderen Ende des Sprechkanals nur Schweigen.

»Hör zu, mach jetzt das Tor auf.«

»Einen Augenblick.« Sie wählte ihre Worte sorgfältig. »Wenn wir ein Alien an Bord lassen, könnte das ganze Schiff angesteckt werden.«

»Verdammt nochmal, das ist kein Virus! Es ist größer als meine Hand und sieht ziemlich massiv aus.«

»Du kennst die Quarantänevorschriften.« Von ihrer Stimme ging eine Entschlossenheit aus, die sie nicht empfand. »Vierundzwanzig Stunden für die Entseuchung. Ihr habt beide mehr als genug Luft in euren Anzügen, um das zu überstehen. Wenn nötig, können wir euch auch Zusatztanks hinausreichen. Vierundzwanzig Stunden werden zwar nicht schlüssig beweisen, daß das Alien nicht gefährlich ist, aber das ist nicht meine Verantwortung. Ich muß nur dafür sorgen, daß die Regeln eingehalten werden. Ihr kennt sie ebensogut wie ich.«

»Ich kenne auch Ausnahmen, und ich bin derjenige, der das stützt, was von einem guten Freund übrig geblieben ist, nicht du. In vierundzwanzig Stunden wird er tot sein, wenn er das nicht schon ist. Mach die Schleuse auf.«

»Hab' doch Vernunft«, flehte sie ihn an. »Wenn ich die Quarantäne breche, sterben wir vielleicht alle.«

»Mach die verdammte Schleuse auf!« schrie Lambert. »Zum Teufel mit den Vorschriften und der Gesellschaft. Wir müssen ihn auf die Krankenstation bringen, wo der Autodoc sich um ihn kümmern kann.«

»Das darf ich nicht. Wenn du in meiner Lage wärest und meine Verantwortung hättest, würdest du das gleiche tun. Ein Alien darf nicht an Bord.«

»Ripley«, sagte Dallas langsam, »hörst du mich?«

»Ich höre dich klar und deutlich.« Ihre Stimme klang angespannt. »Die Antwort ist immer noch nein. Vierundzwanzig Stunden Entseuchung, dann könnt ihr ihn hereinbringen.«

Im Inneren des Schiffes traf jemand anderer eine Entscheidung. Ash drückte den Notschalter neben der Schleuse. Ein rotes Licht flammte auf, und ein lautes Summen war zu hören.

Dallas und Lambert starrten die innere Tür an, die sich langsam beiseite schob.

Auf Ripleys Konsole blitzte etwas auf, und dann las sie die Worte, die sie nicht glauben konnte. INNENSCHLEUSE OFFEN, AUSSENSCHLEUSE GESCHLOSSEN. Sie blickte starr und benommen auf die Worte, konnte sie nicht glauben. Ihre Instrumente bestätigten das Unglaubliche.

Unter ihrer schweren Last taumelten Dallas und Lambert aus der Schleuse in den Korridor, sobald die Innentüre sich weit genug beiseite geschoben hatte, um sie durchzulassen. Im gleichen Augenblick erschienen Parker und Brett.

Ash wollte ihnen helfen, aber Dallas scheuchte ihn zurück. »Bleib stehen!« Sie ließen Kanes Körper zu Boden sinken und nahmen die Helme ab.

In respektvollem Abstand ging Ash um die zusammengesackte Gestalt des Ersten Offiziers herum, bis er das Ding an seinem Kopf sah.

»Herrgott«, murmelte er.

»Lebt es?« Parker studierte das Alien und bewunderte seine Symmetrie. Deshalb wirkte es in seinen Augen um nichts weniger scheußlich.

»Ich weiß es nicht, aber faßt es nicht an«, sagte Lambert, die sich gerade die Stiefel auszog.

»Macht euch darüber keine Sorgen.« Parker beugte sich vor und versuchte Einzelheiten des Geschöpfes auszumachen. »Was macht es denn?«

»Ich weiß nicht. Wir wollen ihn in die Krankenstation schaffen und es herausfinden.«

»Richtig«, pflichtete Brett bereitwillig bei. »Seid ihr beide okay?«

Dallas nickte langsam. »Ja. Bloß hundemüde. Es hat sich nicht bewegt, aber behaltet es im Auge.«

»Machen wir.« Die beiden Ingenieure hoben die Last vom Boden auf und faßten Kane vorsichtig unter den Armen. Ash half ihnen, so gut er konnte . . .

6

In der Krankenstation legten sie Kane vorsichtig auf die aus der Wand ragende Medo-Plattform. Ein Komplex von Instrumenten und Steuergeräten, die sich von allen anderen an Bord des Schiffes unterschieden, nahm die Wand hinter dem Kopf des bewußtlosen Ersten Offiziers ein.

Dallas betätigte einige Schalter und aktivierte den Autodoc. Er ging an eine Schublade und entnahm ihr ein winziges Rohr aus glänzendem Metall. Nachdem er sich vergewissert hatte, daß das Rohr geladen war, stellte er sich wieder neben Kane. Ash hielt sich in der Nähe bereit, während Lambert, Parker und Brett sie vom Korridor aus hinter einem dicken Glasfenster beobachteten.

Dallas berühte einen Sensor am Außenmantel der Röhre, worauf aus ihrem Ende ein kurzer intensiver Lichtstrahl zuckte. Dallas regulierte den Strahl, bis er so kurz und dünn war, wie sich das ohne Reduzierung der Energie ermöglichen ließ. Dann fuhr er mit dem Strahl am Unterteil von Kanes Helm entlang. Das Metall begann sich zu lösen.

Er zog das Schneidwerkzeug langsam und vorsichtig über den Helm und an der anderen Seite wieder nach unten. Dann hatte er den Helmansatz erreicht und führte den Strahl durch den Dichtungswulst. Der Helm war säuberlich auseinandergetrennt. Dallas schaltete den Strahl ab, dann zogen er und Ash je eine Helmhälfte weg.

Abgesehen von dem langsamen gleichmäßigen Pulsieren zeigte das Alien keinerlei Lebenszeichen und reagierte auch nicht darauf, daß der Helm entfernt worden war und sie es jetzt in seiner Gänze sehen konnten.

Dallas zögerte, dann betastete er das Geschöpf und zog hastig die Hand wieder zurück. Es pulsierte weiter, reagierte nicht auf die Berührung. Wieder schob er die Hand vor und legte die Handfläche auf den Rücken des Geschöpfes. Es fühlte sich trocken und kalt an. Das langsame Vibrieren erzeugte Übelkeit in ihm. Beinahe hätte er die Hand wieder weggezogen, aber als das fremde Wesen immer noch reglos blieb, packte er entschlossen das gummiartige Gewebe so gut er konnte und zog. Dies zeitigte keinerlei Wirkung, was ihn auch nicht überraschte. Das Alien bewegte sich nicht, ließ aber auch nicht los.

»Laß es mich mal versuchen.« Ash stand an einem Regal mit nichtmedizinischen Werkzeugen. Er entnahm ihm eine kräftige Zange und trat an den Tisch. Vorsichtig packte er das Geschöpf damit und lehnte sich zurück.

»Rührt sich nicht. Versuch es kräftiger«, riet Dallas. Ash drückte die Backen der Zange zusammen und lehnte sich gleichzeitig nach hinten.

Dallas hob die Hand, als er bemerkte, daß Kane ein dünner Blutfaden über die Wange rann.

»Halt. Du reißt ihm die Haut auf.«

Ash lockerte seinen Griff. »Das bin nicht ich. Das ist dieses Ding.«

Dallas Gesicht wirkte grün. »So geht das nicht. Wir werden es nicht herunterbekommen, ohne ihm gleichzeitig das ganze Gesicht wegzureißen.«

»Da hast du recht. Soll die Maschine es versuchen. Vielleicht hat sie mehr Glück.«

»Hoffentlich.«

Ash betätigte nacheinander einige Schalter. Der Autodoc summte, und die Öffnung am anderen Ende der Plattform wurde hell. Dann glitt die Plattform lautlos in die Wand. Eine Glasplatte senkte sich hinter Kane. Lichter flammten auf. Man konnte Kanes Körper ganz deutlich hinter der Glasscheibe sehen. Ein paar Videomonitore leuchteten auf. Ash beugte sich über einen. Er kam dem Begriff eines Arztes auf der *Nostromo* noch am nächsten, war sich sowohl der Tatsache als auch seiner Verantwortung bewußt und begierig, alles zu erfahren, was die Maschine ihm über Kanes augenblicklichen Zustand sagen konnte. Ganz zu schweigen von dem Alien.

Eine weitere Person erschien im Korridor und ging auf die drei Zuschauer zu. Lambert warf Ripley einen langen unfreundlichen Blick zu.

»Du wolltest uns dort draußen lassen. Du wolltest Kane draußen lassen. Vierundzwanzig Stunden wolltest du uns mit diesem Ding auf seinem Gesicht herumsitzen lassen, wo die Nacht gerade begann.« Ihr Ausdruck vermittelte ihre Gefühle viel deutlicher als ihre Worte.

Parker, vielleicht der letzte, von dem man erwartet hätte, daß er Ripley zu Hilfe kam, sah die Navigatorin herausfordernd an.

»Vielleicht hätte sie das tun sollen. Sie hat nur die Vorschriften befolgt.« Er deutete auf das blitzende Innere des Autodoc mit seinem reglosen Patienten.

»Wer, zum Teufel, weiß denn, was es ist oder wozu es imstande ist? Sicher, Kane ist etwas impulsiv, aber er ist ja nicht dumm und trotzdem konnte er es nicht vermeiden. Vielleicht ist einer von uns der nächste.«

»Richtig«, pflichtete Brett ihm bei.

Ripley ließ Lambert nicht aus den Augen. Die Navigatorin hatte sich nicht bewegt und starrte sie an. »Vielleicht habe ich einen Fehler gemacht. Hoffentlich war es keiner. Jedenfalls habe ich mich nur bemüht, meine Pflicht zu erfüllen. Wollen wir es dabei belassen?«

Lambert zögerte, ihre Augen musterten Ripleys Gesicht, suchten. Dann nickte sie kurz.

Ripley seufzte und entspannte sich dann etwas. »Was ist dort draußen passiert?«

»Wir sind in das Wrack eingedrungen«, erklärte Lambert und beobachtete währenddessen die beiden Männer, die drinnen an dem Autodoc tätig waren. »Es waren keine Spuren von Leben festzustellen. Diese Sendung muß schon seit Jahrhunderten ausgestrahlt werden. Wir glauben, den Sender gefunden zu haben.«

»Und die Mannschaft des Wracks?«

»Keine Spur davon.«

»Und Kane . . .?«

»Er hat sich freiwillig gemeldet, alleine die untere Etage abzusuchen.« Ihr Gesichtsausdruck veränderte sich, wurde hart. »Er suchte Diamanten. Statt dessen hat er offenbar so etwas wie Eier gefunden. Wir haben ihm gesagt, daß er sie nicht anfassen soll. Wahrscheinlich zu spät. Irgend etwas geschah dort unten, aber das konnten wir nicht sehen. Als wir ihn herauszogen, hing das an seinem Gesicht. Irgendwie hat es sich einfach durch seine Helmplatte gefressen, und du weißt ja, wie stark das Material ist.«

»Ich möchte wissen, wo dieses Wesen ursprünglich herkommt?« sagte Ripley, ohne den Blick vom Inneren der Krankenstation zu wenden. »Dieser Planetoid ist doch völlig tot. Ich nehme an, es kam mit dem fremden Schiff.«

»Das weiß der Himmel«, sagte Parker leise. »Ich möchte auch wissen, woher es stammt.«

»Warum?« Ripley würdigte ihn kaum eines Blickes.

»Dann würde ich einen weiteren Ort kennen, um den ich einen großen Bogen mache.«

»Amen«, sagte Brett.

»Was ich wissen möchte«, sagte Dallas, »ist, wie zum Teufel er eigentlich atmet. Oder tut er das nicht mehr?«

Ash studierte die Anzeigegeräte. »Physisch scheint er in Ordnung zu sein. Nicht nur, daß er noch am Leben ist, obwohl er die ganze Zeit ohne normale Luft war, nein, auch all seine sonstigen Lebensfunktionen sind ganz regelmäßig. Das Einatmen von all dem Stickstoff und Methan hätte ihn doch töten müssen, noch auf dem Wrack. Nach dem Autodoc ist er im Koma, aber innerlich ist alles ganz normal. Viel gesünder, als er eigentlich sein dürfte.«

»Aber wie?« Dallas beugte sich vor und versuchte, ins Innere des Autodoc zu sehen. »Ich hab' mir das Ding gründlich angesehen. Sein Mund und seine Nase scheinen völlig blokkiert zu sein.«

Ash drückte nacheinander drei Knöpfe. »Was außen geschieht, wissen wir. Jetzt sollten wir ihn uns von innen ansehen.«

Ein großer Bildschirm leuchtete auf, und dann erschien auf ihm ein Bild. Es zeigte ein farbiges Röntgenbild von Kanes Kopf und Oberkörper. Wenn man das Auflösungsvermögen steigerte, würde man auch das Blut durch seine Venen und Arterien fließen, die Lungen pulsieren und das Herz schlagen sehen. Im Augenblick aber interessierten sich die Zuschauer mehr für das Innenleben des kleinen runden Gebildes, welches das Gesicht des Ersten Offiziers bedeckte.

»Ich bin kein Biologe«, sagte Ash mit leiser Stimme, »aber ich habe noch nie im Innern eines anderen Lebewesens so ein Labyrinth gesehen.« Verblüfft starrte er das komplizierte Netzwerk von Röhren und sonstigen Gebilden an. »Ich habe keine Ahnung, wozu das alles dient.«

»Sieht von innen auch nicht hübscher aus als von außen«, meinte Dallas.

»Sieh dir doch die Muskulatur in diesen Fingern und am Schwanz an«, erregte sich Ash. »Es mag vielleicht zerbrechlich aussehen, aber das ist es keineswegs. Kein Wunder, daß wir es nicht herunterziehen konnten. Auch kein Wunder, daß *er* das nicht schaffte. Ich nehme an, er hatte noch Zeit, das zu versuchen, ehe er die Besinnung verlor.«

Was das Geschöpf mit Kane machte, war klar, wenn auch nicht der Grund dafür. Die Kiefer des Ersten Offiziers waren auseinandergedrückt worden. Eine lange flexible Röhre reichte von der Innenfläche des Handgeschöpfes in seinen Rachen und endete am Ende seiner Speiseröhre. Die Röhre bewegte sich nicht, saß einfach fest.

Mehr als alles andere, was er bisher erlebt oder gesehen hatte, erregte dieser Anblick in Dallas Übelkeit.

»Es hat ihm etwas in den Hals geschoben.« Seine Hände spannten und entspannten sich unbewußt, mit mörderischer Regelmäßigkeit. »Das ist doch nicht fair, so darf man doch nicht kämpfen. Verdammt nochmal, Ash, das ist nicht . . . sauber.«

»Wir wissen nicht, ob es mit ihm kämpft oder ihn auch nur beeinträchtigt.« Ash gestand, daß die ganze Situation ihn verwirrte. »Nach den Monitoren fehlt ihm überhaupt nichts. Es ist nur außerstande, auf uns zu reagieren. Ich weiß, daß das im Augenblick albern klingt, aber überlege einmal: Vielleicht ist das Alien ein gutartiger Symbiont. Vielleicht hat es das, was es tut, in seiner eigenen verwirrten Art getan, um ihm zu helfen.«

Dallas lachte, ein völlig humorloses Geräusch. »Ja, es mag ihn. Es läßt ihn gar nicht mehr los.«

»Ich nehme an, daß es ihm mit diesem Rohr Sauerstoff zuführt.« Der Wissenschaftsoffizier drehte an einem Abstimmknopf und veränderte damit das Auflösungsvermögen des Bildschirms. Man konnte jetzt Kanes Lungen gleichmäßig und im normalen Rhythmus arbeiten sehen; die Behinderung in seinem Rachen schien keinen Einfluß auf seine Lungentätigkeit zu haben.

Ash schaltete auf das erste Bild zurück.

»Was für Sauerstoff?« wollte Dallas wissen. »Er ist mit zersprungener Gesichtsplatte zum Schiff zurückgekommen. Das Wesen hängt nicht an seinen Tanks, also muß die ganze Luft seines Anzugs in den ersten paar Minuten durch das offene Ventil ausgeströmt sein.«

Ash nickte nachdenklich. »Ich kann mir einige Möglichkeiten vorstellen. In der Atmosphäre hier gibt es ein wenig freien Sauerstoff. Nicht viel, aber etwas. Und eine ganze Menge mehr ist in verschiedenen Oxiden gebunden. Ich vermute, daß dieses Alien über die Fähigkeit verfügt, diese Oxide aufzulösen und den Sauerstoff herauszuholen. Jedenfalls ist es imstande, ihn an Kane weiterzugeben, vielleicht auch für sich selbst. Ein guter Symbiont ist zweifellos imstande, schnell festzustellen, welche Bedürfnisse sein Wirt hat. Gewisse Pflanzen verfügen über dieselbe Fähigkeit, Sauerstoff aus Verbindungen herauszulösen; andere geben anderen Gasen den Vorzug. Unmöglich ist das nicht.« Er wandte sich wieder den Bildschirmen zu.

»Wunschdenken«, sagte Dallas.

»Vielleicht sind hier unsere terrestrischen Vorurteile am Werk, und es handelt sich bei dem Geschöpf in Wirklichkeit um eine Pflanze und nicht um ein Tier. Vielleicht hat es auch Eigenschaften und Fähigkeiten, die beiden gemeinsam sind.«

»Das gibt keinen Sinn.«

Ash sah ihn an. »Was gibt keinen Sinn?«

»Es paralysiert ihn, versetzt ihn in Koma und arbeitet dann wie verrückt, um ihn am Leben zu halten.« Dallas schüttelte den Kopf und blickte zum Bildschirm auf. »Ich dachte, es würde sich irgendwie . . . äh . . . an ihm nähren. Seine Haltung ist typisch dafür. Aber die Instrumente zeigen an, daß es genau das Gegenteil tut. Ich versteh' das nicht.

Jedenfalls können wir das verdammte Ding nicht an ihm hängenlassen. Es mag alles mögliche mit ihm tun, vielleicht Gutes, wahrscheinlich aber Schlechtes. Aber eines können wir mit Sicherheit sagen: Nichts von dem, was es tut, ist für das menschliche System natürlich.«

Ash sah ihn zweifelnd an. »Ich weiß nicht, ob das eine so gute Idee ist.«

»Warum nicht?« Dallas musterte seinen Wissenschaftsoffizier fragend.

»Im Augenblick«, erklärte Ash, dem Dallas' Tonfall nichts auszumachen schien, »erhält das Geschöpf ihn am Leben. Wenn wir es entfernen, riskieren wir, Kane zu verlieren.«

»Das Risiko müssen wir eingehen.«

»Was schlägst du vor? Man kann es nicht abreißen.«

»Wir müssen versuchen, es abzuschneiden. Je schneller wir es entfernen, desto besser ist das wahrscheinlich für Kane.«

Ash schien weitere Einwände machen zu wollen, überlegte es sich dann aber offensichtlich anders. »Mir gefällt das nicht«, sagte er mürrisch, »aber ich bin natürlich bereit, wenn du die Verantwortung übernimmst. Das ist zwar eine Entscheidung in meinem Ressort, aber du nimmst sie mir bitte ab.«

»Yeah, ich trage die Verantwortung.«

Er streifte sich ein Paar Chirurgenhandschuhe über und überzeugte sich, daß der Autodoc im Augenblick nicht am Körper hing, so daß kein Schaden entstehen konnte, wenn man ihn einen Augenblick lang entfernte. Ein Knopfdruck, und die Platte mit Kane schob sich aus der Maschine.

Eine oberflächliche Überprüfung zeigte, daß das Alien sich immer noch nicht bewegt und auch Kanes Gesicht nicht losgelassen hatte.

»Das Schneidegerät?« Ash deutete auf den Laser, den Dallas dazu benutzt hatte, Kanes Helm zu entfernen.

»Nein. Ich werde so langsam wie möglich vorgehen. Sieh nach, ob du ein kleineres Skalpell findest.«

Ash trat an einen Instrumentenschrank und suchte darin herum. Dann reichte er Dallas eine dünnere Version des Schneidegerätes.

Er untersuchte das winzige Gerät und war bemüht, den bleistiftdünnen Griff sicher in der Hand zu halten. Dann schaltete er es ein. Eine Miniaturausgabe des Strahls zuckte aus der Spitze des Chirurgenmessers.

Dallas trat neben Kanes Kopf. Langsam schob er die Lichtklinge auf das Alien zu. Er mußte bereit sein, das Gerät schnell und doch vorsichtig zurückzuziehen, wenn es reagierte. Eine einzige falsche Bewegung, und er könnte Kane den Kopf von den Schultern schneiden.

Das Alien regte sich nicht. Dallas schob den Strahl an die graue Haut heran, bewegte ihn ein oder zwei Millimeter nach unten, bis er sicher war, tatsächlich Fleisch zu durchschneiden. Der Strahl fuhr mühelos über den Rücken der Kreatur.

Das Objekt dieser vorsichtigen Biopsie bewegte sich nicht, gab auch durch nichts zu erkennen, daß es Schmerz empfand. Aus der frischen Schnittwunde begann eine gelbliche Flüssigkeit auszutreten und an der Seite herunterzufließen.

»Fängt zu bluten an«, stellte Ash fest.

Die Flüssigkeit tropfte auf das Bett neben Kanes Kopf. Ein kleines Wölkchen, das Dallas zuerst für Dampf hielt, stieg auf. Das dunkle Gas war ihm fremd. Nicht hingegen das Zischen, das von dem Bett ausging.

Er hielt inne, hob das Skalpell ab und starrte die zischende

Stelle an. Jetzt wurde das Geräusch lauter, tiefer. Er blickte nach unten.

Die Flüssigkeit hatte sich bereits durch das Kissen und die Metallplattform gefressen. Jetzt zischte es wie eine Miniaturhölle in der Nähe seiner Füße und begann sich in das Deck hineinzufressen. Das Metall warf Blasen. Das Gas, das als Nebenprodukt erzeugt wurde, begann die Krankenstation zu füllen. Es biß in Dallas Hals und erinnerte ihn an Gas, das die Polizei einsetzte und das kaum Schmerzen bereitete, aber unerträglich für den Magen war. Er geriet bei der Vorstellung in Panik, was dieses Zeug vielleicht in seinen Lungen anrichten konnte. Während ihm Tränen in die Augen traten und seine Nase zu laufen begann, versuchte er verzweifelt, die Wunde zu schließen, indem er die beiden Schnittflächen mit den Händen zusammendrückte. Dabei geriet etwas von der immer noch fließenden Flüssigkeit auf seine Handschuhe. Sie begannen zu rauchen.

Während er auf den Korridor hinaustaumelte, riß er sie sich herunter, ehe das zähe Material durchgefressen wurde und die Flüssigkeit seine Haut berühren konnte. Er warf sie auf das Deck. Die Tropfen fielen von den Handschuhen und begannen augenblicklich das Metall anzugreifen.

Brett stand die Angst im Gesicht.

»Scheiße, das frißt sich durch die Decks und die Außenwand.«

Er wandte sich um und rannte auf den nächsten Gang zu. Dallas riß eine Notlampe aus ihrer Wandhalterung und folgte dem Ingenieur. Die anderen drängten sich dicht hinter ihm.

Der B-Deck-Korridor unter ihnen war von Instrumenten und Leitungen gesäumt. Brett suchte bereits die Decke unter der Krankenstation ab. Noch mußte die Flüssigkeit einige Schichten der Legierung durchdringen.

Dallas richtete das Licht auf die Decke, suchte und hatte es dann gefunden. »Dort.«

Über ihnen begann es zu rauchen. Ein gelber Fleck bildete sich, dann trat Flüssigkeit aus, und das Metall begann zu kochen. Die Flüssigkeit quoll durch, bildete einen Tropfen und fiel. Jetzt begann sie auf dem Boden Blasen zu ziehen. Dallas und Brett sahen hilflos zu, wie die kleine Pfütze größer wurde und sich durch das Schott fraß.

»Was ist unter uns?«

»Korridor C«, erklärte Parker. »Keine Instrumente.« Er und Ripley rannten auf die nächste Treppe zu, während die anderen entgeistert das größer werdende Loch im Boden anstarrten.

»Was können wir darunterlegen?« Ash überdachte das Problem wie gewohnt logisch, wenn ihm auch voll und ganz bewußt war, daß die *Nostromo* in wenigen Augenblicken ein Loch in der Außenhaut haben konnte. Das würde bedeuten, daß sie sämtliche Abteile abdichten mußten, bis der Schaden repariert werden konnte, und dabei konnte es noch viel schlimmer kommen. Unmittelbar unter der Außenhaut lagen eine ganze Menge wichtiger Stromkreise für den Hyperdrive. Wenn die von der Flüssigkeit beschädigt wurden, war es durchaus möglich, daß der entstehende Schaden die Reparaturmöglichkeiten der Ingenieurabteilung überstieg. Der größte Teil dieser Stromkreise war in die Schiffswand integriert und nicht dafür gedacht, außerhalb eines größeren Raumdocks repariert zu werden.

Keiner hatte eine Ahnung, womit man die Flüssigkeit auffangen konnte.

Unter ihnen eilten Parker und Ripley durch die engeren Gänge des C-Korridor. Sie blickten unverwandt zur Decke. »Paß auf, daß du nicht darunter zu stehen kommst«, warnte Parker. »Wenn es sich so rasch durch Metall fressen kann, will ich mir gar nicht erst ausmalen, was es mit deinem hübschen Gesicht anrichten könnte.«

»Keine Sorge. Ich passe schon auf mein hübsches Gesicht auf. Kümmere du dich nur um das deine.«

»Es scheint an Aktivität zu verlieren.« Dallas blickte auf das Loch im Boden, wagte kaum zu hoffen.

Brett und Ash standen ihm gegenüber und kauerten über dem dunklen Loch im Deck. Ash holte einen Stift aus einer Tasche und betastete das Loch. Der Metallüberzug des Schreibgerätes warf augenblicklich Blasen, sah wie mit Kohlensäure durchsetztes Quecksilber aus. Dann beruhigte es sich wieder, nachdem es kaum die schimmernde Oberfläche beeinträchtigt hatte. Der Wissenschaftsoffizier fuhr fort, in dem Loch herumzustochern. Anstatt aber durchzurutschen, stieß der Stift auf Widerstand.

»Es dringt nur drei Zentimeter ein. Die Flüssigkeit hat ihre Wirkung verloren.«

Unten sah Parker in dem schwachen Licht zu Ripley hinüber. »Siehst du etwas?«

Sie starrten die Decke an. Unter ihren Füßen war ein kleiner Kriechgang und wiederum darunter die Außenhaut der *Nostromo*. Und dahinter war nur noch die Atmosphäre eines unbekannten Planeten.

»Nichts«, erklärte sie schließlich. »Halt die Augen offen, ich werde nachsehen, was oben passiert ist.« Sie wandte sich um und eilte den Korridor hinunter auf die Treppe zu.

Sie sah die anderen, die sich über das Loch im Deck beugten. »Was ist los? Es ist noch nicht durch.«

»Ich glaube, das Zeug hat seinen Schwung verloren.« Ash kniete auf dem Boden. »Entweder hat es durch die intensive Reaktion mit den Legierungen seine Kraft verloren oder es verliert seine kaustische Wirkung nach einer gewissen Zeit. Jedenfalls scheint es nicht mehr aktiv zu sein.«

Ripley sah sich das immer noch rauchende Loch im Boden an. »Könnte die Legierung in diesem Deck kräftiger sein als oben? Vielleicht korrodiert das Zeug das Deck jetzt in horizontaler Richtung und sucht sich eine schwache Stelle, von der aus es sich wieder nach unten fressen kann.«

Ash schüttelte den Kopf. »Das glaube ich nicht. Nach dem Wenigen, was ich über die Schiffskonstruktion weiß, bestehen die Hauptdecks und die Außenhaut der *Nostromo* aus demselben Material. Nein, ich glaube, wir dürfen annehmen, daß die Flüssigkeit nicht mehr gefährlich ist.«

Er schickte sich an, den Stift wieder einzustecken, überlegte es sich aber im letzten Augenblick anders und behielt ihn in der Hand.

Ripley bemerkte sein Zögern, grinste. »Wenn es nicht mehr gefährlich ist, warum steckst du ihn dann nicht ein?«

»Für Unvorsichtigkeit besteht deshalb noch längst kein Grund. Ich will zuerst ein paar Tests machen, um mich zu vergewissern, daß die Substanz nicht mehr aktiv ist. Dann kann ich ihn immer noch einstecken. Die Tatsache, daß es sich nicht mehr durch die Decks fressen kann, heißt noch lange nicht, daß man nicht eine verdammt unangenehme Brandwunde davontragen könnte.«

»Hast du eine Ahnung, um was für ein Zeug es sich handeln könnte?« Dallas Blick wanderte von dem winzigen Krater im Deck zu dem Loch über ihnen. »Ich hab' noch nie etwas gesehen, das sich derart durch eine Legierung fressen kann. Mit dieser Geschwindigkeit.«

»Ich hab' selbst noch nie so etwas gesehen«, gestand der Wissenschaftsoffizier. »Bestimmt hochgradig raffinierte Abarten molekularer Säure sind ungeheuer kräftig, aber sie wirken üblicherweise nur auf ganz bestimmte Materialien.

Dieses Zeug andererseits scheint universell wirksam zu sein. Wir haben ja gesehen, wie es sich durch eine Vielfalt höchst unterschiedlicher Substanzen hindurchgefressen hat. Metallegierung, Chirurgenhandschuhe, Bettzeug; nichts konnte ihm widerstehen.«

»Und dieses verdammte Ding benutzt es als *Blut!* Ein beachtlich zähes kleines Monstrum.« Brett sprach von dem handförmigen Fremden mit Respekt, wenn er ihm auch nicht gerade freundliche Gefühle entgegenbrachte.

»Wir wissen nicht, ob es die Flüssigkeit als Blut benutzt.« Ashs Verstand arbeitete unter dem Druck der Situation fieberhaft. »Es könnte auch von einem separaten Kreislaufsystem ausgehen und dazu bestimmt sein, das Ding innen sozusagen zu schmieren, ebensogut könnte es Bestandteil einer schützenden Innenschicht sein, eine Art von flüssigem Schutzendothelium. Vielleicht ist es nichts anderes, als das Gegenstück unserer Lymphflüssigkeit.«

»Aber jedenfalls sehr wirksam«, stellte Dallas fest. »Man wagt nicht, es zu töten.«

»Jedenfalls nicht an Bord eines abgedichteten Schiffes.« Ripley stellte das ganz ruhig fest. »So ist es«, nickte Ash. »Wir könnten Kane nach draußen bringen, wo die Körperflüssigkeiten des Alien die *Nostromo* nicht beschädigen können, und versuchen, es abzuschneiden. Nur, daß wir ziemlich sicher sind, daß dieses Geschöpf ihn am Leben hält.«

»Sobald wir es von ihm abgeschnitten und dieses Rohr aus seiner Kehle geholt haben, könnten wir ihm Sauerstoff einflößen«, meinte Ripley. »Wir könnten ihn auch in eine Thermodecke hüllen, um ihn warm zu halten. Es wäre schließlich auch möglich, draußen ein Luftzelt ohne Boden aufzubauen. Soll die Flüssigkeit doch im Boden versickern.«

»Keine schlechte Idee«, räumte Ash ein, »nur sind zwei Dinge dabei nicht bedacht.« Ripley wartete ungeduldig. »Zum ersten könnte eine gewaltsame Entfernung der Kreatur zu einer fatalen Unterbrechung seiner lebenserhaltenden Funktion führen. Der Schock könnte Kane töten. Zum zweiten haben wir keine Garantie, daß die Kreatur, wenn man sie verletzt, nicht dadurch reagiert, daß sie sich und alles andere in ihrer Reichweite mit dieser Flüssigkeit besprüht. Eine solche Reaktion würde durchaus im Einklang mit den gleichzeitig zerstörerischen und schützenden Möglichkeiten der Flüssigkeit stehen.« Er machte eine kleine Pause, damit die Vorstellung bei allen einsinken konnte.

»Selbst wenn derjenige, der den Schnitt durchführt, irgendwie der Flüssigkeit ausweichen könnte, möchte ich nicht die Verantwortung für das übernehmen, was von Kanes Gesicht übrigbleibt. Oder seinem Kopf.«

»Also schön.« Ripleys Stimme klang etwas beleidigt. »Dann war es eben keine gute Idee. Was schlagt ihr denn vor?« Sie deutete mit dem Daumen auf die Krankenstation. »Sollen wir ihn etwa mit diesem Ding im Gesicht nach Hause bringen?«

»Ich sehe darin keine Gefahr.« Ash schien von ihrem Sarkasmus nicht beeindruckt. »Solange seine Lebensreaktionen stabil bleiben, halte ich das für eine brauchbare Alternative. Wenn sie sich verändern, müssen wir natürlich etwas anderes versuchen. Aber im Augenblick muß ich sagen, daß die Aussicht, Kane Schaden zuzufügen, größer ist, wenn wir diese Kreatur gewaltsam entfernen.«

Ein weiteres Gesicht erschien im Treppenaufgang. »Immer noch keine Spur von dem Zeug. Hat es zu bluten aufgehört?« Parkers Blick wanderte von der mürrischen Ripley zu Dallas.

»Ja. Nachdem es sich durch zwei Etagen gefressen hat.« Die Kraft der fremden Flüssigkeit beunruhigte ihn noch immer.

Ripley sah sich plötzlich erschrocken um. »Wir sind alle hier unten, was ist mit Kane? Keiner kümmert sich um ihn . . . oder den Fremden.«

Alle rannten gleichzeitig auf die Treppe zu.

Dallas erreichte die Krankenstation als erster. Ein schneller Blick verriet ihm, daß sich nichts verändert hatte. Kane lag immer noch so, wie sie ihn verlassen hatten, und das Alien klammerte sich an sein Gesicht.

Dallas war über sich selbst verärgert. Wie ein kleiner Junge hatte er sich verhalten. Freilich hatte die Flüssigkeit eine unerwartete, ja gefährliche Reaktion gezeigt, aber keineswegs genug, um die Panik zu rechtfertigen, die sich ergeben hatte. Er hätte zuerst ein oder zwei Leute der Mannschaft damit beauftragen müssen, in der Krankenstation zu bleiben und das fremde Geschöpf im Auge zu behalten.

Zum Glück hatte sich während ihrer Abwesenheit nichts verändert. Das Alien hatte sich nicht bewegt. Und Kane wie es schien, ebenfalls nicht. Von nun an würde, gleichgültig, welche Probleme sich andernorts ergeben mochten, immer jemand in der Krankenstation Wache halten. Die Situation war schon gefährlich genug, ohne daß dem Fremden die Gelegenheit geboten wurde, unbeobachtet zu handeln.

»Ist ihm etwas von der Säure ans Gesicht gekommen?« Parker stand an der Tür und bemühte sich, einen Blick auf Kane zu werfen.

Dallas trat neben die Plattform. Er untersuchte den Kopf des Ersten Offiziers sorgfältig. »Ich glaube nicht. Die Flüssigkeit ist außen an dem Ding heruntergelaufen ohne Kanes Haut zu berühren.«

Brett drängte sich in die Tür. »Tropft das Zeug immer noch herunter? Wir haben im Lager unten Keramikmaterial, das so ziemlich allem widersteht. Ich weiß nicht, wie das mit diesem Zeug hier ist, aber wenn nötig, können wir es ja ausprobieren. Ich könnte einen Behälter improvisieren.«

»Nicht nötig«, erklärte Dallas. »Es hat zu bluten aufgehört.«

Ash untersuchte die Stelle, wo Dallas das Laserskalpell angesetzt hatte. »Völlig verheilt. Keine Spur der Wunde. Bemerkenswerte Regenerationsfähigkeit. Man sieht nicht einmal mehr, daß es geschnitten wurde.«

»Es muß doch irgendeine Möglichkeit geben, es wegzukriegen.« Lambert schauderte. »Mir wird richtig übel, wenn ich es so dort liegen sehe mit diesem Rohr oder was es ist in Kanes Hals.«

»Wenn es an dir kleben würde, wäre dir noch übler«, spottete Ripley.

Lambert blieb auf Distanz. »Das ist aber gar nicht komisch.«

»Ich sage es noch einmal – ich glaube nicht, daß es eine gute Idee wäre, wenn wir versuchten, diese Kreatur zu entfernen.« Ash sah Dallas nicht an. »Beim letzten Mal hat es auch nicht besonders gut funktioniert.«

Dallas warf seinem Wissenschaftsoffizier einen scharfen

Blick zu, entspannte sich dann aber wieder. Ash war wie gewöhnlich nur objektiv. Es lag einfach nicht in seiner Natur, sarkastisch zu sein.

»Also, was machen wir?« wollte Lambert wissen.

»Gar nichts«, entschied Dallas schließlich. »Wir können nichts tun. Wir haben es versucht, und das hat, wie Ash richtig feststellte, beinahe dazu geführt, daß wir ein Loch in die Schiffswand bekamen. Also . . . übergeben wir ihm wieder dem Autodoc und hoffen, daß dem etwas Besseres einfällt.«

Er drückte einen Knopf. Ein leises Summen ertönte, und Kanes Plattform glitt wieder in die Maschine zurück. Dallas legte weitere Schalter um und konnte erneut das Innenleben des komatosen Ersten Offiziers sowie dazugehörige Diagramme bewundern. Aber Neues erfuhr er nicht, und eine Lösung wurde ihm auch nicht angeboten.

Ash kontrollierte einige Angaben. »Seine Körperfunktionen sind weiterhin normal, aber es gibt Anzeichen für einsetzende Gewebedegeneration und -auflösung.«

»Dann schadet es ihm also *doch*«, sagte Lambert.

»Das muß nicht sein. Er ist jetzt schon einige Zeit ohne Nahrung und Wasser. Diese Angaben könnten auch nur auf einen ganz gewöhnlichen Gewichtsverlust hindeuten. Es gibt keine Anzeichen, daß er drastisch geschwächt würde, sei es nun durch den Fremden oder die Umstände.

Trotzdem wollen wir ihn natürlich im bestmöglichen Zustand halten. Ich werde für intravenöse Ernährung sorgen, bis ich sicher feststellen kann, ob das Alien Protein aus seinem System absorbiert.« Er betätigte einige Schalter. Neue Geräusche hallten durch die Krankenstation, als der Autodoc die Aufgabe übernahm, den hilflosen Kane zu ernähren und die sich ergebenden Abfallprodukte zu verarbeiten.

»Was ist das denn?« Ripley deutete auf sein Röntgenbild. »Dieser Fleck an seiner Lunge?«

»Ich sehe keinen ›Fleck‹.«

Dallas studierte den Bildschirm. »Ich glaube, ich weiß, was sie meint. Vergrößerungsmaßstab an den Atemorganen erhöhen, Ash.«

Der Wissenschaftsoffizier kam dem Befehl nach. Jetzt war der kleine Fleck, der Ripley aufgefallen war, deutlich zu sehen: eine dunkle unregelmäßige Stelle in Kanes Brustregion. Sie war völlig undurchsichtig.

»Wir wissen nicht, was das ist.« Ash drehte an einigen Knöpfen. »Es könnte ebensogut ein Defekt am Objektiv sein, kommt gelegentlich vor.«

»Gib mehr Energie drauf«, verlangte Dallas. »Vielleicht können wir die Auflösung verbessern.«

Ash drehte an den Knöpfen, aber der dunkle Fleck blieb das, was er war: etwas Schwarzes, das man nicht identifizieren konnte.

»Mehr kann ich die Intensität nicht steigern, sonst trägt er Strahlungsschäden davon.«

»Ich weiß.« Dallas musterte den rätselhaften Fleck. »Wenn das Gerät nicht richtig funktioniert, erfahren wir nie, was in ihm vorgeht.«

»Ich würde das erledigen«, erklärte der Wissenschaftsoffizier. »Ich glaube, ich kann die Linse säubern. Ich muß sie nur etwas nachpolieren.«

»Aber dann sind wir ja blind.«

Ash sah ihn hilflos an. »Ohne das Gerät zu zerlegen, geht es natürlich nicht.«

»Dann laß es.«

»Zu Befehl.« Ash wandte sich beleidigt seinen Skalen zu. Brett wirkte verwirrt. Seine Stimme klang enttäuscht: »Was passiert jetzt, hm? Bleiben wir einfach hier sitzen und warten?«

»Nein«, antwortete Dallas, der sich daran erinnerte, daß er sich außer um Kane auch noch um das Schiff kümmern mußte. »*Wir* bleiben sitzen und warten. Ihr beiden geht wieder an eure Arbeit . . .«

»Was meinst du?«

Parker beugte sich neben Brett vor und sah letzterem zu, wie dieser versuchte, in dem engen Innenraum von Modul zwölf eine letzte Verbindung abzudichten. Die Arbeit, die sie hier leisteten, erforderte normalerweise den Einsatz automatisch geführter computergesteuerter Werkzeuge. Da sie weder über eine Führungsschiene noch über Computerwerkzeuge verfügten, waren sie gezwungen, den Schaden mit Hilfe von Geräten zu beheben, die nicht dafür gebaut waren.

Die falschen Werkzeuge für die falsche Arbeit, dachte Parker verärgert. Irgendwie würden sie es schaffen müssen. Wenn sie Modul zwölf nicht einwandfrei reparierten und einsatzfähig machten, würde der Start verdammt schwierig sein. Und um diese Welt zu verlassen, hätte Parker die nötigen Reparaturarbeiten sogar mit den Zähnen vorgenommen.

Im Augenblick freilich war Brett an der Reihe, sich mit den widerspenstigen Bauteilen herumzuärgern. Wie jedes Instrument an Bord der *Nostromo* wurden auch in dem Modul austauschbare Chips und ähnliche Ersatzteile verwendet. Es kam nur darauf an, beschädigte Teile zu entfernen, ohne daß andere kritische Funktionen unterbrochen oder noch kompliziertere Teile des Schiffsantriebs beschädigt wurden. Das Einpassen der neuen Teile bereitete keine Schwierigkeiten, wenn sie nur den verkohlten Mist loswurden.

»Ich glaub', ich hab's«, erklärte sein Kollege schließlich. »Probier's mal.«

Parker trat einen Schritt zurück, betätigte zwei Knöpfe an der Deckenkonsole und blickte dann hoffnungsvoll auf einen tragbaren Monitor. Er versuchte es ein zweites Mal, aber ohne Erfolg. Der Monitor blieb dunkel.

»Nichts.«

»Verdammt. Dabei war ich ganz sicher, daß ich das richtige Teil erwischt hatte.«

»Nun, das hast du eben nicht. Versuch das nächste. Ich weiß, daß alle mit Ausnahme dieser Nummer dreiundvierzig einwandfrei aussehen, und die haben wir bereits ersetzt. Das ist ja das Blöde mit diesen verdammten Partikelzellen. Wenn der Regulator überlastet ist und welche ausbrennen, dann mußt du hinein und die herausfinden, die Vakuumschäden haben.« Er hielt inne und fügte dann hinzu: »Ich wünschte, wir hätten eine Schiene.«

»Ich auch.« Aus dem Inneren der Einheit waren leise scharrende Geräusche zu hören.

»Dann muß es die nächste sein.« Parker bemühte sich, optimistisch zu klingen.« Wir brauchen wenigstens nicht jede einzelne Zelle von Hand zu überprüfen. Soweit hat Mutter das schon eingegrenzt. Dafür solltest du dankbar sein.«

»Ich werde dankbar sein«, antwortete Brett, »wenn wir von diesem häßlichen Felsbrocken herunter sind und ich wieder in meiner Kühltruhe liege.«

»Denk nicht an Kane.« Er betätigte die beiden Knöpfe und fluchte leise. »Wieder 'ne Niete. Probier den nächsten, Brett.«

»Richtig.« Er setzte die soeben überprüfte Zelle wieder ein. Parker legte ein paar Schalter an der Decke um. Vielleicht gelang es ihnen, die beschädigte Leitung noch etwas weiter einzugrenzen. Modul zwölf enthielt einhundert der winzigen Partikelbeschleunigerzellen. Die Vorstellung, manuell jede einzelne davon zu überprüfen um die eine zu finden, die ausgefallen war, ließ in ihm den Wunsch aufkommen, etwas zu zerschlagen.

Und genau in diesem Augenblick – einem völlig unpassenden Augenblick – rief eine Stimme aus einem der Lautsprecher an der Decke: »Wie steht's?«

Ach, zum Teufel, dachte Parker. Ripley. Dieses verdammte Weib. Ich werd' ihr schon sagen, wie's steht.

Er drückte den Knopf des Interkom. »Wie's steht willst du wissen? 'Ne Menge harter Arbeit, so steht's. Richtige Arbeit. Du solltest mal hierherkommen und es probieren. Und jetzt laß mich in Frieden.«

»Ich werd' dich dann in Frieden lassen, wenn Modul zwölf repariert ist, vorher nicht. Darauf kannst du dich verlassen.« Am anderen Ende klickte es, ehe Parker etwas erwidern konnte.

»Was ist denn?« Brett lehnte sich aus dem Modul. »Streitet ihr beiden euch schon wieder?«

»Nee. Ich mag bloß dieses großmäulige Weibsstück nicht.«

Brett zögerte und untersuchte dann das Innere der freigelegten Zelle. »Richtig. Versuchen wir es noch einmal.«

Parker drückte die Knöpfe, blickte auf den Monitorschirm

und überlegte, wie es wohl wäre, wenn er mit der Faust auf den Bildschirm einschlug und sich vorstellte, er wäre das Gesicht eines gewissen Deckoffiziers. Nicht, daß er etwas so Melodramatisches wirklich tun würde. Er neigte zwar zu Temperamentsausbrüchen, war aber vernünftig genug, um einzusehen, wie dringend er den Monitor brauchte.

Und Ripley.

Ash war mit einer weiteren Testreihe an Kanes bewußtloser Gestalt beschäftigt. Diese Testreihen lieferten ihm zusätzliche Informationen über seinen Zustand. Keine dieser Informationen war besonders nützlich, aber der Wissenschaftsoffizier fand das alles dennoch faszinierend.

Kanes Innenleben war für jedermann sichtbar, der die Krankenstation betrat und einen Blick auf den Röntgenbildschirm warf. Kane selbst war außerstande, gegen dieses Eindringen in seine Privatsphäre Protest einzulegen.

Ripley trat ein und warf einen Blick auf die Anzeigegeräte. Sein Zustand hatte sich nicht verändert, seit sie das letzte Mal hiergewesen war. Damit hatte sie auch nicht gerechnet. Das Alien hing immer noch an seinem Gesicht.

Sie studierte die kleineren Anzeigegeräte und nahm dann den freien Platz neben Ash ein. Er reagierte auf ihr Kommen mit einem leichten Lächeln, wandte den Blick aber nicht von seiner Konsole.

»Ich mache jetzt ein paar andere Tests«, teilte er ihr mit. »Nur für den Fall, daß etwas passiert.«

»Was zum Beispiel?«

»Ich hab' nicht die leiseste Ahnung. Aber wenn etwas passiert, möchte ich es sofort wissen.«

»Etwas Neues?«

»Bei Kane?« Ash überlegte, brachte Ordnung in seine Gedanken. »Immer noch das gleiche. Unverändert. Nein, eher besser. Keine Verschlechterungen.«

»Und was ist mit dem Alien? Wir wissen jetzt, daß es Säure in sich herumträgt und sich selbst schnell regenerieren kann. Wissen wir sonst noch etwas?«

Ashs Stimme klang selbstgefällig, als er antwortete: »Ich hab' dir ja gesagt, daß ich Tests gemacht habe. Da wir für Kane nichts tun können, hielt ich es für vernünftig, soviel wie möglich über das fremde Geschöpf zu erfahren. Man kann schließlich nie wissen, ob nicht eine scheinbar unbedeutende Entdeckung uns eine Möglichkeit gibt, ihn am Ende zu entfernen.«

»Ich weiß.« Sie rutschte ungeduldig auf ihrem Sessel herum. »Was hast du in Erfahrung gebracht?«

»Es hat eine äußere Schicht, die offenbar aus Proteinpolysachariden besteht. Das nehme ich wenigstens an. Schwer zu sagen, wenn man nicht detailliert ein Stück analysieren kann. Und wenn ich jetzt versuche, eine kleine Probe zu entnehmen, dann könnte wieder diese Flüssigkeit austreten. Wir dürfen nicht riskieren, daß der Autodoc beschädigt wird.«

»Nein, kaum«, sagte sie trocken. »Im Augenblick ist diese Maschine die einzige Chance, die Kane hat.«

»Genau. Noch interessanter ist, daß das Ding dauernd Zellen in einer sekundären Endodermis absondert und sie durch polarisierte organische Silikate ersetzt. Es scheint eine Doppelhaut zu haben, und diese Säure fließt zwischen den beiden Schichten. Außerdem scheint diese Säure unter hohem Druck zu stehen.

Gut, daß Dallas mit dem Skalpell nicht zu tief hineingeschnitten hat, sonst hätte das Alien wahrscheinlich die ganze Krankenstation mit Säure übersprüht.«

Ripley blickte gebührend beeindruckt.

»Die Silikatschicht zeigt unter dem Mikroskop eine einzigartige sehr dichte Molekularstruktur. Möglicherweise ist sie sogar imstande, dem Laser Widerstand zu leisten. Ich weiß, ich weiß«, sagte er, als er ihren ungläubigen Gesichtsausdruck bemerkte, »das klingt verrückt. Aber ich hab' noch nie so zähes organisches Material gesehen. Die Anordnung dieser Zellen im Verein mit der Substanz, aus der sie bestehen, ergibt etwas, das allen Regeln der Biologie zuwider läuft.

Diese Silikatzellen zum Beispiel. Sie haben metallische Bestandteile. Das verleiht der Kreatur eine ungewöhnliche Widerstandsfähigkeit gegenüber ungünstigen Umweltbedingungen.«

»Sonst noch etwas Neues, ich meine außer den Silikaten und der Doppeldermis?«

»Nun, ich habe noch keine Ahnung, was es atmet, oder selbst, ob es überhaupt so atmet, wie wir das verstehen. Das Alien scheint die Atmosphäre in seiner Umgebung zu verändern; möglicherweise absorbiert es die Gase, die es benötigt, durch zahlreiche Oberflächenporen. Jedenfalls habe ich nichts gefunden, was auch nur entfernt an eine Nase erinnert. Als lebende chemische Fabrik übertrifft es in seiner Effizienz alles, wovon ich je gehört habe. Einige seiner inneren Organe scheinen überhaupt nicht zu funktionieren, während andere Organe Funktionen ausüben, die ich nicht einmal ahne.

Es ist möglich, daß die im Ruhezustand befindlichen Organe Verteidigungsfunktionen haben. Das werden wir erfahren, wenn wir es je weiter provozieren müssen.« Er sah sie von der Seite an. »Genügt das?«

»Allerdings.« Man hätte Kane unter keinen Umständen mehr an Bord bringen dürfen. Sie hätten ihn und das Alien draußen lassen müssen. Ash war derjenige, der die Verantwortung dafür trug, daß sie hier waren.

Sie studierte den Wissenschaftsoffizier unauffällig und sah ihm zu, wie er mit seinen Instrumenten arbeitete, Ergebnisse registrierte, die ihm zusagten, und andere wieder löschte. Ash war unter der ganzen Mannschaft der letzte, den sie einer dramatischen Geste für fähig gehalten hatte, und doch war er derjenige, der die plötzliche Entscheidung, die Schleuse zu öffnen, getroffen und damit alle Vorschriften in den Wind geschlagen hatte.

Sie mußte sich berichtigen. Außer Ash hatten auch Dallas und Lambert gegen die Vorschriften verstoßen, indem sie den Zutritt verlangt hatten. Und Kanes Leben war auf dem Spiel gestanden. Angenommen, Ash hätte ihrer Anweisung Folge geleistet und die drei draußen gelassen? Würde Kane dann noch leben? Oder wäre er jetzt schon nur mehr eine Eintragung im Logbuch? Eines freilich wäre dann einfacher gewesen: Wenn Kane überlebte, würde sie ihm nicht in die Augen sehen und versuchen müssen, ihm zu erklären, warum sie ihm und den anderen den Zutritt verweigert hatte.

Ash bemerkte ihren Blick und sah sie an. »Ist etwas?«

»Nein.« Sie richtete sich auf. »Fasse das für mich zusammen. Geh' einfach davon aus, daß ich so dumm bin, wie ich mir manchmal vorkomme. Was bedeutet das alles? Wo stehen wir?«

»Eine interessante Kombination von Elementen und Struktur machen das fremde Lebewesen in unserer gegenwärtigen Lage und unter Zugrundelegung unserer Möglichkeiten praktisch unverletzbar.«

Sie nickte. »Genau das habe ich auch herausgelesen, falls deine Ergebnisse stimmen.« Er blickte beleidigt. »Entschuldige. Okay, es ist also unverletzlich.« Sie musterte ihn prüfend. »Hast du es deshalb hereingelassen?«

Wie immer ließ sich auch diesmal der Wissenschaftsoffizier von ihr nicht herausfordern. Seiner Antwort war keinerlei Verstimmung anzumerken. »Ich befolgte einen direkten Befehl des Kapitäns. Erinnerst du dich?«

Sie gab sich große Mühe, die Stimme nicht zu erheben, weil sie wußte, daß Ash nur logische Gründe respektierte. »Wenn Dallas und Kane nicht im Schiff sind, bin ich ranghöchster Offizier. Bis einer der beiden das Schiff betritt, bin ich diensttuender Kommandant.«

»Ja, natürlich. Das habe ich einfach vergessen. Die Erregung des Augenblicks.«

»Unsinn!« Er wandte den Blick nicht von seinen Anzeigegeräten. »Gefühle haben dich noch nie dazu gebracht, etwas zu vergessen.«

Jetzt wandte er sich zu ihr um. »Du meinst, du kennst mich. Ihr alle meint das. Ihr seid so sicher, genau zu wissen, was für ein Mensch ich bin. Ich will dir etwas sagen, Ripley. Als ich die Innenschleuse öffnete, war mir bewußt, was ich tat, ja. Aber was die Frage angeht, wer wann das Kommando hat, nun, ich kann genauso etwas vergessen, wie jeder andere. Mein Gedächtnis ist sehr gut, aber es kann auch versagen, wie bei jedem anderen Menschen. Selbst ein mechanisches Gedächtnis wie das von Mutter kann eine Information verlieren.«

Ein Fehler, sicher, dachte sie. Ein selektiver Fehler. Trotzdem war es möglich, daß der Wissenschaftsoffizier die Wahrheit sprach. Sie mußte aufpassen, nicht zu viele ihrer Mannschaftskameraden zu verärgern. Parker und Brett liebten sie schon nicht gerade, und jetzt war sie im Begriff, sich Ash zum Feind zu machen.

Aber sie konnte einfach ihren Argwohn nicht unterdrücken. Beinahe wünschte sie sich, daß Ash auf sie böse werden würde.

»Außerdem hast du es geschafft, das Quarantänegesetz der Wissenschaftsabteilung zu vergessen, etwas, das jedem Schiffsoffizier am Anfang seiner Ausbildung eingedrillt wird: Nimm nie ein Alien an Bord, ob lebendig oder tot.«

»Nein.« Endlich, dachte sie. Eine Aussage, die sie glauben konnte. »Das habe ich nicht vergessen.«

»Aha. Das hast du nicht vergessen.« Sie wartete einen Augenblick, um das, was sie sagte, noch stärker zu betonen. »Du hast es einfach gebrochen.«

»Du glaubst, ich hätte das leichtfertig getan. Du glaubst, ich hätte die mögliche Konsequenzen meiner Handlungweise nicht bedacht.«

»Nein, Ash. So etwas würde ich nie denken.« Wieder reagierte er nicht auf ihre Provokation.

»Ich habe es nicht gerne getan, aber ich war der Ansicht, daß ich keine andere Wahl hatte«, erklärte er mit leiser Stimme. »Was hättest du denn mit Kane getan? Seine einzige Überlebenschance schien mir davon abzuhängen, daß er in die Krankenstation gebracht wurde, wo der Autodoc sofort die Arbeit an ihm aufnehmen konnte. Sein Zustand hat sich stabilisiert. Ich neige dazu, das der Maschine und ihrer schnellen Behandlung zuzuschreiben, dem frühen Einsatz von Antisepsis und intravenöser Ernährung.«

»Du widersprichst dir selbst, Ash. Vor einer Minute noch hast du gesagt, das Alien erhielte ihn am Leben, nicht der Autodoc.«

»Das Alien scheint einen Beitrag zu leisten, aber immerhin tut es das in Kanes Atmosphäre und seiner Umgebung. Wir wissen nicht, was es getan hätte, wenn wir es mit Kane allein draußen gelassen hätten. Hier können wir ihn sorgfältig überwachen und eingreifen, wenn das Geschöpf anfängt, feindselige Handlungen zu unternehmen. Das könnten wir nicht, wenn er noch draußen wäre.« Er hielt inne, um einen Schalter umzulegen und eine Skala abzulesen. »Außerdem war es eine direkte Anweisung.«

»Soll das heißen, du würdest, ganz gleich wie die Situation ist, Dallas Anweisung vor der meinen den Vorzug geben?«

»Das soll einfach heißen, daß der Kapitän der Kapitän ist, und daß die Tatsache, daß er einen Meter vor dem Korridor stand, anstatt in ihm, für mich nicht als Begründung ausreicht, um seine Entscheidungen zu ignorieren.«

Sie wandte den Blick ab und ärgerte sich über ihn und sich selbst. »Indem du die Quarantänevorschriften brichst, riskierst du das Leben aller, nicht nur das von Kane.«

Ash beugte sich vor, um einen Befehl in den Computer zu

tippen und blickte dann wie gebannt auf den Bildschirm. Als er antwortete, sah er Ripley nicht an.

»Glaubst du, die Entscheidung ist mir leicht gefallen? Ich bin mir der Vorschriften hinsichtlich Quarantäne und fremder Lebensformen sehr wohl bewußt, vielleicht mehr als du. Ich mußte zwischen ihnen und einem Menschenleben abwägen.

Vielleicht hätte ich ihn da draußen sterben lassen sollen, vielleicht habe ich uns alle in Gefahr gebracht. Aber eines weiß ich: Leute, die Vorschriften erlassen, tun das immer in der Sicherheit und fern jeder Gefahr, nicht draußen, wo diese absoluten Weisungen befolgt werden sollen. Und in Zeiten wie diesen müssen wir uns auf unseren eigenen Verstand und unsere Gefühle verlassen. Und das habe ich getan.

Bis zur Stunde hat das Alien noch gegenüber keinem von uns in irgendeiner Weise bedrohlich gehandelt. Vielleicht tut es das noch, in dem Fall aber steht es einer gewarnten Gruppe von sechs gegenüber, nicht einem unvorbereiteten Mann, der durch den dunklen Laderaum eines fremden Schiffes stolpert. Und dieses Risiko würde ich gegen Kanes Leben aufrechnen.« Seine Finger tanzten über das Tastenfeld.

»Ich will mit dir nicht über deine persönlichen Gefühle diskutieren.« Ripley verlegte ihr Gewicht nach links und stand dann auf. »Ich sage einfach, daß du weder das Recht noch die Befugnis hast, uns diese Gefühle aufzuzwingen. Vielleicht ist uns nicht danach zumute, dieses Risiko einzugehen.«

»Das hat jetzt nichts mehr zu sagen. Kane ist an Bord . . . und lebt. Die Ereignisse werden sich von dieser Realität aus weiterentwickeln, nicht von Alternativen, die in der Vergangenheit bestanden. Es ist Zeitvergeudung, darüber zu diskutieren.«

»Das ist also deine offizielle Stellungnahme als Wissenschaftsoffizier? In der Dienstvorschrift steht es anders.«

»Du fängst an, dich zu wiederholen, Ripley. Warum? Willst du mich provozieren? Ich habe das, was ich getan habe, bereits freiwillig in das offizielle Logbuch diktiert und unterwerfe mich jeder Entscheidung, die die Gesellschaft in dieser Sache treffen wird. Ja, es ist meine offizielle Stellungnahme. Vergiß nicht, daß das erste Ziel der Wissenschaft der Schutz und die Verbesserung des menschlichen Lebens ist. Dagegen würde ich nie handeln.«

»Nein, aber deine Vorstellung, wie man das menschliche Leben verbessern kann, weicht vielleicht von der Meinung anderer ab.«

Aus irgendeinem Grunde veranlaßte ihn das, sich umzudrehen und sie scharf anzusehen, wo andere direktere Angriffe keine Reaktion ausgelöst hatten. »Ich nehme meine Verantwortung als Wissenschaftsoffizier ebenso ernst wie du die deine als Deckoffizier. Das sollte dir genügen. Ich habe jetzt keine Lust mehr, dieses Gespräch fortzusetzen. Wenn du eine offizielle Beschwerde über mich vorbringen willst, dann sag das Dallas. Wenn nicht«, und damit wandte er sich wieder seinen Instrumenten zu, »dann tu deinen Job und laß mich den meinen tun.«

Sie nickte. »Okay.« Dann wandte sie sich um und ging zum Korridor . . . Sie war unbefriedigt, wußte aber nicht, weshalb. Ashs Antworten klangen vernünftig. Es war schwer, Einwände dagegen zu finden. Aber das war es nicht, was sie störte.

Was sie störte, war die Tatsache, daß das, was er getan hatte, gegen viel mehr als nur die Vorschriften verstieß. Es verstieß gegen jede Faser in der Persönlichkeit eines Wissenschaftsoffiziers, widersprach dem Professionalismus, den er so häufig unter Beweis gestellt hatte. Sie kannte ihn noch nicht sehr lange, aber bis zu diesem Augenblick hatte er auf sie und alle anderen den Eindruck gemacht, daß es für ihn nichts gab, das Vorrang vor den Dienstvorschriften hatte.

Ash behauptete, er hätte so gehandelt, um ein Menschenleben zu retten. Sie hatte den offiziellen Standpunkt eingenommen. Hatte sie unrecht? Hätte Kane ihr recht gegeben?

Sie begab sich zur Brücke. Sie wurde damit einfach nicht fertig, unwichtige Einzelheiten drängten sich ihr auf, nagten an ihren Gedanken. Aber das, was sie verband, fehlte noch . . .

Auf der *Nostromo* gab es jetzt nichts zu tun, als warten. Warten, bis Parker und Brett ihre Arbeit vollendet hatten. Warten, bis Kanes Zustand sich änderte.

Auf der Brücke spielte Lambert mit dem Kater Jones. Sie hatte dazu ein Stück Schnur in der Hand, das angeblich nur zu Jones Vergnügen an Bord war. Aber der Kater wußte das besser. Manchmal oblag es ihm, die Menschen zu unterhalten. Sie schienen großes Vergnügen zu empfinden, wenn er nach der weißen Schnur haschte und sie zu fangen versuchte, wenn sie sie in ihren großen schwerfälligen Pfoten hielten.

Lambert nannte das, was sie tat ›mit der Katze spielen‹. Jones nannte es ›mit den Menschen spielen‹. Er war ein sehr pflichtbewußter Kater und gab sich alle Mühe, die Navigatorin zum Lächeln zu bringen. Sie waren manchmal so ernst. Es war eine schwere Aufgabe für eine Katze, aber Jones war pflichtbewußt. Er gab sich große Mühe, die Menschen zu erfreuen und dachte an Nahrung und warme fette Mäuse.

»Was denkst du?« Brett blickte unter einem Überhang hervor und musterte seinen Kollegen.

Parker zog eine Schraube fest und wischte sich den Schweiß von der Stirn. »Fast. Noch ein halbes Grad, dann sind wir fertig. Vielleicht ist Ripley dann zufrieden.«

Der Techniker schnob verächtlich. »Hast du das nicht gewußt? Ripley ist nicht zu befriedigen.« Hinter dem Einlaßgitter, an dem er arbeitete, waren pfeifende Geräusche zu vernehmen.

Parker blickte auf den stummen Lautsprecher des Interkom und knurrte: »Wenn wir nach dem jetzt keinen vollen Anteil bekommen, beschwere ich mich. Wir haben uns ein doppeltes Gehalt verdient. Außerdem müßte eigentlich eine Gefahrenzulage dazukommen. Wenn die diesmal nichts ausspucken, gehe ich zur Gilde. Ich laß mir das einfach nicht mehr gefallen.«

»Richtig«, brummte Brett. Eine Hand griff aus dem Inneren der Röhre heraus. »Ich brauche eine Abdichtung Nummer drei.«

Parker fischte in einem Plastikbehälter herum und reichte Brett ein kleines graues Stück Plastik mit einer grünroten Markierung und funkelte das Interkom böse an.

Der Rhythmus war primitiv, und die Aufnahme hatte mit den Jahren und durch das häufige Abspielen viel von ihrem Glanz verloren, trotzdem lag Dallas zurückgelehnt da und nahm die Musik in sich auf, als wäre er selbst im Aufnahmestudio zugegen. Sein rechter Fuß wippte lautlos im Takt mit.

Das Interkom piepste. Das tat es dreimal, ehe der Kapitän es bemerkte. Er seufzte resigniert, schaltete die Musik ab und drückte die Sprechtaste.

»Dallas hier.«

»Ash. Ich glaube, du solltest dir Kane ansehen. Es ist . . . da etwas geschehen.«

Dallas schwang die Beine von der Liege und setzte sich schnell auf. Ashs Stimme klang nicht besorgt, das war ermutigend. Sie klang verwirrt, das war nicht ermutigend.

»Gefährlich?«

»Interessant.«

»Ich komme sofort.«

Er stand auf, schaltete das Bandgerät ab und sah, wie das grüne Licht an seiner Seite erlosch. ›Interessant‹ hatte Ash gesagt. Das konnte eine ganze Menge bedeuten, nicht notwendigerweise etwas Gutes. Die Gewißheit, daß Ash etwas ganz anderes gesagt hätte, wenn Kane gestorben wäre, bereitete ihm einige Erleichterung.

Was bedeutete, daß der erste Offizier noch lebte . . . aber in einem ›interessanten‹ Zustand.

Wie sich gleich erweisen sollte, bezog sich Ash überhaupt nicht auf Kane. Sein Anruf war von etwas anderem ausgelöst worden.

Dallas fand den Wissenschaftsoffizier im Korridor vor der Krankenstation. Er hielt die Nase gegen das Glas gepreßt und starrte hinein. Als der Kapitän näher kam, blickte er sich um.

»Was ist denn los?« Plötzlich war Ripley am anderen Ende des Korridors aufgetaucht. Ihr Blick wanderte schnell zwischen Ash und Dallas hin und her. »Ich habe mitgehört.«

»Gelauscht?« Dallas sah sie überrascht an.

Sie schnitt eine Grimasse. »Auf diesem Kahn gibt's doch sonst nichts zu tun. Warum? Einwände?«

»Nein, nur neugierig.« Er blickte durch das dicke Glas in die Krankenstation und fragte dann Ash, als ihm keine besondere Offenbarung zuteil wurde: »Nun?«

»Kane.« Der Wissenschaftsoffizier deutete. »Sieh ihn dir genau an. Ganz.«

Dallas blickte durch die Scheibe, kniff die Augen zusammen und bemerkte dann, wovon Ash redete. Oder besser, er bemerkte es nicht.

»Es ist weg.« Das Alien war nirgends in der Krankenstation zu sehen. Kane lag reglos auf der Plattform des Autodoc. Seine Brust hob und senkte sich regelmäßig. Er schien normal und ohne Mühe zu atmen, obwohl das Alien nicht mehr da war. Bei genauerem Hinsehen konnte man kleine schwarze Punkte sehen, die über sein Gesicht verteilt waren.

»Hat es etwas an ihm hinterlassen?« Dallas schauderte bei dem Gedanken.

»Nein.« Ash sagte das ganz entschieden, und Dallas war willens, ihm zu glauben. Er mußte ihm glauben. Außerdem konnte man den Personalakten entnehmen, daß der Wissenschaftsoffizier von allen Mannschaftsmitgliedern die schärfsten Augen hatte.

»Das sind Eindrücke, keine Erhebungen. Wahrscheinlich Saugmarken.« Ash hielt inne und fügte dann hinzu: »Davon abgesehen, scheint Kane von dem, was er mitgemacht hat, völlig unverletzt.«

»Was aber möglicherweise noch nicht vorüber ist«, warf Ripley ein. »Die Tür ist dicht. Das Alien muß noch irgendwo dort drinnen sein.« Ihre Stimme klang selbstsicher, aber sie entsprach keineswegs den wahren Gefühlen, die sie empfand. Die Vorstellung, daß das spinnenähnliche Handgebilde mit seinem glasigen starren Auge irgendwo auf dem Boden herumhuschte, machte ihr mehr Angst als sie zu zeigen wagte.

»Wir können die Tür nicht öffnen«, sagte Ash nachdenklich. »Schließlich wollen wir es nicht herauslassen. Es frei im Schiff herumlaufen zu lassen, wäre das Allerletzte.«

»Ganz meine Meinung.« Ripley suchte den Boden der Krankenstation ab, sah aber nur glattes Metall und Farbe. »Wir können es nicht packen oder aus der Ferne töten. Was also tun?«

»Als wir versuchten, es von Kanes Gesicht zu entfernen«, sagte Dalls, »haben wir es geschnitten, es verletzt. Vielleicht würde das Alien keinen Widerstand leisten, wenn wir es nicht zu offenkundig bedrohten. Vielleicht können wir es einfach aufheben.« Visionen von spektakulären Anerkennungen durch die Gesellschaft, vielleicht eine Beförderung, ganz sicher eine Prämie, kreisten durch seinen Kopf. Dann fiel sein Blick wieder auf die bewußtlose Gestalt Kanes, und er empfand Schuldgefühle.

Ripley schauderte immer noch bei dem Gedanken. »Du kannst ja versuchen, es aufzuheben. Ich behalte die Tür im Auge.«

»Ich glaube, die Idee ist gut.« Ash entfernte sich von der Tür. »Es ist ein Specimen von unschätzbarem Wert. Wir sollten auf alle Fälle den Versuch machen, es lebend und unversehrt einzufangen.«

Er betätigte den Türschalter. Die Krankenstation eignete sich gut dazu, das flüchtige Alien dingfest zu machen. Sie hatte doppelte Wände und war, abgesehen von den Schleusen, das bestgesicherte Abteil der *Nostromo*.

Die Tür schob sich lautlos zurück. Ash warf Dallas einen Blick zu; der nickte. Wieder wurde der Schalter betätigt, und die Tür öffnete sich noch ein paar Zentimeter. Jetzt stand sie weit genug offen, daß ein Mann sich hindurchschieben konnte. Dallas ging als erster hinein, vorsichtig gefolgt von Ripley. Ash betrat den Raum als letzter und drückte schnell den Knopf, der die Tür hinter ihm schloß.

Sie standen dicht nebeneinander an der Tür, und ihre Augen suchten den Raum ab. Immer noch keine Spur des Alien. Dallas schürzte die Lippen und stieß einen scharfen Pfiff aus. Das förderte zwar das Alien nicht zutage, ließ aber Ripley etwas unsicher kichern.

Jetzt ging Dallas vorsichtig auf einen offenen Schrank zu. Er bot ein ausgezeichnetes Versteck. Aber als er ihn untersuchte, fand er nur sorgfältig aufgereihte medizinische Instrumente.

Wenn sie das fremde Wesen nicht gerade mit den Händen einfangen wollten, brauchten sie etwas Festes. Dallas wählte den ersten Gegenstand von geeigneter Größe, den er sah, ein Tablett aus rostfreiem Stahl. Als er sich umwandte, um die Suche fortzusetzen, war er sich sehr wohl der Tatsache bewußt, daß das Alien, wenn es sich nur hinreichend bedroht fühlte, sich ebenso leicht und mühelos durch das Tablett hindurchätzen konnte wie durch seine Hände. Trotzdem machte ihn das Gewicht, das er in den Händen hielt, zuversichtlich.

Ash untersuchte eine Ecke der Krankenstation. Ripley begann es zu langweilen, untätig neben der Tür zu stehen. Sie bückte sich und blickte unter die Plattform, auf der Kane lag, weil sie dachte, das Alien könne vielleicht an der Unterseite hängen. Jeder Muskel in ihrem Körper spannte sich, bereit, mit einem Satz zu fliehen, sobald sie das Wesen sah. Als die Unterseite der Plattform sich als leer erwies, war sie keineswegs enttäuscht.

Sie richtete sich auf und überlegte, wo sie nun suchen sollte. Sie stieß gegen ein Schott. Etwas Massives, Schweres landete auf ihrer Schulter. Ihr Kopf ruckte herum – und sie erblickte lange skelettartige Finger und ein stumpfgraues Auge, das sie anstarrte.

Irgendwie schaffte sie es, obwohl ihre Kehle wie zugeschnürt war, einen Schrei auszustoßen. Ihre Muskeln spannten sich. Und dabei fiel das Geschöpf schwer auf das Deck. Dort blieb es reglos liegen.

Dallas und Ash waren zu ihr gerannt, als sie aufgeschrien hatte. Jetzt standen sie alle drei da und starrten das reglose Ding an, das vor ihnen lag. Die Finger waren verkrümmt wie die der Hand eines Toten, der es immer noch verblüffend glich. Nur die zusätzlichen Finger, der Schwanz und das stumpfe lidlose Auge störten die Illusion.

Ripleys rechte Hand lag auf der Schulter, wo das Ding gelandet war. Sie schluckte Luft, anstatt sie einzuatmen, und langsam wich das Adrenalin wieder aus ihrem Kreislauf. Sie glaubte immer noch das Gewicht des Alien auf sich zu spüren.

Ihr Fuß schob sich vor, stieß das handähnliche Gebilde an. Es bewegte sich nicht, leistete auch keinen Widerstand. Das Auge war stumpf, und die lederne Haut sah eingeschrumpft und trocken aus. Wieder stieß sie es mit dem Fuß an, drehte es um. Das Rohr lag schlaff an der Handfläche, fast völlig eingezogen.

»Ich glaube, es ist tot.« Dallas studierte noch einen Augenblick lang die Leiche, die er nicht erwartet hatte, und sah dann Ripley an. »Alles in Ordnung?«

Sie mußte sich mit aller Willenskraft zwingen, Zunge und Kehlkopf zu betätigen. »Yeah. Es hat nichts gemacht. Ich glaube, es war schon tot, ehe es auf mich fiel.«

Sie trat an den offenen Schrank und entnahm ihm eine lange Zange. Als sie damit die verkrümmten Finger berührte, löste das keine Reaktion aus, ebensowenig wie ein leichter Stoß nach dem Auge. Dallas hielt ihr das Tablett hin. Mit Hilfe der Zange schob sie das versteinerte Alien hinauf und klappte dann hastig den Deckel zu.

Sie traten an einen Tisch. Das Alien wurde vorsichtig von dem Tablett entfernt und auf eine glatte Fläche gelegt. Ash richtete ein helles Licht darauf. Jetzt konnte man die gespenstische Blässe deutlich erkennen. Er nahm eine kleine Sonde und betastete damit das reglose Ding.

»Seht euch diese Saugnäpfe an. »Er deutete mit der Sonde auf eine Reihe kleiner tiefer Löcher, die dicht an dicht die Innenseite der »Handfläche« des Geschöpfes ringsum säumten. »Kein Wunder, daß wir ihn nicht herunterkriegen konnten – damit und mit den Fingern und dem Schwanz, den er um seinen Hals geschlungen hatte.«

»Wo ist sein Mund?« Dallas mußte sich zwingen, um den Blick von dem großen Auge zu reißen. Selbst im Tode ging noch eine hypnotische Anziehung von ihm aus.

»Er muß in diesem rohrähnlichen Organ hier oben sein. Dem Ding, das er ihm in den Hals geschoben hat. Aber man konnte nie irgendwelche Anzeichen sehen, daß er Nahrung aufnahm.« Ash drehte die Leiche mit der Sonde auf den Rükken. Er griff mit der Zange nach dem Rohr und zog es halb aus der Handfläche heraus. Es veränderte rasch die Farbe, wurde dem Rest des Körpers gleich.

»Es verhärtet offenbar, sobald es mit Luft in Berührung kommt.« Ash schob die Leiche unter ein Betrachtungsgerät, fokussierte die Linse und drehte an einigen Knöpfen. Ziffern und Worte erschienen auf winzigen Bildschirmen, als er einen bestimmten Knopf drückte.

»Es ist alles«, teilte er ihnen schließlich mit. »Es ist vorbei. Das Alien ist tot. Keinerlei Spuren von Leben. Wir wissen zwar nicht viel über das Wesen, aber es ist auch nicht so fremdartig, daß man nicht bestimmen kann, ob es lebt oder tot ist.«

Ripleys Schulter prickelte immer noch. »Gut. Schaffen wir es weg.«

Ash sah sie ungläubig an. »Das soll natürlich ein Witz sein. Sehr komisch.«

Sie schüttelte den Kopf. »Ganz und gar nicht.«

»Aber . . . wir müssen das doch mitnehmen.« Ashs Stimme klang beinahe erregt. »Das ist der erste Kontakt mit einem Wesen wie diesem. Es gibt auf keinem der Bänder so etwas. Es ist einzigartig. Eine einmalige Chance. Wir müssen alle möglichen Tests durchführen.«

»Schön«, sagte sie. »Dann mach deine Tests und dann schaffen wir es weg.«

»Nein, nein. Dazu braucht man die Hilfsmittel eines komplett ausgestatteten Biologielabors. Ich kann nur oberflächliche Einzelheiten über Zusammensetzung und Körperbau aufzeichnen. Über seine Evolutionsgeschichte möchte ich nicht einmal Vermutungen anstellen.

Wir können doch nicht eine der größten xenobiologischen Entdeckungen des letzten Jahrzehnts wie ein Stück Müll durch die Schleuse werfen! Ich protestiere persönlich und in meiner Eigenschaft als Wissenschaftsoffizier ganz entschieden. Kane würde dasselbe tun.«

»Dieses Ding hat Säure geblutet und fast ein Loch durch das Schiff gefressen.« Sie deutete mit einer Kopfbewegung darauf. »Der Himmel weiß, wozu es jetzt, da es tot ist, noch imstande ist.«

»Es hat überhaupt nichts getan«, konterte Ash. »Die Säureflüssigkeit ist wahrscheinlich von den toten Zellen absorbiert und dort unwirksam gemacht worden. Überhaupt nichts hat es getan.«

»Noch nicht.«

Ash sah Dallas flehend an. »Es hat sich nicht bewegt und in keiner Weise Widerstand geleistet, als wir es von allen Seiten betasteten, selbst am Auge. Das Gerät hier beharrt darauf, daß es tot ist, und ich glaube, ich gehe kein Risiko ein, wenn ich annehme, daß es kein Zombie ist. Dallas, wir müssen dieses Specimen behalten.«

Als Dallas keine Antwort gab, fuhr Ash fort: »Außerdem, wenn es uns nicht gelingt, ihn aus seinem Koma herauszureißen, braucht das Ärzteteam, das ihn behandelt, dringend das Wesen, das diesen Zustand herbeigeführt hat. Wenn wir es wegwerfen, werfen wir vielleicht auch unsere Chance weg, Kane wieder zum Leben zu erwecken.«

Jetzt sprach Dallas endlich. »Du bist der Wissenschaftsoffizier. Das ist deine Abteilung, deine Entscheidung.«

»Dann ist die Entscheidung auch getroffen.« Ash warf seiner Akquisition einen liebevollen Blick zu. »Ich werde es in ein Stasisrohr einschließen. Damit ist jede Gefahr gebannt, daß es wieder zum Leben erwacht. Wir kommen schon klar damit.«

»Das dachte Kane wahrscheinlich auch«, murmelte Ripley. Dallas funkelte sie an, und sie wandte den Blick ab. »Damit wäre die Zukunft des Monstrums wohl geklärt, denke ich.« Sie deutete auf den Autodoc.»Und was ist mit Kane?«

Ash blickte auf den Patienten. Nachdem er den Ersten Offizier, insbesondere sein Gesicht mit den Druckstellen der Saugnäpfe untersucht hatte, schaltete der Wissenschaftsoffizier einige Instrumente an der Medizinkonsole ein. Der Autodoc gab einige Geräusche von sich, und dann traten die Anzeigegeräte in Aktion.

»Er hat Fieber.«

»Schlimm?«

»Nein. Sein Körper kommt damit zurecht. Die Maschine wird seine Temperatur senken. Er ist immer noch bewußtlos.«

»Das sieht man«, sagte Ripley verärgert.

Ash warf ihr einen finsteren Blick zu. »Nicht unbedingt. Er könnte auch schlafen, das wäre dann etwas anderes.«

Ripley wollte antworten, aber Dallas hinderte sie daran. »Hört auf, euch zu streiten, ihr beiden.« Als ob er nicht ohnehin schon genug zu tun hätte, nun mußte er auch noch Streit unter der Mannschaft schlichten. Angesichts der Ausnahmesituation, in der sich zuletzt alle befunden hatten, mußte man mit solchen Konflikten rechnen. Aber er würde das nicht dulden. Auf alle Fälle galt es offene Streitigkeiten zu vermeiden. Er hatte jetzt keine Zeit für so etwas.

Um Ripleys Gedanken von Ash abzulenken und umgekehrt, fragte er: »Bewußtlos und leichtes Fieber. Noch etwas?«

Ash studierte die Instrumente. »Nichts, was man hier sehen kann. Seine Vitalsignatur ist anhaltend stark.«

»Langzeitprognose?«

Der Wissenschaftsoffizier zögerte. »Ich bin kein Mediziner. Die *Nostromo* ist dafür zu klein.«

»Oder zu unwichtig. Ich weiß. Aber du kommst einem Mediziner am nächsten. Ich will nur deine Meinung erfahren. Das kommt nicht ins Logbuch, und ich werde es dir später auch nicht vorhalten. Verdammt, wie könnte ich auch.« Sein Blick wanderte zu Kane zurück, Kane, der sein Mannschaftskamerad, sein Freund war.

»Ich will nicht unangemessen optimistisch erscheinen«, sagte Ash vorsichtig, »aber basierend auf seinen augenblicklichen Zustand und dem, was die Monitore zeigen, würde ich sagen, daß er durchkommt.«

Dallas lächelte erleichtert und nickte langsam. »Gut. Mehr kann man nicht verlangen.«

»Hoffentlich hast du recht«, fügte Ripley hinzu. »In einigen Dingen sind wir unterschiedlicher Meinung, aber diesmal bete ich darum, daß du recht hast.«

Ash zuckte die Achseln. »Ich wünschte, ich könnte mehr für ihn tun, aber, wie gesagt, ich bin dazu nicht ausgebildet. Alles liegt beim Autodoc. Im Augenblick sehe ich hier ein paar höchst seltsame Daten, aber die Maschine kann auf keinerlei Präzedenzfälle zurückgreifen. Wir können nur warten, bis sie sich zurechtreimt, was der Fremde ihm angetan hat. Dann erst kann sie die Behandlung aufnehmen.« Plötzlich wirkte er enttäuscht.

»Ich wünschte, ich *hätte* eine medizinische Ausbildung. Ich warte nicht gerne auf Maschinen.«

Ripley blickte überrascht auf. »Das ist das erste Mal, daß ich dich etwas Negatives über eine Maschine sagen höre, Ash.«

»Keine Maschine ist perfekt. Sie sollten flexibler sein. Wir brauchen hier ein komplettes Krankenhaus, nicht nur diesen kleinen Autodoc. Seine Konstruktion reicht nicht aus, um mit etwas so . . . nun, mit diesem Fremden fertig zu werden. Das Problem übersteigt möglicherweise seine Fähigkeiten. Wie jede Maschine ist auch der Autodoc nur so wirksam wie die Informationen, die man ihm einprogrammiert hat. Ich wünschte, ich verstünde mehr von Medizin.«

»Dies ist auch das erste Mal«, fuhr Ripley fort, »daß ich von dir höre, daß du dich irgendeiner Sache nicht gewachsen fühlst.«

»Wenn man weniger als alles weiß, fühlt man sich immer unsicher. Ich verstehe nicht, wie du das anders sehen kannst.« Er blickte wieder auf Kane. »Und dieses Gefühl verstärkt sich, wenn einen das Universum mit etwas konfrontiert, das über alle bisherigen Erfahrungen hinausgeht. Ich verfüge nicht über das Wissen, um angemessen zu reagieren, und das vermittelt mir ein Gefühl der Hilflosigkeit.«

Er griff nach der Zange und hob das Alien an zwei seiner Finger an und praktizierte es in ein großes durchsichtiges Glas. Dann drückte er einen Knopf im Verschluß des Glases und schloß es damit dicht. Ein gelbes Licht erfüllte das Rohr.

Ripley hatte den Vorgang scharf beobachtet. Irgendwie hatte sie erwartet, daß das Alien sich plötzlich durch das Stasisrohr schmelzen und sie alle angreifen würde. Endlich überzeugt, daß es sie nicht mehr bedrohen konnte, nur noch in Alpträumen, wandte sie sich um und ging auf den Ausgang zu.

»Ich weiß nicht, wie es mit euch steht«, meinte sie über die Schulter, »aber ich könnte jetzt eine Tasse Kaffee vertragen.«

»Gute Idee.« Dallas sah Ash an. »Kommst du alleine hier klar?«

»Du meinst alleine damit?« Er deutete mit dem Daumen auf den abgedichteten Behälter und grinste. »Ich bin Wissenschaftler. Solche Dinge erhöhen meine Neugierde, nicht meinen Pulsschlag. Ich komm schon klar, danke. Wenn sich etwas entwickelt, oder Kanes Zustand sich verändert, gebe ich sofort Bescheid.«

»Okay.« Er wandte sich wieder der wartenden Ripley zu. »Gehen wir Kaffee trinken.«

Die Tür der Krankenstation schloß sich hinter ihnen, und sie machten sich auf den Weg zur Brücke und ließen den Autodoc zurück, der sich mit Kane beschäftigte. Und Ash, der sich mit dem Autodoc beschäftigte . . .

8

Der Kaffee beruhigte ihren Magen, wenn auch nicht ihren Geist. Rings um sie funktionierte die *Nostromo* glatt und reibungslos ohne Interesse für den hingeschiedenen Fremden, der in der Krankenstation in Stasis lag. Vertraute Geräusche und Gerüche erfüllten die Brücke.

Dallas kannte einige der Gerüche und wußte, von welchen Mannschaftsmitgliedern sie stammten. Sie störten ihn nicht, er schnüffelte nur ein paarmal erkennend. Feinheiten der Zivilisation wie desodorierende Mittel wurden auf einem Schiff von der Größe der *Nostromo* weder vermißt, noch beklagte man ihr Fehlen. Eingeschlossen in eine Flasche aus Metall, Lichtjahre weit von warmen Welten und gesäuberten Atmosphären entfernt, hatte die Mannschaft wichtigere Dinge zu tun, als an den Ausdünstungen ihrer Nächsten Anstoß zu nehmen.

Ripley wirkte immer noch beunruhigt.

»Was frißt dich denn? Grübelst du immer noch darüber nach, was Ash dazu veranlaßt hat, die Schleuse zu öffnen und uns einzulassen?«

Ihre Stimme klang angespannt und enttäuscht. »Wie konntest *du* eine solche Entscheidung ihm überlassen?«

»Ich habe es dir doch gesagt«, erklärte er geduldig. »Es war meine Entscheidung, Kane hereinzulassen, nicht . . . oh, du meinst wegen der Leiche des Alien?«

Sie nickte. »Ja. Jetzt ist es zu spät, sich wegen der Schleuse aufzuregen. Vielleicht hatte ich da sogar unrecht. Aber dieses Ding dortzulassen, ob es nun tot ist oder nicht, nach dem, was es Kane angetan hat.«

Er versuchte, sie zu besänftigen. »Wir wissen nicht sicher, daß es Kane etwas angetan hat – nur ausgenockt hat es ihn. Nach den Daten der Anzeigegeräte fehlt ihm sonst nichts. Und was die Frage angeht, daß wir das Alien an Bord behalten haben, nun, ich lenke dieses Schiff nur. Ich bin nur ein Pilot.«

»Der Kapitän bist du.«

»Ein Titel ohne Mittel, einer, der in speziellen Situationen nichts bedeutet. Parker kann in technischen Fragen meine Entscheidung widerrufen. Und in allem, das mit der Wissenschaftsabteilung zu tun hat, hat Ash das letzte Wort.«

»Und wie geschieht das?« Die Frage klang eher neugierig als verbittert.

»So wie alles andere auch geschieht. Auf Anweisung der Gesellschaft. Du mußt nur deine Dienstvorschrift lesen.«

»Seit wann ist das so?«

Das Gespräch begann ihm auf die Nerven zu gehen. »Komm schon, Ripley. Das ist kein Militärschiff. Du weißt so genau wie ich, daß die Vorschrift eben das ist, was die einem auftragen. Und zu diesem Prinzip gehört eben auch die Unabhängigkeit der einzelnen Abteilungen, wie beispielsweise die Wissenschaft. Wäre ich anderer Meinung, ich bin nicht sicher, ob ich hier gelandet wäre.«

»Was? Die Vision der Entdeckerprämie verblaßt wohl vor dem Schemen eines Toten?«

»Du weißt ganz genau, daß es nicht so ist«, sagte er scharf. »Es gibt keine Prämie, die groß genug wäre, als daß ich Kanes Gesundheit dafür eintauschen wollte. Aber dafür ist es jetzt zu spät. Wir sind hier, und es ist geschehen. Hör zu, laß mich in Frieden, ja? Ich bin Kapitän eines Frachters und tue meinen Job, weil ich mir meinen Lebensunterhalt verdienen muß. Wenn ich ein wirklicher Entdecker sein wollte, und hinter Entdeckerprämien her wäre, dann wäre ich zum Randcorps gegangen. Dann hätte ich mir inzwischen schon ein halbes Dutzendmal den Kopf abreißen lassen. Ruhm und Ehre – nein, vielen Dank. Nicht für mich. Mir wär's lieber, wenn ich meinen Ersten Offizier wieder hätte.«

Sie gab keine Antwort und saß ein paar Minuten lang stumm da. Als sie dann weiterredete, war die Bitterkeit aus ihrer Stimme verschwunden. »Bist du mit Kane auf vielen Flügen zusammengewesen?«

»Auf genügend, um einander kennenzulernen.« Dallas Stimme klang ausdruckslos, und seine Augen ruhten auf seiner Konsole.

»Und Ash?«

»Fängst du jetzt schon wieder an?« Er seufzte. Aber es gab keinen Ausweg. »Was ist mit ihm?«

»Dasselbe. Du sagst, du kennst Kane. Kennst du Ash? Warst du je mit ihm auf Fahrt?«

»Nein.« Der Gedanke störte Dallas überhaupt nicht. »Das ist das erste Mal. Ich habe fünf Fahrten – lange und kurze, verschiedene Ladungen – mit einem anderen Wissenschaftsoffizier gemacht, und dann, zwei Tage vor dem Abflug von Thedus, haben sie ihn durch Ash ersetzt.«

Sie starrte ihn vielsagend an.

»Na und?« herrschte er sie an. »Meinen alten Deckoffizier haben sie ja auch gegen dich ausgetauscht.«

»Ich vertraue ihm nicht.«

»Sehr vernünftig. Was mich betrifft . . . ich vertraue überhaupt niemandem.« Zeit, das Thema zu wechseln, dachte er. Nach allem, was er bisher gesehen hatte, war Ash ein guter Offizier, wenn auch ein wenig steif, was den Kontakt mit den anderen anging. Aber auf Reisen, bei denen man die meiste Zeit mit Ausnahme von Landung und Start im Hyperschlaf verbrachte, war persönliche Intimität nicht so notwendig, wie man vielleicht aus der Tradition hätte entnehmen können, die noch aus der Frühzeit der Raumfahrt stammte und derzufolge sich alle Mannschaftsmitglieder duzten, der Kapitän eingeschlossen. Nein, solange ein Mannschaftsmitglied seine Arbeit tat, war Dallas seine Persönlichkeit gleichgültig. Und Ashs Kompetenz in Zweifel zu ziehen, hatte es bis jetzt keinen Anlaß gegeben.

»Warum gehen denn die Reparaturarbeiten so langsam voran?« fragte Dallas.

Sie blickte auf die Uhr und stellte eine kurze Berechnung an. »Die müßten jetzt allmählich abgeschlossen sein. Wahrscheinlich sind sie bei den letzten Überprüfungen.«

»Warum hast du das nicht gesagt?«

»Ich bin sicher, daß noch einiges zu erledigen ist, sonst hätten die sich schon gemeldet. Oder meinst du, ich will für Parker Zeit schinden?«

»Nein. Was ist denn noch zu tun?«

Sie tippte die Anfrage in ihren Computer. »Wir sind auf dem B-Deck und dem C-Deck noch blind. Die Kameras sind ausgefallen und müssen dort komplett ersetzt werden.«

»Ich lege keinen großen Wert darauf, B-Deck und C-Deck zu sehen. Ich weiß, wie die aussehen. Sonst noch etwas?«

»Die Energiereservesysteme sind während der Landung ausgefallen. Erinnerst du dich an das Problem mit der Sekundäranlage?«

»Aber der Hauptantrieb funktioniert doch wieder.«

Sie nickte.

»Dann ist das mit den Reserven doch Unsinn. Wir können

doch auch ohne sie starten, in unsere Kühltruhen steigen und weiterfliegen, anstatt hier herumzuhängen.«

»Ist das eine gute Idee? Ich meine, mit defekten Sekundäranlagen zu starten.«

»Wahrscheinlich nicht. Aber ich will hier weg und zwar schnell. Wir haben dieses Signal überprüft so gut das geht, und außer Kane gibt es hier niemanden zu retten. Soll doch eine vernünftig ausgerüstete Expedition der Gesellschaft hier landen und dieses Wrack ausgraben. Wir werden dafür nicht bezahlt. Die Vorschriften haben wir erfüllt, jetzt habe ich genug. Sehen wir zu, daß wir unseren Vogel wieder hochkriegen.«

Sie übernahmen ihre vertrauten Rollen auf der Brücke. Kane und das tote Alien waren vergessen. Alles war vergessen mit Ausnahme der Startroutine. Sie waren jetzt eine Einheit. Persönliche Animositäten und Meinungen ordneten sich dem Wunsch unter, den Schlepper zu starten und wieder in den sauberen freien Weltraum zu bringen.

»Primärantrieb aktiviert«, meldete Ash, der die Krankenstation verlassen und wieder seine Station besetzt hatte.

»Roger«, sagte Lambert.

»Sekundäreinheiten funktionieren immer noch nicht, Sir.« Ripley runzelte die Stirn, als sie die rote Anzeige an ihrer Dekkenkonsole ablas.

»Ja, verdammt nochmal, ich weiß. Navigation, sind wir bereit?«

Lambert studierte ihre Armaturen. »Orbitalmanöver errechnet und eingegeben. Ich bin eben dabei, das Andockmanöver an die Raffinerie zu errechnen. Eine Sekunde noch. So. Sie drückte nacheinander eine Reihe von Knöpfen. Über Dallas' Kopf leuchteten Ziffern auf.

»Gut. Wir korrigieren, wenn nötig, sobald wir oben sind. Fertigmachen zum Start.«

Von Staub umhüllt begann die *Nostromo* zu vibrieren. Ein tosendes Brüllen übertönte das Heulen des Sturms. Ein Donner von Menschenhand, der über die Lavahügel und die zerbrochenen sechseckigen Basaltsäulen hallte.

»Startbereit«, sagte Ripley.

Dallas blickte zu Ash hinüber. »Wie hält sie zusammen?«

Der Wissenschaftsoffizier studierte seine Anzeigegeräte. »Alles funktioniert. Wie lange, kann ich nicht sagen.«

»Lange genug für unseren Start.« Dallas schaltete das Interkom ein. »Parker, wie sehen wir denn von dort unten aus? Schaffen wir es ohne den Hyperdrive?«

Wenn sie mit dem Primärantrieb die Schwerkraft des Planeten nicht überwinden konnten, das wußte Dallas, würden sie den Hyperdrive einschalten müssen. Aber ein oder zwei Sekunden Hyperdrive würden sie völlig aus diesem System schleudern, und das bedeutete, daß sie eine neue Ortsbestimmung machen mußten. Und das würde sie wertvolle Wachzeit kosten, um ihre Ladung wieder aufzufinden. Und Wachzeit bedeutete Luft. Minuten entsprachen Litern. Die *Nostromo* konnte ihren mageren Vorrat an Atemluft nur eine bestimmte Zeit lang wieder aufbereiten. Wenn ihre Lungen anfingen, die ihnen angebotene Luft abzuweisen, würden sie in die Kühltruhen zurücksteigen müssen, ob sie die Raffinerie gefunden hatten oder nicht.

Dallas dachte an die gigantische schwebende Fabrik und versuchte sich vorzustellen, wie lange sie wohl brauchen würden, um sie mit ihren bescheidenen Gehältern abzubezahlen.

Parkers Antwort klang hoffnungsvoll, wenn auch nicht gerade ermutigend. »Okay. Aber denkt daran, daß das alles nur Flickwerk ist. Für richtige Reparaturen würde ich ein Raumdock brauchen.«

»Wird sie zusammenhalten?«

»Das sollte sie schon, wenn wir nicht in zu viele Turbulenzen geraten. Dann könnten die neuen Zellen durchbrennen . . . und dann wäre Sense . . . Nochmal reparieren könnten wir sie nicht.«

»Also vorsichtig«, fügte Brett von seinem Platz in der Technikabteilung hinzu.

»Verstanden, wir werden aufpassen. Wir brauchen ja nicht mehr als Null-G, dann fliegen wir den Rest des Weges bis Sol im Hyperdrive. Und wenn die verdammten Zellen dann Lust haben, können sie meinetwegen wie Popcorn platzen. Aber bis wir droben und draußen sind, sorgt ihr dafür, daß sie intakt bleiben, und wenn ihr sie dazu mit bloßen Händen festhalten müßt.«

»Wir werden uns bemühen«, sagte Parker.

»Roger. Brücke Ende.« Dallas wandte sich um und blickte den Deckoffizier der *Nostromo* an. Ripley hatte den Dienst von Kane übernommen. »Bring uns auf hundert Meter Höhe und zieh die Landestreben ein.« Er wandte sich seiner eigenen Konsole zu. »Ich werde dafür sorgen, daß sie sich ruhig hält.«

»Hundert.« Ripley betätigte ihre Schalter.

Das Donnern draußen wurde stärker, als der Schlepper von der ausgedörrten staubbedeckten Planetenoberfläche abhob. Das Schiff hing jetzt hundert Meter über dem Boden, und unter ihm wirbelte der Staub. Massive beinähnliche Säulen, die die *Nostromo* getragen hatten, falteten sich jetzt in ihren stählernen Leib.

Auf der Brücke war ein leichter Stoß zu verspüren, der die Computeranzeigen bestätigte. »Streben eingezogen«, verkündete Ripley. »Schließe Schilde.« Metallplatten schoben sich über die Gehäuse der Streben und verhinderten, daß Staubpartikel oder fremde Atmosphäre eindrang.

»Bereit«, erklärte Ash.

»Okay. Ripley, Kane ist nicht hier, sie gehört also dir. Bring sie in die Höhe.«

Sie schob einen Doppelhebel an der Konsole des Ersten Offiziers nach vorne. Das Brüllen draußen war jetzt ohrenbetäubend, aber da war niemand, der es hören und gebührend von den Fähigkeiten der Menschheit beeindruckt sein konnte. Leicht nach oben geneigt, begann die *Nostromo* sich nach vorne zu schieben.

»Ich nehme jetzt Fahrt auf«, sagte Ripley und drückte ein paar zusätzliche Knöpfe. »Los geht's.«

Unter gleichmäßiger Beschleunigung jagte der Schlepper himmelwärts. Mächtige Winde zerrten an der zähen Außenhaut, konnten aber das Sternenschiff weder abbremsen, noch von seinem Kurs abbringen.

Lamberts ganze Aufmerksamkeit war auf eine Skala fixiert. »Ein Kilometer und steigend. Auf Kurs. Orbitaleinschuß in fünf Komma drei zwo Minuten.« Wenn, fügte sie in Gedanken hinzu, wir solange zusammenhalten.

»Sieht gut aus«, murmelte Dallas und sah zu, wie sich auf seiner Konsole zwei Linien überlagerten. »Künstliche Schwerkraft einschalten.«

Lambert legte einen Schalter um. Das Schiff schien einen Satz zu machen. Dallas Magen revoltierte, als der Andruck, den die Motoren erzeugten, plötzlich verschwand und an seine Stelle normale Erdschwerkraft trat.

»Eingeschaltet«, meldete Lambert, sobald ihr Innenleben sich wieder beruhigt hatte.

Ripleys Blick wanderte von einer Skala zur anderen. Eine kleine Diskrepanz zeigte sich, und sie beeilte sich, sie zu korrigieren. »Ungleichmäßiger Andruck. Ändere jetzt den Vektor.« Sie drehte an einem Knopf und sah befriedigt zu, wie eine Flüssigkeitssäule an ihrem Armaturenbrett wieder an die Stelle kroch, wo sie hingehörte. »Ausgleich durchgeführt.«

Dallas begann schon zu glauben, daß sie es ohne Schwierigkeiten schaffen würden, als plötzlich ein heftiges Zittern die Brücke durchlief. Nicht festgeklemmte Gegenstände flogen herum. Das Zittern dauerte nur einen Augenblick lang und wiederholte sich nicht.

»Was, zum Teufel, war das?« fragte Dallas. Wie um ihm zu antworten, piepste das Interkom.

»Bist du das, Parker?«

»Yeah. Wir haben hier ein Problem.«

»Gefährlich?«

»Steuerbordantrieb überhitzt sich. Bilde dir selbst deine Meinung.«

»Kannst du das reparieren?«

»Du machst wohl Witze? Ich schalte ihn ab.«

»Gleiche unregelmäßigen Schub aus«, verkündete Ripley feierlich.

»Sorge dafür, daß wir am Stück bleiben, bis wir draußen sind«, bat Dallas das Mikrofon.

»Was meinst du wohl, was wir hier hinten machen?« Das Interkom verstummte klickend.

Jetzt war auf der Brücke eine leichte Veränderung im Tosen der Motoren zu hören. Alle blickten starr geradeaus, aus Angst, im Gesicht des anderen ein Spiegelbild der eigenen Ängste zu sehen.

Die *Nostromo* setzte jetzt etwas langsamer, aber immer noch mühelos durch kochende Wolken schneidend, ihren Kurs hinauf ins All fort, der den kleinen Planeten umkreisenden Raffinerie entgegen.

Im Gegensatz zu der vergleichsweisen Ruhe, die auf der Brücke herrschte, war der Maschinenraum Schauplatz hektischer Aktivität. Brett war wieder in ein Rohr gekrochen. Er schwitzte und wünschte sich, woanders zu sein.

»Hast du es raus?« fragte Parker von draußen.

»Yeah. Ich denke schon. Die verdammten Einlässe sind wieder mit Staub verstopft. Jetzt überhitzt sich Nummer zwei.«

»Ich dachte, wir hätten den Dreck ausgesperrt.«

»Ich auch. Muß irgendwie durchgekommen sein. Diese verdammten Maschinen sind zu empfindlich.«

»Sie sind auch nicht dafür konstruiert, durch Staubhurrikane zu fliegen«, erinnerte Parker seinen Kollegen. »Spuck noch zwei Minuten drauf, dann sind wir durch.«

Ein zweites Zittern ging durch die Brücke. Alle Augen klebten an den Anzeigegeräten. Dallas überlegte, ob er in der Ingenieurabteilung anfragen sollte, entschied sich dann aber dagegen. Wenn Parker etwas zu melden hatte, würde er das auch ohne Aufforderung tun.

Komm schon, komm schon, drängte er stumm. Er gelobte, wenn Parker und Brett den Primärantrieb noch ein oder zwei Minuten in Gang halten konnten, würde er sie für die Prämien vorschlagen, von denen sie dauernd redeten. Eine Skala an seinem Armaturenbrett zeigte ihm, daß die Anziehungskraft des Planetoiden schnell schwächer wurde. Eine Minute noch, bettelte er, und seine Hand streichelte, ohne daß ihm das bewußt wurde, die Wand. Eine lausige Minute noch.

Und dann brach die *Nostromo* durch eine hohe Wolkendecke ins freie Weltall hinaus. Eine Minute und fünfzig Sekunden später fiel der Schwerkraftindikator auf Dallas Konsole auf Null zurück.

Das war das Signal für einige höchst unprofessionelle, aber aus tiefstem Herzen kommende Hurrarufe auf der Brücke.

»Wir haben's geschafft!« Ripley lag erschöpft auf ihrem gepolsterten Kontursessel. »Verdammt, wir haben es geschafft.«

»Als dieses erste Zittern durchs Schiff ging und unser Vektor abrutschte, dachte ich schon, wir würden es nicht mehr schaffen«, hauchte Dallas. »Ich sah uns schon am nächsten Berghang kleben – wie unsere Vorgänger.« Er deutete nach unten. »Die haben weniger Glück gehabt. Aber dann wäre es wohl besser gewesen, gleich in den Hyperdrive zu gehen und die Raffinerie im Orbit hängen zu lassen. Aber ohne die möchte ich lieber nicht nach Hause kommen.«

»Kein Anlaß zur Sorge.« Lambert lächelte nicht. »Wir hätten auch ohne weiters wieder landen und dortbleiben können.

Und dann wäre *unser* automatisches Notsignal angelaufen. Wir hätten im Hyperschlaf abwarten können, bis irgendeine andere Mannschaft dieses Glückslos zieht und aus den Kühltruhen geworfen wird, um *uns* zu retten.«

Du darfst noch nichts von den Prämien erwähnen, redete Dallas sich ein. Du mußt sie damit überraschen, wenn sie im Erdorbit aufwachen. Aber ein verbales Lob hatte sich die Ingenieurmannschaft zumindest verdient. Er drückte den Schalter seiner Sprechanlage.

»Gute Arbeit, ihr beiden. Wie läuft sie denn?«

»Jetzt, wo wir aus dem Staub raus sind, schnurrt sie wie Jones.« Aus dem Lautsprecher kam ein scharfes Knacken. Dallas runzelte die Stirn. Er konnte das Geräusch nirgends unterbringen. Dann begriff er, daß Parker vermutlich eine Bierdose dicht vor dem Mikrofon geöffnet hatte.

»Der reinste Spaziergang war das«, fuhr der Ingenieur stolzgeschwellt fort. »Wenn wir etwas reparieren, dann bleibt es auch repariert.« Ein gurgelndes Geräusch kam aus dem Lautsprecher, als wäre Parker am Ertrinken.

»Sicher war es das. Feine Arbeit«, versicherte ihm Dallas. »Macht Pause. Ihr habt sie euch beide verdient. Und, Parker . . .?«

»Hm?«

»Wenn wir die Erde anrufen und du deine Abteilung mit der Technikkontrolle koordinierst, solltest du dein Bier vielleicht nicht so dicht am Mikrofon öffnen.« Das gurgelnde Geräusch entfernte sich.

Dallas schaltete befriedigt ab und sagte zu niemand bestimmtem: »Jetzt holen wir uns das Geld und gehen nach Hause. Fahr sie in die Garage, Lambert.«

Der Steigwinkel der *Nostromo* begann flacher zu werden. Einige Minuten verstrichen, ehe aus einem kleinen Gitter über der Navigationsstation ein gleichmäßiges Piepen ertönte.

»Hier kommt sie«, teilte Ripley ihren Kollegen mit. »Genau wo sie hingehört.«

»Okay.« Dallas drückte ein paar Schalter. »Bring uns in den gleichen Orbit und halte dich zum Andockmanöver bereit.« Die Instrumente summten, während der Schlepper Position zu dem Berg aus Metall und Plastik aufnahm. Ripley legte einen Schalter um, und der Schlepper bezog mit dem Heck voran Position vor der finsteren Masse der Raffinerie.

»Position erreicht«, meldete sie.

»Bring uns ran.« Dallas konzentrierte sich voll auf seine Anzeigegeräte. Seine Hand schwebte über einer Reihe roter Knöpfe.

»Wir liegen okay.« Ripley mußte zwei Bildschirme gleichzeitig im Auge behalten. »Abstand schrumpft. Zwanzig ... fünfzehn ... zehn ... fünf ... okay.« Sie legte einen Schalter um. »Andocken!«

Dallas drückte die roten Knöpfe ein. »Motoren abgeschaltet, Primärantrieb ausgeglichen. Trägheitsstabilität erreicht. Hyperdrivesperre aktivieren.«

»Aktiviert«, meldete Ripley. »Jetzt hängen wir aneinander.« Wenn die *Nostromo* jetzt aktiviert wurde, würde sie ein Hyperdrivefeld von ausreichender Ausdehnung erzeugen, um auch die Raffinerie einzuschließen. Sie würde jetzt mit ihnen durch das Weltall reisen, eingehüllt in jene mysteriöse Manifestation der Unwirklichkeit, die es Schiffen und Menschen gestattete, schneller als das Licht zu reisen.

»Kurs auf Erde setzen«, befahl Dallas. »Dann machst du in dem großen Ofen Feuer und bringst uns auf Licht plus vier, Ripley.«

»Mit Vergnügen.«

»Kurs errechnet und eingespeist«, sagte Lambert kurz darauf. »Zeit, nach Hause zu gehen.«

Ripley berührte einen Hauptschalter. Die winzige Welt und das auf ihr gefangene fremde Schiff verschwanden, als hätten sie nie existiert. Die *Nostromo* erreichte die Lichtgeschwindigkeit, überschritt sie. Eine strahlende Corona materialisierte um das Schiff und die Raffinerie. Die Sterne vor ihnen wurden blau, die hinter ihnen verschoben sich ins Rot.

Sechs Mannschaftsmitglieder rasten erleichtert nach Hause. Sechs Mannschaftsmitglieder und etwas anderes namens Kane ...

Sie saßen um den Messetisch und tranken Kaffee, Tee oder andere flüssige Anregungsmittel, je nach Geschmack und Gewohnheit. Ihre entspannte Haltung spiegelte ihren gegenwärtigen Geisteszustand wider, der bis vor kurzem steif wie Glas und doppelt so zerbrechlich gewesen war. Jetzt baumelten ihre Beine gleichgültig über den Armlehnen der Sessel.

Lambert war noch auf der Brücke und führte die letzten

Kurskontrollen durch, ehe auch sie sich den Luxus des Gehenlassens gestatten würde. Ash war in der Krankenstation und hielt Wache bei Kane. Der Erste Offizier und sein Zustand waren das Hauptgesprächsthema.

Parker schlürfte dampfenden Tee, schmatzte genießerisch und schlug mit seinem gewohnten Selbstvertrauen vor: »Das Beste ist, wir frieren ihn einfach ein. Das hält die verdammte Krankheit auf.«

»Wir wissen nicht, ob sein Zustand durch das Einfrieren verändert wird«, wandte Dallas ein. »Es könnte ihn ebenso verschlechtern. Was irdische Krankheiten beeinträchtigt, könnte das, was immer er sich zugezogen hat, nur noch verstärken.«

»Jedenfalls wäre es besser, als gar nichts zu tun.« Parker fuchtelte mit seiner Tasse herum. »Und genau das hat der Autodoc bis jetzt für ihn getan: nichts. Das, was er sich zugezogen hat, übersteigt einfach seine Möglichkeiten, genau wie Ash das gesagt hat. Dieser Medizincomputer ist darauf programmiert, um mit Dingen wie Gravitationskrankheiten und Knochenbrüchen zurechtzukommen, nicht mit so etwas. Wir sind uns alle einig, daß Kane die Hilfe von Spezialisten braucht.«

»Die wir ihm, wie du gerade zugegeben hast, nicht bieten können.«

»Richtig.« Parker lehnte sich in seinem Sessel zurück. »Genau. Also sage ich, wir sollten ihn einfrieren, bis wir nach Hause kommen und ihn sich ein Arzt, der sich auf Fremdkrankheiten spezialisiert hat, ansehen kann.«

»Richtig«, fügte Brett hinzu.

Ripley schüttelte den Kopf. »Jedesmal, wenn er etwas sagt, sagst du ›richtig‹. Weißt du das, Brett?«

Er grinste. »Richtig.«

Sie wandte sich dem Ingenieur zu. »Was hältst du davon, Parker? Dein Mitarbeiter läuft einfach hinter dir her und sagt ›richtig‹. Wie ein Papagei.«

Parker wandte sich zu seinem Kollegen um. »Yeah. Reiß dich zusammen. Was bist du denn, ein Papagei?«

»Richtig.«

»Oh, hört schon auf.« Im gleichen Augenblick bedauerte Dallas, daß er das gesagt hatte. Etwas Humor würde ihnen guttun, und da mußte er jetzt dazwischenfahren. Warum war er eigentlich so sauertöpfisch? Die Beziehungen zwischen den Angehörigen der Schleppermannschaft waren formlos, waren die Beziehung von Gleichgestellten und nicht die von Vorgesetzten und Untergebenen. Warum fühlte er sich also plötzlich veranlaßt, den Kapitän zu spielen?

Vielleicht, weil sie sich in einer Art Krisensituation befanden und jemand offiziell die Führung übernehmen mußte. Die Verantwortung hing an ihm. Ein lausiger Job. Im Augenblick hätte er den von Ripley oder von Parker vorgezogen. Ganz besonders den von Parker. Die beiden Ingenieure konnten sich in ihr Kämmerchen zurückziehen und alles ignorieren, das sie nicht unmittelbar betraf. Solange die Maschinen und die Schiffssysteme funktionierten, waren sie nur einander selbst, sonst niemandem verantwortlich.

Dallas kam in den Sinn, daß er nicht besonders gerne Entscheidungen traf. Vielleicht war das der Grund, weshalb er einen alten Schlepper befehligte und nicht ein Linienschiff oder noch mehr. Vielleicht war der Grund, weil er sich nie darüber beklagte. Als Kapitän eines Schleppers konnte er den größten Teil seiner Zeit im Hyperschlaf verbringen und nichts anderes tun, als träumen und sein Gehalt einzustreichen. Im Hyperschlaf brauchte er keine Entscheidungen zu treffen.

Bald, versprach er sich, würden sie alle in die wohltuende Abgeschlossenheit ihrer Särge zurückkehren. Die Nadeln würden sich senken, die Schlafmittel würden in ihre Venen eindringen und ihr Gehirn betäuben, und dann würden sie auf angenehme Weise dahintreiben, in ein Land, wo keine Entscheidungen mehr getroffen werden mußten und in das die unangenehmen Überraschungen eines feindlichen Universums nicht eindringen konnten.

»Kane wird in Quarantäne gehen müssen«, sagte er abwesend und nippte an seiner Tasse.

»Ja, und wir auch.« Ripley schien der Gedanke keine Freude zu bereiten. Das war verständlich. Sie würden den ganzen Weg bis zur Erde zurücklegen und dann Wochen in einer Isolierstation verbringen müssen, bis die Mediziner überzeugt waren, daß keiner von ihnen etwas in sich trug, das dem glich, was Kane umgeworfen hatte. Bilder von grünem Glas und blauem Himmel erfüllten ihre Gedanken. Sie sah einen Strand und eine verträumte kleine Stadt an der Küste von El Salvador. Es tat weh, diese Bilder zu verdrängen.

Lambert kam herein. Alle Augen wandten sich ihr zu. Sie wirkte müde und deprimiert.

»Habt ihr Lust auf einen kleinen Dämpfer«, fragte sie.

»Bring mich in Stimmung.« Dallas versuchte sich geistig auf das vorzubereiten, was jetzt wahrscheinlich kommen würde. Er wußte, weshalb die Navigatorin auf der Brücke geblieben war.

»Nach meinen Berechnungen, basierend auf der Zeit, die wir für diesen außerplanmäßigen Zwischenhalt verbraucht haben, und . . .«

»Die Kurzversion bitte«, unterbrach sie Dallas. »Wir wissen, daß wir unseren Kurs verlassen haben, um diesem Signal nachzugehen. Wie lange bis zur Erde?«

Sie hatte inzwischen ihre Tasse mit Kaffee gefüllt, ließ sich in einen Sessel sinken und sagte niedergeschlagen: »Zehn Monate.«

»Du liebe Güte.« Ripley starrte in ihre leere Tasse. Wolken, Gras und Strand rückten in noch weitere Fernen und verschwammen zu einem blassen blaugrünen Dunst weit außer Reichweite. Freilich, zehn Monate im Hyperschlaf unterschieden sich kaum von einem Monat. Aber ihre Vorstellung orientierte sich an wirklicher Zeit. Ripley hätte lieber sechs Monate statt der errechneten zehn gehört.

Das Interkom summte, und Dallas meldete sich: »Was gibt's denn, Ash?«

»Komm sofort zu Kane.« Die Aufforderung klang eindringlich, und doch war ein gewisses Zögern aus ihr herauszuhören.

Dallas richtete sich wie die anderen am Tisch ruckartig auf. »Hat sein Zustand sich verändert? Was Ernsthaftes?«

»Es ist viel einfacher, wenn ihr ihn euch anseht.«

Alles drängte in den Korridor. Der Kaffee dampfte verlassen auf dem Tisch.

Schreckliche Visionen erfüllten Dallas Gedanken, als er, dicht gefolgt von den anderen, zur Krankenstation eilte. Hatte die fremde Krankheit irgendwelche unheimlichen Nebenwirkungen hervorgerufen? Dallas stellte sich einen Schwarm winziger grauer Hände vor, deren Augen feucht glänzten und die besitzergreifend über die Wände der Krankenstation krochen. Oder irgendeinen leprösen Fungus, der die verfaulende Leiche des glücklosen Kane überwucherte.

Sie erreichten die Krankenstation, keuchten von dem schnellen Lauf durch den Korridor und über die Treppen herunter. Aber sie fanden keinen Schwarm grauer Hände, die an den Wänden krochen, und die Leiche des Ersten Offiziers war auch nicht von fremden Gewächsen überwuchert. Ashs Meldung, daß Kanes Zustand sich verändert hatte, war eine maßlose Untertreibung gewesen.

Der Erste saß aufrecht auf der Plattform des Autodoc. Seine Augen waren offen und klar und musterten die Männer und Frauen, die sich durch die Türe drängten.

»Kane?« Lambert konnte es nicht glauben. »Bist du in Ordnung?« Er sieht gut aus, dachte sie benommen, als wäre überhaupt nichts geschehen.

»Willst du etwas?« fragte Ripley, als er nicht auf Lamberts Frage antwortete.

»Mein Mund ist trocken.« Plötzlich fiel Dallas ein, woran Kane ihn in seinem augenblicklichen Zustand erinnerte: an einen Mann, der soeben aus einer Amnesie erwacht. Der Erste sah munter und fit aus, aber ohne erkennbaren Grund verwirrt, so als versuchte er immer noch, seine Gedanken zu ordnen. »Kann ich einen Schluck Wasser haben?«

Ash trat schnell an ein Becken, füllte einen Plastikbecher mit Wasser und reichte ihn Kane. Der Erste leerte ihn mit einem einzigen langen Zug. Dallas registrierte geistesabwesend, daß seine Muskelkoordination unbeeinträchtigt schien. Die Trinkbewegungen waren instinktiv und völlig normal abgelaufen.

Die Situation war ungeheuer beruhigend und doch lächerlich. *Irgend etwas* mußte an ihm nicht stimmen.

»Mehr«, war alles, was Kane sagte, wobei er weiterhin wie ein Mann handelte, der sich völlig unter Kontrolle hat. Ripley fand einen großen Behälter, füllte ihn bis zum Rand und reichte ihn ihm. Er leerte ihn wie ein Mann, der die letzten zehn Jahre damit verbracht hat, durch die Wüsten von Piolin zu wandern. Dann sank er keuchend auf die Polster der Plattform zurück.

»Wie fühlst du dich?« fragte Dallas.

»Schrecklich. Was ist mit mir passiert?«

»Erinnerst du dich nicht?« sagte Ash.

Na also, dachte Dallas befriedigt, der Vergleich mit Amnesie war der Wahrheit also näher gekommen, als er vermutet hatte.

Kane zuckte leicht zusammen, wahrscheinlich von dem Krampf irgendeines Muskelstranges, der zu lange nicht benutzt worden war. Er atmete tief. »Ich kann mich an gar nichts erinnern. Gerade, daß ich meinen Namen noch weiß.«

»Nur der Form halber . . . und für den medizinischen Bericht«, fragte Ash geschäftsmäßig, »wie heißt du?«

»Kane. Thomas Kane.«

»Ist das alles, woran du dich erinnerst?«

»Im Augenblick, ja.« Sein Blick wanderte langsam über die Reihe besorgter Gesichter. »Ich erinnere mich an euch alle, obwohl ich im Augenblick noch keinen Namen weiß.«

»Die fallen dir wieder ein«, versicherte Ash ihm zuversichtlich. »Du erinnerst dich an deinen eigenen Namen und an die Gesichter. Das ist ein guter Anfang. Und ein Zeichen dafür, daß dein Gedächtnisverlust nicht absolut ist.«

»Hast du Schmerzen?« Zur Überraschung aller war es der stoische Parker, der die vernünftige Frage stellte.

»Am ganzen Körper. Ich fühle mich, als hätte mich jemand stundenlang mit einem Stock verprügelt.« Er setzte sich wieder auf, schwang die Beine herunter und lächelte. »Herrgott, habe ich Hunger. Wie lange war ich weg?«

Dallas fuhr fort, den offensichtlich unverletzten Mann ungläubig anzustarren. »Zwei Tage. Bist du auch ganz sicher, daß du dich nicht erinnerst, was dir passiert ist?«

»Nein, gar nichts.«

»Was ist das letzte, woran du dich erinnerst?« fragte ihn Ripley.

»Ich weiß nicht.«

»Du warst mit Dallas und mir auf einem fremden Planeten. Erinnerst du dich, was dort passiert ist?«

Kanes Stirn runzelte sich, während er versuchte, die Nebel zu durchdringen, die seine Erinnerung verdunkelten. Es war, als wichen sie immer wieder vor ihm zurück, jedesmal, wenn er sich ausstreckte, um sie zu erreichen.

»Nur ein schrecklicher Traum, vom Ersticken. Wo sind wir jetzt. Immer noch auf dem Planeten?«

Ripley schüttelte den Kopf. »Nein, zu meiner großen Freude nicht. Wir sind im Hyperraum und auf dem Weg nach Hause.«

»Wir fangen gerade an, uns auf das Besteigen der Kühltruhen vorzubereiten«, fügte Brett voll Mitgefühl hinzu. Ebenso wie die anderen drängte es auch ihn, in den Schutz des Hyperschlafes zurückzukehren. Der Alptraum, der ihnen aufgezwungen worden war, würde dort dann von ihnen genommen werden, würde neben ihren Körpern erkalten und ruhen.

Wenn man den wieder zum Leben erweckten Kane ansah, fiel es schwer, die Beziehung zu dem Bild des fremden Schrekkens herzustellen, den er an Bord gebracht hatte – aber dort drüben hing reglos die versteinerte Kreatur, und jeder konnte sie sehen.

»Dafür bin ich auch«, sagte Kane bereitwillig. »Ich fühle mich müde und benommen genug, um ohne Kühlung in den Tiefschlaf zu gehen.« Er sah sich verwirrt in der Krankenstation um. »Aber im Augenblick bin ich am Verhungern. Ich brauche etwas zu essen.«

»Ich hab' selbst auch gewaltigen Hunger.« Parkers Magen grollte so laut, daß jeder es hören konnte. »Eine scheußliche Sache, wenn man mit Magenknurren aus dem Hyperschlaf aufwacht. Besser man legt sich mit vollem Magen hin. Da ist das Aufwachen leichter.«

»Nichts dagegen.« Dallas hatte das Gefühl, daß eine kleine Feier angebracht war. Da sie nicht für eine Party ausgerüstet waren, würde es eben ein Festmahl tun müssen. »Wir können alle etwas zu essen gebrauchen. Eine Mahlzeit vor dem Zubettgehen . . .«

9

Neben den Kaffee- und Teetassen standen jetzt auch Teller und Schüsseln auf dem Tisch. Sie aßen langsam und waren guter Stimmung, einer Stimmung, die der Tatsache entsprang, daß sie wieder eine komplette Mannschaft waren – nicht etwa den relativ geschmacklosen kulinarischen Angeboten des Autokochs.

Nur Kane aß nicht, er fraß; er schlang riesige Portionen des künstlichen Fleischs und der Beilagen hinunter. Er hatte bereits zwei normale Portionen verdrückt und machte sich gerade an eine dritte, ohne daß Anzeichen sichtbar wurden, er habe vor, irgendwann Schluß zu machen. Ohne dieses Schauspiel menschlicher Freßgier eines Blickes zu würdigen, aß Jones der Kater gemessen aus seiner kleinen Schüssel, die mitten auf dem Tisch stand.

Kane blickte auf, fuchtelte mit einem Löffel herum und sagte dann mit vollem Mund: »Das erste, was ich tue, wenn wir zuhause sind, ist etwas Anständiges zu essen. Ich bin dieses künstliche Zeug leid. Mir ist egal, was in den Dienstvorschriften der Gesellschaft steht, ich sage jedenfalls, das Zeug schmeckt wiederaufbereitet. Diese Pampe hat einen Beigeschmack, den man mit noch so viel Gewürzen nicht beseitigen kann.«

»Ich habe schon Schlechteres gegessen«, meinte Parker nachdenklich. »Besseres freilich auch.«

Lambert blickte den Ingenieur mit gefurchter Stirn an. Sie hielt ein Stück Steak-das-kein-Steak-war auf der Gabel und musterte es nachdenklich. »Für jemanden, der das Zeug nicht mag, würgst du es hinunter, als gäbe es monatelang nichts mehr zu essen.«

»Ist ja auch so, oder?« erklärte Parker und schaufelte wieder eine Ladung hinunter. »Ich meine ja, daß es *mir* schmeckt.«

»Wirklich?« Kane hörte nicht auf zu essen, warf aber Parker einen argwöhnischen Blick zu, als dächte er, der Ingenieur sei vielleicht nicht ganz richtig im Kopf.

Parker gab sich einige Mühe, nicht den Anschein zu erwekken, als müsse er sich verteidigen. »Es schmeckt mir eben. Langsam gewöhnt man sich daran.«

»Sollte es auch«, gab Kane zurück. »Du weißt ja, woraus dieses Zeug besteht.«

»Ich weiß, woraus es besteht«, erwiderte Parker. »Und? Jetzt ist es Essen. Du brauchst übrigens gar nicht zu reden, so wie du das Zeug hinunterschlingst.«

»Ich hab' auch einen Grund.« Wieder stopfte sich Kane ein riesiges Stück Fleisch in den Mund. »Ich bin halb verhungert.« Er sah sich am Tisch um. »Weiß jemand, ob Amnesie den Appetit beeinträchtigt?«

»Ach was, Appetit.« Dallas stocherte in den Überresten seiner ersten Portion herum. »Du hattest doch die ganze Zeit, die du im Autodoc gelegen bist, nichts als Flüssigkeit in dir. Saccharose, Dextrose und dergleichen halten einen zwar am Leben, aber satt wird man davon nicht. Kein Wunder, daß du halb verhungert bist.«

»Yeah.« Kane würgte wieder eine mächtige Ladung hinunter. »Es ist fast als . . . als . . .« Er hielt inne, schnitt eine Grimasse und wirkte plötzlich verwirrt, fast etwas verängstigt.

Ripley lehnte sich zu ihm hinüber. »Was ist denn? Stimmt etwas nicht? Etwas mit dem Essen?«

»Nein . . . ich denke nicht. Es hat schon richtig geschmeckt. Ich glaube nicht . . .« Wieder hielt er mitten im Satz inne. Sein Ausdruck wirkte gequält, und er gab grunzende Laute von sich.

»Was ist dann?« wollte die besorgte Lambert wissen.

»Ich weiß nicht.« Wieder verzog er das Gesicht. Er wirkte wie ein Boxer, der einen Tiefschlag bekommen hat. »Ich habe Krämpfe . . . es wird immer schlimmer.«

Die anderen sahen mit verwirrten Gesichtern zu, wie der Erste Offizier sich in Schmerzen wand. Plötzlich entrang sich ihm ein lautes Stöhnen, und er krallte sich mit beiden Händen am Tischrand fest. Seine Knöchel wurden weiß, und die Sehnen traten in Strängen an seinen Armen hervor. Er zitterte am ganzen Körper, als friere er, obwohl es in der Messe angenehm warm war.

»Du mußt tief durchatmen, gib' dir Mühe«, riet Ash, als keiner der anderen irgendwelche Vorschläge machte.

Kane versuchte es. Aber aus dem tiefen Atemzug wurde ein Schrei.

»O Gott, tut das weh. Es tut weh, Mann. *Weh!*« Er stand unsicher auf, zitterte wie Espenlaub. Seine Hände umklammerten die Tischkante, als hätte er Angst, sie loszulassen. *»Ooooh!«*

»Was ist denn?« fragte Brett hilflos. »Was tut weh. Etwas in . . .?«

Der schmerzerfüllte Blick, der Kanes Gesicht in diesem Augenblick erfüllte, schnitt Bretts Frage wirksamer als jeder Schrei ab. Der Erste versuchte aufzustehen, schaffte es nicht und fiel zurück. Er konnte seinen Körper nicht mehr unter Kontrolle halten. Seine Augen traten hervor, und er stieß einen langanhaltenden Schrei aus, daß es ihnen allen kalt über den Rücken lief. Der entsetzliche Schrei gellte durch die Messe und wollte nicht enden.

»Sein Hemd . . .«, murmelte Ripley, die ebenso paralysiert war wie Kane, wenn auch aus einem anderen Grund. Sie deutete auf die Brust des Offiziers.

An Kanes Hemd hatte sich ein roter Fleck gebildet. Er breitete sich schnell aus, wurde zu einem breiten ungleichmäßigen blutigen Schmierer unmittelbar unter seiner Brust. Dann war das Geräusch von reißendem Stoff zu hören, ein häßliches, geradezu ekelerregendes Geräusch. Sein Hemd platzte auf wie die Haut einer Melone, schälte sich zu beiden Seiten zurück, als ein kleiner Kopf, etwa von der Größe einer Männerfaust nach außen stieß. Er wand sich hin und her wie der Kopf einer Schlange. Der winzige Schädel schien zum größten Teil aus Zähnen zu bestehen, scharfen blutbesudelten Zähnen. Seine Haut war von blassem, krankhaft wirkendem Weiß, das jetzt von einem karminroten Schleim verdunkelt wurde. Man konnte keine äußeren Organe erkennen, nicht einmal Augen. Ein ekelerregender Geruch, faulig und stinkend, drang an ihre Nasen.

Jetzt war Kane nicht mehr der einzige, der schrie. Die Mannschaft prallte von Panik geschüttelt vom Tisch zurück. Doch der Kater war ihnen allen zuvorgekommen. Mit hochgerecktem Schwanz und gesträubtem Fell stieß er ein wütendes Zischen aus und war mit einem Satz vom Tisch und einem weiteren aus der Messe. Der mit Zähnen besetzte Schädel schoß mit einem konvulsivischen Ruck nach vorne. Plötzlich schien er förmlich aus Kanes Oberkörper herauszuplatzen. Kopf und Hals hingen an einem dicken kompakten Körper, der mit demselben weißen Fleisch bedeckt war, klauenbewehrte Arme und Beine schleuderten ihn mit unerwarteter Geschwindigkeit nach draußen. Er landete mitten zwischen den Tellern und dem Essen auf dem Tisch, Teile von Kanes Innereien hingen noch an ihm. Hinter ihm bildete sich eine Lache aus Blut und Flüssigkeit. Das Scheusal erinnerte Dallas an einen geschlachteten Truthahn, an dessen Halsstummel Zähne hervorstanden.

Ehe einer der Anwesenden reagieren und handeln konnte, hatte das Wesen sich mit der Geschwindigkeit einer Echse vom Tisch gewunden, war durch die offene Tür in den Korridor geschossen und verschwunden. In der Messe waren nur keuchende Atemzüge zu hören. Kane lag in seinem Sessel, den Kopf nach hinten geworfen, den Mund weit geöffnet. Dallas war dankbar dafür. Das bedeutete, daß weder er noch sonst jemand in Kanes angstgeweitete, brechende Augen sehen mußte.

Der explodierte Leib des Ersten Offiziers war eine einzige riesige Wunde, aus der unablässig Blut quoll. Selbst aus der Ferne konnte Dallas erkennen, wie die Gedärme beiseite geschoben worden waren, ohne verletzt zu werden, um für die Kreatur eine genügend große Höhle zu bilden. Teller lagen über Tisch und Boden verstreut. Der Tisch, Besteck und Speisereste waren über und über mit Blut besudelt.

»Nein, nein, nein!« wiederholte Lambert immer wieder und starrte mit glasigen Augen auf den Tisch.

»Was war das?« murmelte Brett und blickte starr auf Kanes Leiche. »Großer Gott, was war das?«

Parker war übel, und er kam gar nicht auf die Idee, Ripley zu verspotten, als diese sich abwandte und sich übergab. »Es ist die ganze Zeit in ihm gewachsen, und er wußte es nicht einmal.«

»Es hat ihn als Inkubator benutzt«, meinte Ash leise. »Wie es gewisse Wespen auf der Erde mit Spinnen tun. Sie paralysieren die Spinne zuerst und legen dann ihre Eier hinein. Wenn die Larven ausschlüpfen, fangen sie an . . .«

»Herrgott!« schrie Lambert, die plötzlich aus ihrer Trance erwacht schien, »halt doch den Mund, ja!«

Ash sah sich beleidigt um. »Ich habe doch nur . . .« Dann fing er einen Blick von Dallas auf, nickte kaum merkbar und wechselte das Thema. »Was geschehen ist, ist offenkundig.«

»Der dunkle Fleck auf dem Monitorschirm.« Dallas fühlte sich selbst nicht besonders wohl. Er fragte sich, ob er wohl ebenso mitgenommen aussah wie seine Kollegen. »Es war also doch nicht das Objektiv. Es war in seiner Brust. Warum haben die Geräte das nicht erkannt?«

»Es gab keinen Grund, überhaupt keinen Grund, so etwas zu vermuten«, beeilte Ash sich zu erklären. »Als wir ihn untersuchten, war der Fleck zu klein, als daß man ihn hätte ernst nehmen müssen. Und er sah so aus wie ein Objektivdefekt. Es hätte tatsächlich ein Fleck auf der Linse sein können.«

»Ich kann dir nicht folgen.«

»Es ist möglich, daß das Alien in diesem Stadium ein Feld erzeugt, das die Strahlung unserer Scanner ablenkt. Im Gegensatz zum ersten Stadium, der ›Hand‹-Phase, in der wir es ohne weiteres sehen konnten. Es sind Aliens bekannt, die ähnliche Felder erzeugen. Das deutet auf biologische Bedürfnisse hin, die wir uns nicht einmal ausmalen können, vielleicht auch auf einen bewußt entwickelten Schutzmechanismus für Bedürfnisse, die so weit fortgeschritten sind, daß ich es vorziehe, *keine* Vermutungen darüber anzustellen.«

»Es läuft doch darauf hinaus«, stellte Ripley fest und wischte sich mit einer sauberen Serviette den Mund, »daß wir es an Bord wieder mit einem Alien zu tun haben, wahrscheinlich ebenso feindselig und doppelt so gefährlich.« Sie sah Ash herausfordernd an, aber diesmal konnte oder wollte der Wissenschaftsoffizier ihr nicht widersprechen.

»Richtig. Und es läuft frei im Schiff herum.« Dallas trat widerwillig neben Kanes Leiche und drückte dem Ersten die im fassungslosen Entsetzen erstarrten Augen zu. Die anderen traten neben ihn. Eine Untersuchung war notwendig, ganz gleich, wie unangenehm sie ihnen auch war. Vielsagende Blicke wanderten von Parker zu Lambert, von Lambert zu Ash und dann reihum. Draußen drängte drohend das dunkle Universum von allen Seiten auf die *Nostromo* ein, während der dicke faulige Geruch des Todes die Korridore und die Messe erfüllte.

Parker und Brett kamen die Treppe vom Servicedeck herunter und schlossen sich dem Rest der müden, entmutigten Gruppe von Jägern an.

»Irgendwelche Spuren?« fragte Dallas die Versammlung. »Irgendwelche fremdartigen Gerüche, Blut«, er zögerte einen Augenblick lang und fügte dann hinzu: »Reste von Kanes Eingeweiden?«

»Nichts«, erklärte Lambert.

»Nichts«, kam es wie ein Echo von Ash.

Parker wischte sich Staub von den Armen. »Nichts habe ich gesehen. Es weiß, wie man sich versteckt.«

»Auch nichts«, erklärte Brett. »Kann mir nicht vorstellen, wo es sich versteckt hat, obwohl es Teile im Schiff gibt, die ihm zugänglich sind und uns nicht. Aber ich kann mir nicht vorstellen, daß in diesen geheizten Rohrleitungen irgend etwas leben könnte.«

»Vergiß die Umgebung nicht, in dem sein . . . äh . . .« Dallas blickte Ash an, »wie würdest du sein erstes Stadium nennen?«

»Vorlarvenstadium. Nur, um ihm einen Namen zu geben. Ich kann mir seine Entwicklungsstufen auch nicht vorstellen.«

»Nun, wir wollen jedenfalls nicht vergessen, in was es während seiner ersten Inkarnation gelebt hat. Wir wissen, daß dieses Alien ziemlich zäh und höllisch anpassungsfähig ist. Mich würde es überhaupt nicht überraschen, wenn wir es auf den Reaktorkammern fänden.«

»Wenn es sich dort versteckt hat, können wir nicht an ihn ran«, meinte Parker.

»Dann wollen wir hoffen, daß es sich eine andere Richtung gesucht hat. Irgendwo, wo wir auch hinkönnen.«

»Wir müssen es finden.« Ripleys Gesichtsausdruck spiegelte die Sorge aller wider.

»Warum gehen wir nicht einfach in Hyperschlaf?« schlug Brett vor. »Wir pumpen die Luft in die Tanks zurück und ersticken es.«

»Zunächst wissen wir überhaupt nicht, wie lange diese Lebensform ohne Luft überleben kann«, argumentierte Ripley hitzig. »Vielleicht braucht sie überhaupt keine Luft. Wir haben nur einen Mund, aber keine Nase gesehen.«

»Nichts kann ohne irgendeine Art von Atmosphäre existieren«, sagte Brett, aber es klang nicht ganz überzeugt.

Sie sah ihn von der Seite an. »Würdest du dein Leben darauf wetten?« Er gab keine Antwort. »Außerdem braucht das Alien nur kurze Zeit ohne Luft zu leben. Vielleicht kann es die Gase, die es benötigt, aus seiner – Nahrung beziehen. Finden würde es ja genug. In den Kühltruhen wären wir ihm völlig ausgeliefert. Erinnert ihr euch, wie leicht es im ersten Stadium die Gesichtsplatte von Kanes Helm durchgeätzt hat? Wer garantiert uns denn, ob diese Version nicht dasselbe mit den Kühltruhen schafft?«

Sie schüttelte resignierend den Kopf. »Nein, ich lege mich nicht schlafen, solange wir dieses entsetzliche Biest nicht gefunden und getötet haben.«

»Aber wir können es nicht töten.« Lambert stampfte vor Frustration auf den Boden. »Vermutlich ist sein Körper genauso aufgebaut wie die erste Version. Wenn das der Fall ist und wir es mit dem Laser abschießen wollen, lösen wir damit vielleicht einen Säureregen aus. Es ist viel größer, als diese ›Hand‹ war. Wenn es das Zeug verspritzt, dann könnte es ein größeres Loch ins Schiff fressen, als wir zuzustopfen in der Lage sind. Ihr alle wißt, wie kritisch die Hüllenbelastung während des überlichtschnellen Fluges ist, ganz zu schweigen von den komplizierten Stromkreisen unter der Außenhaut.«

»Verdammtes Mistvieh«, murmelte Brett. »Wenn wir es nicht töten können, was machen wir dann damit, wenn wir es finden?«

»Irgendwie müssen wir es aufspüren, fangen und aus dem Schiff entfernen«, sagte Ripley. Sie blickte Dallas an, als erwartete sie von ihm eine Bestätigung ihres Vorschlags.

Der überlegte einen Augenblick lang. »Es bleibt uns nichts anderes übrig, als das zu versuchen.«

»Wenn wir noch lange reden, anstatt mit der Suche zu beginnen, ist es ganz gleichgültig, was wir beschließen«, teilte Ash ihnen mit. »Unsere Vorräte sind darauf abgestimmt, daß wir nur beschränkte Zeit im Wachzustand verbringen. Eine sehr begrenzte Zeit. Ich schlage dringend vor, daß wir sofort eine organisierte Suchaktion einleiten . . .«

»Richtig«, pflichtete Ripley ihm schnell bei. »Zuallererst müssen wir es finden.«

»Nein«, sagte Dallas mit seltsam klingender Stimme. Sie warfen ihm überraschte Blicke zu. »Zuerst müssen wir noch etwas anderes tun.« Er blickte den Korridor hinunter, wo Kanes blutiger Leichnam durch die Tür der Messe zu sehen war.

Sie fanden genug Folie, um einen Leichensack daraus zu fertigen, den Parker mit dem Laser zuschweißte. Das Ganze wirkte sehr primitiv, und als sie sich von der Hauptschleuse entfernten, merkte man allen an, daß sie nicht mit dem zufrieden waren, was sie taten. Aber sie hatten immerhin den Trost zu wissen, daß sie das taten, wozu sie imstande waren. Sie hätten die Leiche natürlich einfrieren können und sie für ein formelles Begräbnis auf der Erde aufheben, aber dann hätten sie Kanes zerfetzten Leichnam sofort beim Erwachen durch den duchsichtigen Deckel seiner Kühltruhe gesehen. Besser, die Leiche hier zu beseitigen, schnell und sauber – und sie dann so schnell wie möglich zu vergessen.

Sie kehrten auf die Brücke zurück und nahmen ihre Plätze ein. Eine lastende Stille lag über ihnen, und die Luft wirkte, als wäre sie dick wie Vaseline. Dallas überprüfte die Anzeigegeräte und sagte dann niedergeschlagen: »Innenschleuse dicht.«

Ripley nickte. »Schleuse noch unter Druck?« Wieder ein Nicken. Er zögerte, sein Blick wanderte von einem ernsten Gesicht zum anderen. Keiner erwiderte seinen Blick. »Will jemand etwas sagen?« Niemand wollte etwas sagen. Kane war tot. Er hatte gelebt und jetzt lebte er nicht mehr. Keiner seiner Kollegen konnte besonders gut mit Worten umgehen.

»Bringen wir es hinter uns«, murmelte Lambert. Dallas fand, daß das keine besonders gute Grabrede war, aber ihm fiel auch nichts Besseres ein. Nur, daß sie Zeit vergeudeten. Er gab der wartenden Ripley ein Zeichen

Sie drückte einen Knopf. Die Außenschleuse sprang auf. Die in der Schleusenkammer verbliebene Luft trieb Kanes Leiche ins Nichts hinaus. Es war ein dankenswert schnelles Begräbnis, Dallas brachte es nicht fertig, den Vorgang als ›Beseitigung‹ zu bezeichnen. Kanes Abschied von dieser Welt war sauberer gewesen als sein Tod. Sein letzter gequälter Schrei hallte noch in Dallas Erinnerung.

Sie versammelten sich wieder in der Messe. Es war leichter, etwas zu diskutieren, wenn alle sich sehen konnten. Außerdem gab ihm das die Möglichkeit, alle zu bitten, beim Saubermachen mitzuhelfen.

»Ich hab' die Vorräte überprüft«, teilte Ripley ihnen mit. »Mit Stimulanzien schaffen wir es etwa eine Woche. Vielleicht auch einen Tag mehr, aber das ist das Allerhöchste.«

»Und was dann?« Brett griff sich ans Kinn.

»Dann gehen uns die Lebensmittel und der Sauerstoff aus. Auf Lebensmittel können wir verzichten, auf Sauerstoff nicht. Womit sich die Frage erübrigt, wie lange wir von wiederaufbereiteten Produkten leben können.«

Lambert schnitt bei der unappetitlichen Vorstellung eine Grimasse. »Vielen Dank, ich glaube, da möchte ich dann lieber sterben.«

»Also gut.« Dallas gab sich Mühe, zuversichtlich zu erscheinen. »Das haben wir also. Eine Woche voller Aktivität. Das ist eine Menge Zeit. Mehr als genug, um diesen Fremden zu finden.«

Brett blickte zu Boden. »Ich sage immer noch, wir sollten versuchen, die Luft abzusaugen. Das könnte das Alien umbringen. Mir scheint das die sicherste Methode. Damit bleibt uns erspart, ihm direkt gegenüberzutreten. Schließlich wissen wir nicht, was für widerliche Tricks der Bursche noch auf Lager hat.«

»Das haben wir schon einmal besprochen, erinnerst du dich?« meinte Ripley.

»Da gingen wir davon aus, daß wir die luftlose Zeit in den Kühltruhen verbringen. Angenommen, wir ziehen stattdessen unsere Druckanzüge an und lassen dann die Luft ab? Wenn wir wach in unseren Anzügen sind, kann er sich nicht an uns heranschleichen.«

»Was für eine raffinierte Idee.« Lamberts Tonfall war zu entnehmen, daß sie den Vorschlag in Wirklichkeit für alles andere hielt.

»Was paßt dir daran nicht?«

»Wir haben in unseren Druckanzügen Luft für achtundvierzig Stunden, und für die Rückreise nach Hause brauchen wir zehn Monate«, erklärte Ash. »Wenn das Alien neunundvierzig Stunden ohne Luft auskommt, sind wir wieder da, wo wir angefangen haben. Nur, daß wir dann zwei Tage Anzugzeit verloren haben.«

»Davon abgesehen«, sagte Lambert, »eine prima Idee. Komm, Parker, laßt euch etwas Neues einfallen, ihr beiden.«

Die Ingenieure hatten nicht die Absicht, die Idee so leicht aufzugeben. »Vielleicht könnten wir ein paar Spezialleitungen von den Tanks der Anzüge zu den Haupttanks verlegen. Brett und ich verstehen uns auf so etwas. Die Ventilverbindungen wären etwas kompliziert, aber wir würden es ganz bestimmt schaffen. Die *Nostromo* haben wir schließlich auch zusammengeflickt, oder?«

»Ganz alleine.« Ripley gab sich keine Mühe, ihren Sarkasmus zu mäßigen.

»Das ist einfach nicht durchführbar«, sagte Ash und erklärte den beiden Männern dann: »Ihr erinnert euch doch, daß wir über die Möglichkeit gesprochen haben, ob dieses Geschöpf ohne Luft überleben kann. Das Problem ist aber noch viel umfangreicher.

Wir können nicht mit Schläuchen an den Haupttanks hängen und gleichzeitig das Alien jagen. Selbst wenn eure Idee funktionierte, würden wir soviel Luft in den Anzügen verbrauchen, daß keine mehr übrig wäre, wenn wir aus dem Hyperschlaf erwachen. Dann würden sich die Kühltruhen automatisch öffnen . . . ins Vakuum.«

»Wie wäre es, wenn wir eine Botschaft hinterließen oder einen Funkspruch vorausschickten, daß die auf uns warten und uns mit frischer Luft füllen, sobald wir andocken?« überlegte Parker.

Ash sah ihn zweifelnd an. »Zu riskant. Erstens würde unser Funkspruch höchstens ein paar Minuten vor uns eintreffen. Daß uns dann eine Notmannschaft in dem Augenblick empfängt, in dem wir aus dem Hyperraum kommen, sich von außen an uns anschließt, uns mit Luft füllt, ohne das Schiff zu beschädigen . . . Nein, ich glaube nicht, daß das durchführbar wäre. Und selbst wenn es ginge, muß ich Ripley in einem kritischen Punkt zustimmen. Wir können es nicht riskieren, uns in die Kühltruhen zu legen, solange wir nicht ganz sicher sind, daß das Alien tot oder unter völliger Kontrolle ist. Und wir können uns nicht davon überzeugen, ob es tot ist, wenn wir zwei Tage in den Anzügen verbringen und dann in die Truhen steigen.«

Parker schnaubte. »Ich halte das immer noch für eine gute Idee.«

»Wollen wir uns doch um das eigentliche Problem kümmern«, sagte Ripley ungeduldig. »Wie finden wir es? Wir können ein Dutzend Methoden ausprobieren, um es zu töten, aber erst wenn wir wissen, wo es steckt. Die Kameras auf Deck B und C sind ausgefallen.«

»Also müssen wir es aufstöbern.« Dallas war überrascht, wie leicht es ihm fiel, die erschreckende, aber offenkundige Entscheidung zu treffen. Sobald sie einmal ausgesprochen war, wußte er auch, daß sie keine andere Wahl hatten.

»Klingt vernünftig«, räumte Ash ein. »Aber das ist leichter gesagt als getan. Wie, meinst du, sollen wir vorgehen?«

Dallas bemerkte, daß alle sich wünschten, er würde das Unvermeidliche nicht bis zum Ende verfolgen. Aber es war die einzige Möglichkeit. »Stimmt, es ist nicht einfach. Es gibt nur eine Methode, die uns garantiert, daß es uns nicht entkommt, und mit der wir gleichzeitig unseren Luftvorrat optimal ausnutzen. Wir müssen das Schiff Raum für Raum und Korridor für Korridor durchkämmen.«

»Vielleicht können wir eine Art tragbare Kühleinheit improvisieren«, schlug Ripley unsicher vor. »Wir könnten jeden Raum und jeden Korridor vereisen und aus der Ferne . . .« Sie hielt inne, als sie sah, daß Dallas betrübt den Kopf schüttelte. Sie wandte den Blick ab und fügte hinzu: »Nicht daß ich Angst hätte, ich versuche nur praktisch vorzugehen. Ebenso wie Parker glaube ich, daß es eine gute Idee wäre, wenn wir einer direkten Konfrontation ausweichen.«

»Hör auf, Ripley.« Dallas deutete mit dem Daumen auf sich. »Ich hab' die Hosen gestrichen voll. Uns allen geht das so. Wir haben nicht die Zeit, etwas so Kompliziertes zusammenzubasteln. Wir haben viel zu viel Zeit vergeudet, indem wir es einer Maschine überließen, Kane zu helfen. Nun ist es höchste Zeit, daß wir uns selbst helfen. Das ist schließlich der Grund, weshalb wir an Bord dieser Maschine sind, vergeßt das nicht. Wenn die Maschine mit einem Problem nicht klarkommt, wird das unser Job. Außerdem will ich mir das Vergnügen nicht entgehen lassen, das kleine Monstrum explodieren zu sehen, wenn wir es durch die Schleuse blasen.«

Das war nicht gerade eine aufmunternde Rede. Es war auch nicht Dallas Absicht gewesen, eine aufmunternde Rede zu halten. Aber immerhin half es mit, die Mannschaft wieder zu beleben. Sie konnten einander wieder ansehen, statt Wände und den Boden anzustarren; es war sogar ein entschlossenes Murmeln zu hören.

»Schön«, sagte Lambert. »Wir stöbern es also in seinem Versteck auf und blasen es dann durch die Schleuse. Was ich wissen möchte, ist nur: wie kommen wir von Punkt A nach Punkt C?«

»Wir müssen es irgendwie in eine Falle locken.« Ripley ließ sich verschiedene Ideen durch den Kopf gehen. Die Fähigkeit des Fremden, Säure abzusondern, machte alle diese Ideen zunichte.

»Es gibt vielleicht nichtmetallische Substanzen, durch die es sich nicht so schnell fressen kann«, überlegte Brett laut und zeigte dadurch, daß seine Vorstellungen etwa in derselben Richtung wie die Ripleys verliefen. »Trylonschnur zum Beispiel. Wenn wir daraus ein Netz machten, könnten wir es einfangen, ohne es zu beschädigen. Ein dünnes Netz wirkt vielleicht nicht so bedrohlich wie, sagen wir, eine Kiste aus massivem Metall.« Er sah sich im Kreise um.

»Ich könnte etwas machen, es schnell zusammenschweißen.«

»Er bildet sich ein, wir gehen auf Schmetterlingsjagd«, ereiferte sich Lambert.

»Wie bekommen wir es ins Netz?« fragte Dallas leise.

Brett überlegte. »Wir würden natürlich etwas benutzen müssen, das es nicht zum Bluten bringt. Messer und dergleichen kommen also nicht in Frage. Ebensowenig Pistolen. Ich könnte ein paar lange Metallrohre mit Batterien zusammenlöten. Im Lager gibt es davon eine ganze Menge. Es dauert nur ein paar Stunden.«

»Für die Rohre und das Netz?«

»Sicher. Das ist gar nicht schwierig.«

Lambert konnte es nicht mehr ertragen. »Zuerst Schmetterlingsnetze und jetzt Rohre. Warum hören wir uns diesen Quatsch eigentlich an?«

Dallas überlegte und versuchte sich ein Bild von Bretts Vorschlag zu machen. Das Alien, in die Enge getrieben, sie mit Zähnen und Klauen bedrohend. Elektroschocks von einer Seite, stark genug, um es zu reizen, aber nicht zu verletzten. Zwei von ihnen, die es in das Netz trieben und beschäftigten, während die übrigen es zur Hauptschleuse zerrten. Vielleicht würde das Alien sich einen Fluchtweg durch das Netz beißen oder ätzen, vielleicht auch nicht. Man könnte zweite und dritte Netze bereithalten, für den Fall, daß es das tat. Und dann würden sie das Monstrum in seinem Netz in die Schleuse werfen, das Innentor abdichten und es hinausblasen. Leb wohl, Fremder, gute Reise, zum Arkturus. Leb wohl, Alptraum. Erde, wir kommen.

Er erinnerte sich an Lamberts spöttische Reaktion und meinte, wobei er niemand Bestimmten ansprach: »Wir hören ihm zu, weil er diesmal vielleicht recht hat . . .«

Die *Nostromo*, die nichts von der hektischen Aktivität einiger ihrer Passagiere wußte und die auch das resignierte Warten der anderen kalt ließ, raste weiterhin mit mehrfacher Lichtgeschwindigkeit auf die Erde zu. Brett hatte erklärt, er würde einige Stunden brauchen, um das Netz und die Schockrohre fertigzustellen, aber er und Parker arbeiteten, als stünden ihnen nur Minuten zur Verfügung. Parker ertappte sich bei dem Wunsch, die Arbeit wäre komplizierter. Dann hätte er nicht soviel Zeit gehabt, immer wieder nervös in dunkle Korridore, Schränke und Winkel zu spähen.

Unterdessen konnte sich der Rest der Mannschaft nur mit Warten beschäftigen. Der einzige Unterschied war, daß nach einer Weile die meisten nicht mehr dachten: »Wo ist das Alien?«, sondern: »Was tut das Alien?«

Nur ein Mitglied der Mannschaft befaßte sich mit anderen Gedanken. Er hatte sich schon eine Weile damit beschäftigt, bis die Idee immer mehr Form und Gestalt angenommen hatte. Jetzt standen ihm zwei Alternativen offen. Er konnte seine Idee mit der ganzen Mannschaft besprechen oder nur mit dem, durch den er auf sie gestoßen war. Wenn er sich zu ersterem entschloß und die Idee sich dann als falsch erwies, wie er sich das verzweifelt wünschte, würde das einen nicht wieder gutzumachenden Schaden an der Moral der Mannschaft verursachen. Ganz zu schweigen davon, daß man ihm den Prozeß machen konnte.

Wenn er recht hatte, würden die anderen es früh genug erfahren.

Ash saß an der Zentralkonsole der Krankenstation und stellte dem Medizincomputer Fragen und bekam auch gelegentlich ein paar Antworten. Er blickte auf und lächelte freundlich, als Dallas eintrat, wandte sich dann aber wieder seiner Arbeit zu.

Dallas stand still neben ihm, und sein Blick wanderte zwischen seinem Wissenschaftsoffizier und den manchmal unverständlichen Sätzen auf dem Bildschirm hin und her. Immerhin waren die Ziffern, Worte und Diagramme auf den Schirmen leichter zu durchschauen als der Mann.

»Ist das Arbeit oder Spiel?«

»Zum Spielen ist keine Zeit«, erwiderte Ash mit undurchdringlicher Miene. Er drückte einen Knopf, und der Computer zeigte ihm eine lange Liste von Molekularketten für eine ganz bestimmte hypothetische Aminosäure. Als er einen weiteren Knopf drückte, begannen zwei der ausgewählten Ketten sich langsam in drei Dimensionen zu drehen.

»Ich hab' aus dem ersten Loch, die das Hand-Alien durch das Deck gefressen hat, ein paar Proben abgeschabt.« Er deutete auf den winzigen Krater rechts neben der Plattform, wo die Kreatur geblutet hatte.

»Ich denke, es war noch genügend Säurerest vorhanden, um sie in den Griff zu bekommen, chemisch gesprochen. Wenn ich die Struktur auflösen kann, könnte Mutter vielleicht eine Formel vorschlagen, mit der man sie neutralisiert. Dann kann unser blinder Passagier bluten soviel er will, wenn wir auf ihn schießen, und wir können jede Säure neutralisieren, die er absondert.«

»Klingt gut«, räumte Dallas ein und musterte Ash scharf. »Wenn jemand an Bord es schafft, bist du das.«

Ash zuckte gleichmütig die Achseln. »Ist ja mein Job.«

Einige Minuten verstrichen. Sie schwiegen. Ash sah keinen Anlaß, das Gespräch wieder aufzunehmen. Dallas fuhr fort, die Zeilen auf dem Bildschirm zu studieren und sagte schließlich mit gleichmäßiger Stimme: »Ich möchte mit dir sprechen.«

»Ich sag dir sofort Bescheid, wenn ich etwas finde«, versicherte ihm Ash.

»Das ist es nicht, worüber ich sprechen möchte.«

Ash blickte überrascht zu ihm auf, wandte sich aber dann wieder seinen Instrumenten zu, als zwei kleine Bildschirme aufleuchteten. »Ich glaube, es ist sehr wichtig, die Struktur dieser Säure zu ermitteln. Ich denke, das siehst du ein. Wir wollen später reden. Ich bin jetzt ziemlich beschäftigt.«

Dallas wartete einen Augenblick lang, ehe er antwortete. Dann sagte er leise, aber bestimmt: »Das ist mir gleichgültig. Ich möchte *jetzt* mit dir sprechen.«

Ash betätigte ein paar Schalter, sah zu, wie die Bildschirme erloschen und blickte zu Dallas auf. »Schließlich will ich auch deinen Kopf retten. Aber wenn es so wichtig ist, bitte.«

»Warum hast du zugelassen, daß das Alien in Kane überlebte?«

Der Wissenschaftsoffizier runzelte die Stirn. »Ich weiß nicht, ob ich dich eben richtig verstanden habe. Niemand hat irgend etwas in jemandem überleben ›lassen‹. Es ist einfach geschehen.«

»Quatsch.«

»Das ist kaum eine rationale Bewertung der Situation«, sagte Ash trocken und unbeeindruckt. »So oder so nicht.«

»Du weißt genau, wovon ich rede. Mutter hat seinen Körper überwacht. Du hast Mutter überwacht. Das war richtig, da du am besten dafür geeignet bist. Du mußt doch eine Vorstellung gehabt haben, was hier vor sich ging.«

»Hör zu, du hast den dunklen Fleck auf dem Monitorschirm zur gleichen Zeit wie ich gesehen.«

»Und ich soll glauben, daß der Autodoc nicht genug Kraft hatte, um diesen Fleck zu durchdringen?«

»Das ist keine Frage der Kraft, sondern eine Frage der Wellenlänge. Das Alien konnte die Wellenlänge abschirmen, die vom Scanner des Autodoc ausgestrahlt wurde. Wir sprachen doch bereits darüber, wie und weshalb das geschehen sein könnte.«

»Angenommen, ich nehme dir das wirklich ab, daß das Alien imstande sein soll, ein Schutzfeld zu erzeugen, das für einen Scanner undurchsichtig ist – und das habe ich noch nicht gesagt –, dann hätte Mutter doch andere Anzeichen für das, was geschah, finden müssen. Vor seinem Tode beklagte sich Kane über schrecklichen Hunger. Das hat er uns am Messetisch bewiesen. Liegt der Grund für seinen fantastischen Appetit nicht auf der Hand?«

»Tut er das?«

»Das Alien in seiner neuen Form benutzte Kanes Vorrat an Proteinen, Nährstoffen und Körperfetten, um daraus seinen eigenen Körper aufzubauen. Es ist bestimmt nicht so groß geworden, indem es nur Luft umwandelte.«

»Das stimmt. Das liegt auf der Hand.«

»Aber die Art von Stoffwechselaktivität würde doch auf den Anzeigegeräten des Autodoc entsprechende Skalenausschläge erzeugen, angefangen mit der Verringerung von Kanes Körpergewicht bis zu anderen Dingen.«

»Was die Gewichtsverringerung angeht«, erwiderte Ash ruhig, »sie wäre nicht feststellbar gewesen. Kanes Gewicht wurde einfach auf das Alien übertragen. Der Scanner des Autodoc würde dieses Gewicht als das Gewicht Kanes registrieren. Und welche ›anderen Dinge‹ meinst du?«

Dallas gab sich Mühe, sich seine Enttäuschung nicht anmerken zu lassen, was ihm aber nur teilweise gelang. »Ich weiß nicht. Einzelheiten kann ich dir nicht sagen. Ich bin nur ein Pilot. Von medizinischer Analyse verstehe ich nichts.«

»Nein«, sagte Ash vielsagend, »aber ich.«

»Aber ein völliger Idiot bin ich auch nicht«, herrschte Dallas ihn an. »Vielleicht stehen mir nicht die richtigen Worte zur Verfügung, um das zu sagen, was ich meine, aber ich bin nicht blind. Ich kann sehen, was hier vorgeht.«

Ash schlug die Arme übereinander, stieß sich von der Konsole ab und starrte Dallas an. »Was willst du damit sagen? Raus mit der Sprache!«

Jetzt schlug Dallas zu: »Du willst, daß das Alien am Leben bleibt. Du bist so erpicht darauf, daß du sogar Kanes Tod in Kauf genommen hast. Ich stelle mir vor, daß du einen Grund dafür hast. Ich kenne dich erst seit kurzer Zeit, Ash, aber bis jetzt hast du noch nie etwas ohne Grund getan. Ich kann mir nicht vorstellen, daß du jetzt damit anfängst.«

»Du behauptest also, ich hätte für diesen Wahnsinn, den du mir vorwirfst, einen Grund. Nenn mir einen.«

»Hör zu, wir arbeiten beide für dieselbe Gesellschaft.« Er mußte ihn anders anpacken. Mit seiner Anklage hatte er nichts erreicht. Jetzt würde er versuchen, an Ashs Sympathie zu appellieren. Dallas kam plötzlich in den Sinn, daß der andere von ihm den Eindruck gewinnen könnte, er leide an Verfolgungswahn. Es war leicht, das Problem auf jemanden zu schieben, mit dem er vertraut war, auf Ash, zum Beispiel, anstatt dorthin, wo es hingehörte, zu dem Alien nämlich. Ash war ein merkwürdiger Bursche, aber wie ein Mörder verhielt er sich nicht.

»Ich möchte ja nur wissen«, schloß er eindringlich, »was hier vor sich geht.«

Der Wissenschaftsoffizier breitete die Arme aus und blickte kurz auf seine Konsole, ehe er antwortete. »Ich weiß nicht, wovon du redest. Und diese Anspielungen passen mir nicht. Das Alien ist eine gefährliche Lebensform. Sicher, in mancher Hinsicht bewundernswert, das will ich nicht leugnen. Als Wissenschaftler finde ich es sogar faszinierend. Aber nach dem, was es getan hat, bin ich ebensowenig wie du darauf erpicht, daß es am Leben bleibt.«

»Ganz bestimmt?«

»Ja, ganz bestimmt.« Seine Stimme klang angeekelt. »Wenn du in letzter Zeit nicht unter solchem Druck gestanden hättest, würdest du das genauso sehen. Vergiß es, ich will auch nicht mehr daran danken.«

»Yeah.« Dallas drehte sich um, ging durch die offene Tür hinaus und eilte durch den Korridor auf die Brücke zu. Ash sah ihm nach und überlegte, dann wandte er sich wieder den geduldigen, leichter begreiflichen Instrumenten zu.

Zuviel gearbeitet, zuviel gearbeitet, sagte sich Dallas. Sein Kopf drohte zu zerspringen. Wahrscheinlich hatte er recht – er hatte einfach unter zuviel Druck gestanden. Er machte sich um alle Sorgen, nicht nur um das Problem des Alien. Wie lange würde er diesen Druck noch ertragen können? Wieviel länger sollte er es auch noch versuchen? Schließlich war er nur ein Pilot.

Kane hätte einen besseren Kapitän abgegeben, dachte er. Kane war mit solchen Problemen leichter zurande gekommen und hatte es nie zu persönlich genommen. Aber Kane war nicht mehr da. Kane konnte ihm nicht helfen.

Er trat an eine Sprechanlage und drückte den Knopf. Eine Stimme meldete sich.

»Ingenieurabteilung.«

»Dallas. Wie steht's bei euch?«

Parkers Antwort klang desinteressiert. »Nun, es steht eben.«

»Verdammt nochmal, mach keine Witze. Ich will es genau wissen!«

»He, keine Aufregung, Dallas. Sir. Wir arbeiten so schnell wir können. Brett kann auch nicht zaubern. Hast du Lust, dieses Ding in eine Ecke zu treiben und es mit einem gewöhnlichen Metallrohr anzufassen oder lieber mit ein paar hundert Volt?«

»Tut mir leid.« Er meinte es auch so. »Tut euer Bestes.«

»Wir tun es für jeden. Ingenieurabteilung Ende.« Das Interkom verstummte.

Das war völlig unnötig gewesen, machte er sich klar, und außerdem peinlich. Wenn er schon anfing, selbst durchzudrehen, wie konnte er dann von den anderen Haltung erwarten?

Im Augenblick war ihm gar nicht danach zumute, jemanden zu sehen. Nicht nach dieser unangenehmen und unergiebigen Konfrontation mit Ash. Er mußte immer noch seine eigene

Entscheidung treffen, ob seine Meinung über den Wissenschaftsoffizier zutraf oder ob er ein Narr war. Da Ash überhaupt kein Motiv hatte, neigte er fast dazu, letzteres anzunehmen. Wenn Ash log, so tat er das geradezu meisterhaft. Dallas hatte noch nie einen Mann gesehen, der seine Gefühle so unter Kontrolle hatte.

Auf der *Nostromo* gab es einen Ort, wo Dallas gelegentlich völlig für sich alleine sein und sich trotzdem einigermaßen sicher fühlen konnte. Eine Art Ersatzmutterleib. Er bog in den B-Korridor, wobei er freilich nicht so sehr mit seinen eigenen Gedanken beschäftigt war, daß er versäumt hätte, dauernd nach Bewegungen in finsteren Ecken Ausschau zu halten. Aber nichts zeigte sich.

Schließlich kam er an eine Stelle, wo der Rumpf sich leicht nach außen ausbeulte. Eine kleine Klappe war in die Wand eingelassen. Er drückte den Schalter daneben und wartete, während die Klappe zur Seite glitt. Die Innenluke des Shuttle stand offen. Das Landefahrzeug war zu klein, um eine Luftschleuse zu besitzen. Er stieg hinein und setzte sich.

Seine Hand lag über einem roten Knopf auf dem Armaturenbrett des Shuttle, löste sich dann aber wieder von ihm, ohne ihn zu berühren. Auf der Brücke mußte man bereits registriert haben, daß er die Klappe im Korridor geöffnet hatte. Das würde noch niemand beunruhigen, der es zufällig bemerkte. Aber wenn er jetzt die Klappe des Shuttle schloß, konnte das passieren. Also ließ er sie zum Korridor hin offen und fühlte sich ein winziges angenehmes Stück von der *Nostromo* und den ihr innewohnenden Schrecken und Unsicherheiten entfernt . . .

Er studierte den verbleibenden Sauerstoff zum letzten Mal, hoffte, irgendein unbemerktes Wunder hätte der gnadenlosen Zahl auf der Skala eine weitere Null hinzugefügt. Während er zusah, wie der Zähler seine Arbeit vollendete, verwandelte sich die letzte Zahl in der Reihe von einer Neun in eine Acht. Vor der Tür war ein polterndes Geräusch zu hören, und er fuhr herum. Als er sah, daß es Parker und Brett waren, war er erleichtert.

Parker warf einen Armvoll Metallrohre auf den Boden. Jedes der Rohre war etwa doppelt so dick wie ein Männerdaumen. Sie klapperten hohl und hörten sich weder wie Waffen an, noch sahen sie so aus. Brett löste sich aus ein paar Metern Netz, er sah sehr zufrieden aus.

»Hier ist das Zeug, alles erprobt und einsatzbereit.«

Dallas nickte. »Ich rufe die anderen.« Er nahm Verbindung mit der Brücke auf und verbrachte dann die Zeit bis zum Eintreffen der restlichen Mannschaft damit, die Sammlung von Rohren zweifelnd zu inspizieren. Ash traf als letzter ein. Er hatte den weitesten Weg gehabt.

»*Damit* wollen wir dieses Monster bedrohen?« Lambert deutete auf die Rohre, und ihr Ton ließ an ihrer Meinung hinsichtlich der Wirksamkeit der ›Waffen‹ wenig Zweifel.

»Gib ihnen doch die Chance«, sagte Dallas. »Jeder soll sich eins nehmen.« Sie stellten sich hintereinander an, und Brett gab die Rohre aus. Jedes war etwa eineinhalb Meter lang und trug am einen Ende eine Anzahl Instrumente sowie einen primitiven Handgriff. Dallas schwang das Rohr wie einen Degen und versuchte, sich daran zu gewöhnen. Es war nicht schwer, und das war ihm ganz recht so. Er brauchte etwas, das er schnell zwischen sich und das Alien bringen konnte, trotz säurehaltiger Spucke und anderen ihm unvorstellbaren, fremden Verteidigungswaffen. Von dem Gefühl, eine Keule oder einen Stock in der Hand zu halten, ging etwas Primitives und Unlogisches, aber ungemein Beruhigendes aus.

»Ich hab' in jeden drei Batterien eingebaut«, sagte Brett. »Die liefern einen ganz beachtlichen Schlag. Ihr braucht sie nicht aufzuladen, sofern ihr den Entladeknopf nicht sehr lange festhaltet, ich meine *wirklich* lange.« Er deutete auf den Griff seines eigenen Rohrs. »Ihr braucht also keine Angst zu haben, sie zu benutzen. Hier oben am Griff sind sie völlig isoliert. Wenn ihr das Rohr anfaßt, laßt ihr es sofort fallen, falls es eingeschaltet ist. Aber im Inneren ist ein weiteres Rohr mit einem Supraleiter. Dort ist auch der größte Teil der Ladung. Der Supraleiter liefert fast hundert Prozent der freigegebenen Energie bis zur Spitze. Seid also verdammt vorsichtig, und berührt das Ende nicht.«

»Wie wär's mit einer Vorführung?« fragte Ripley.

»Yeah, sicher.« Der Techniker hielt die Spitze seines Rohrs gegen einen Profilträger. Ein blauer Funken sprang vom Rohr auf den Träger über, es ertönte ein befriedigendes lautes *Popp*, und leichter Ozongeruch drang an ihre Nasen. Brett lächelte.

»Sie sind alle erprobt und funktionieren. Ihr habt eine Menge Saft in diesen Rohren.«

»Gibt es eine Möglichkeit, die Spannung zu variieren?« fragte Dallas.

Parker schüttelte den Kopf. »Wir haben versucht, hier etwas zu bauen, das weh tut, aber nicht tödlich ist. Wir wissen nichts über diese Spielart des Alien, und wir hatten keine Zeit, Spielereien wie Stromabstimmung und dergleichen einzubauen. Jedes Rohr erzeugt eine einheitliche unveränderliche Ladung. Schließlich sind wir keine Wundertäter.«

»Das ist das erste Mal, daß ihr das zugebt«, sagte Ripley. Parker warf ihr einen säuerlichen Blick zu.

»Es wird dem kleinen Bastard keinen Schaden zufügen, es sei denn, sein Nervensystem wäre viel empfindlicher als das unsere«, erklärte Brett. »Da sind wir ziemlich sicher. Sein Vorläufer war kleiner und ziemlich zäh.« Er nahm das Rohr und hielt es wie ein Gladiator, der sich anschickt, in die Arena zu treten. »Das sollte nur ein Kneifen für ihn sein. Natürlich würde mir nicht gerade das Herz brechen, wenn es uns gelänge, unseren kleinen Liebling damit zu elektrokutieren.«

»Vielleicht funktioniert es«, räumte Lambert ein. »Das wäre also unsere mögliche Lösung für Problem eins. Wie steht es mit Problem zwei: das Biest auffinden.«

»Darum habe ich mich gekümmert.« Alle wandten sich überrascht zu Ash um, der ein kleines Gerät etwa von der Größe einer tragbaren Sprechanlage in der Hand hielt. Ash freilich sah nur Dallas an. Der wich dem Blick des Wissenschaftsoffiziers aus und konzentrierte sich ganz auf das kleine Gerät.

»Da es von entscheidender Wichtigkeit ist, diese Kreatur so schnell wie möglich ausfindig zu machen, habe ich auch etwas herumgebastelt. Brett und Parker haben bewundernswerte Arbeit geleistet, indem sie etwas gebaut haben, womit man das Alien vielleicht manipulieren kann. Hier ist das Gerät, um es zu finden.«

»Ein tragbares Ortungsgerät, ein Tracker also?« Ripley bewunderte das kompakte Instrument. Es sah aus, als wäre es in einer Fabrik zusammengebaut worden und nicht hastig im Labor eines Raumschleppers zusammengeflickt.

Ash nickte. »Man stellt es auf die Suche nach einem sich bewegenden Gegenstand ein. Die Reichweite ist nicht besonders groß, aber wenn man auf eine gewisse Distanz herankommt, fängt es zu piepsen an, und die Lautstärke nimmt in dem Maße zu, wie die Distanz zu dem zu ortenden Gegenstand abnimmt.«

Ripley nahm dem Wissenschaftsoffizier das Gerät aus der Hand, drehte es herum und untersuchte es mit prüfendem Blick. »Worauf ist es eingestellt? Und wie können wir Verwechslungen vermeiden?«

»Auf zweierlei Art«, erklärte Ash stolz. »Wie ich schon erwähnte, ist die Reichweite nur gering. Man könnte das als Nachteil ansehen, aber in diesem Falle kommt es uns zugute, da es zwei Gruppen erlaubt, gleichzeitig dicht nebeneinander zu suchen, ohne daß das Ortungsgerät die andere Gruppe wahrnimmt.

Aber was noch wichtiger ist, das Gerät enthält einen sehr empfindlichen Luftdichte-Sensor, der auf jeden sich bewegenden Gegenstand anspricht. Man kann von einer Skala ablesen, in welche Richtung sich der Gegenstand bewegt. Ihr braucht es immer nur vor euch zu halten.

Das Gerät ist bei weitem nicht so empfindlich, wie ich mir das gewünscht hätte, aber mehr war mir in der kurzen Zeit nicht möglich.«

»Du hast erstklassige Arbeit geleistet, Ash«, mußte Dallas einräumen. Ripley hielt ihm das Gerät hin, und er nahm es in Empfang. »Das sollte mehr als ausreichend sein. Wieviele hast du gemacht?« Anstelle einer Antwort hielt Ash dem Kapitän ein zweites Gerät hin.

»Das bedeutet, daß wir in zwei Gruppen suchen können. Sehr gut. Ich habe euch keine besonderen Anweisungen zu geben. Ihr alle wißt genausogut wie ich, was zu tun ist. Wer es zuerst entdeckt, sieht zu, daß es ihn ins Netz bekommt, schafft es schleunigst irgendwie in die Schleuse und bläst es so schnell der Schleusenmechanismus arbeitet in Richtung Rigel. Wenn ihr Lust habt, die Sprengbolzen an der Außentür zu verwenden, habe ich nichts dagegen. Wenn nötig, verlassen wir das Schiff in den Anzügen.«

Er schickte sich an, in den Korridor hinauszutreten und blieb noch einmal stehen, um sich in dem engen mit Instrumenten vollgepackten Raum umzusehen. Es schien unmöglich, daß hier etwas unbemerkt hereingeschlüpft sein konnte, aber wenn sie schon eine gründliche Suchaktion durchführen wollten, dann durften sie keine Ausnahmen zulassen.

»Jetzt wollen wir uns zuerst vergewissern, daß die Brücke sauber ist.«

Parker hielt eines der Ortungsgeräte in der Hand. Er schaltete es ein und ließ seinen Arm kreisen, wobei er den kleinen Bildschirm des Gerätes nicht aus dem Auge ließ.

»Sechs Anzeigen«, verkündete er, als er fertig war. »Alle ungefähr an der Stelle, wo einer von uns steht. Hier drinnen scheint es sauber zu sein . . . wenn das verdammte Ding einwandfrei funktioniert.«

Ash schien nicht beleidigt. »Es funktioniert. Das hast du ja gerade demonstriert.«

Dallas sah die wartenden Männer und Frauen an. »Alle bereit?« Ein paar flüsterten »nein«, und alle lächelten. Kanes schrecklicher Tod war in ihrer Erinnerung schon etwas verblaßt. Diesmal waren sie auf das Alien vorbereitet und hoffentlich auch mit den richtigen Waffen versehen.

»Kanäle auf allen Decks offen.« Dallas setzte sich in Richtung Korridor in Bewegung. »Wir bleiben dauernd in Verbindung. Ash und ich gehen mit Lambert und nehmen einen Tracker mit. Brett und Parker gehen zur zweiten Gruppe. Ripley, du übernimmst die Führung und trägst den zweiten Tracker.

Wenn das Scheusal auftaucht, hat absolute Priorität, es einzufangen und zur Schleuse zu schaffen. Anschließend verständigt ihr das andere Team. Also, fangen wir an.«

Sie verließen die Brücke.

Die Korridore der Etage A waren ihnen noch nie so lang oder so finster vorgekommen. Dallas waren sie ebenso vertraut wie seine Hosentasche, und doch ließ ihn das Wissen, daß sich in irgendeiner Ecke etwas Tödliches verstecken konnte, vorsichtig und leise auftreten, wo er sonst selbst mit geschlossenen Augen hätte gehen können. Alle Lichter waren eingeschaltet. Aber das machte den Korridor nicht heller. Es handelte sich um Notlichter, die nur selten gebraucht wurden. Warum auch Energie vergeuden, um jeden Winkel eines Schleppers wie der *Nostromo* zu beleuchten, wo ihre Mannschaft doch nur kurze Zeitspannen im Wachzustand verbrachte. Die Konstruktion des Schiffes sah genügend Licht während Start und Landung und gelegentlichen Notfällen während des Fluges vor. Dallas war für die Beleuchtung dankbar, die ihm zur Verfügung stand, aber das hielt ihn nicht davon ab, sich über das düstere Licht zu beklagen.

Lambert hielt die andere Seite des Netzes, gegenüber von Dallas. Das Geflecht dehnte sich von einer Seite des Korridors bis zur anderen. Er hielt sein Ende etwas fester und zog daran. Ihr Kopf ruckte zu ihm herüber, ihre Augen waren geweitet. Dann lockerte sie sich, nickte ihm zu und wandte ihre Aufmerksamkeit wieder dem Korridor zu. Sie hatte geträumt, war in eine Art Selbsthypnose gesunken, so mit den schrecklichen Möglichkeiten beschäftigt, daß sie die augenblickliche Aufgabe völlig vergessen hatte. Sie sollte die Ecken und Winkel des Schiffes durchstöbern, nicht die ihrer Fantasie. Ihr Gesichtsausdruck war nun wieder aufmerksam und gespannt; Dallas selbst konzentrierte sich auf die nächste Biegung im Korridor.

Ash folgte dicht hinter ihnen, die Augen gebannt auf den Bildschirm seines Trackers gerichtet. Er bewegte das Gerät langsam aber regelmäßig von rechts nach links und dann wieder von links nach rechts, suchte Boden und Wände ab. Das Instrument blieb stumm; nur wenn er es etwas zu weit nach rechts oder links bewegte und es Lambert und Dallas ortete, gab es ein klagendes Piepen von sich, bis Ash einen Knopf drückte und es zum Schweigen brachte.

An einer in die Tiefe führenden Wendeltreppe blieben sie stehen. Lambert beugte sich darüber und rief: »Ist dort unten etwas? Hier oben ist alles sauber.«

Brett und Parker packten das Netz fester, während Ripley vor ihnen stehenblieb, den Blick von ihrem Gerät wandte und nach oben rief: »Hier ist auch nichts.«

Oben setzten Lambert und Dallas, gefolgt von Ash, ihre Suche fort. Ihre ganze Aufmerksamkeit konzentrierte sich auf die vor ihnen liegende Biegung des Korridors. Sie mochten diese Biegungen nicht, weil sie die besten Möglichkeiten für einen Überraschungsangriff boten. Wenn man dann vor sich nur leeren Korridor entdeckte, war das für Lambert so, als hätte sie den heiligen Gral gefunden.

Der Tracker begann schwer in Ripleys Hand zu wiegen, als plötzlich unter dem Hauptschirm ein winziges Licht rot aufflackerte. Sie sah, wie die Nadel an der Skala zuckte. Sie war ganz sicher, daß es die Nadel und nicht ihre Hand war. Dann schlug die Nadel aus und wanderte um Haaresbreite von der Nullstelle der Skala nach rechts. Sie vergewisserte sich, daß sie nicht etwa Parker oder Brett angepeilt hatte, ehe sie etwas sagte. »Halt. Ich habe etwas.« Sie trat ein paar Schritte vor.

Die Nadel schoß über die ganze Skala, und wieder flackerte das rote Licht auf. Diesmal blieb es stehen. Sie stand da und blickte auf ihr Gerät, aber es zeigte keine Anzeichen einer Bewegung. Das rote Licht leuchtete regelmäßig.

Brett und Parker starrten den Korridor hinunter und inspizierten Wände, Decke und Boden. Alle erinnerten sich, wie das erste Alien, obwohl es da schon mausetot war, Ripley auf die Schulter fiel. Niemand war bereit, das Risiko einzugehen, daß diese Version nicht ebenfalls klettern konnte. Also suchten ihre Augen die Decke ebenso ab wie den Boden.

»Wo kommt es denn her?« fragte Brett leise.

Ripley musterte das Ortungsgerät mit gerunzelter Stirn. Die Nadel hatte plötzlich angefangen, über die ganze Skala zu tanzen. Wenn das Alien nicht durch massive Wände gehen konnte, paßte das Verhalten der Nadel nicht zu einem lebenden Wesen. Sie schüttelte das Gerät, aber das unerklärliche Verhalten der Nadel hörte nicht auf. Das rote Licht leuchtete unverändert.

»Ich weiß nicht. Das Ding spinnt. Die Nadel hüpft über die ganze Skala.«

Brett zupfte an dem Netz und fluchte. »Verdammt, wir können uns keine Versager leisten. Ich würde Ash den Hals . . .«

»Halt«, beruhigte sie ihn und stellte das Gerät auf den Kopf. Die Nadel kam sofort zum Stillstand. »Es funktioniert schon richtig. Es ist nur verwirrt. Oder besser gesagt, ich war verwirrt. Das Signal kommt von hier, unter uns.« Sie blickten vor ihre Füße. Nichts schoß durch das Deck, um sie anzugreifen.

»Das ist Etage C«, brummte Parker, »reine Versorgungsgänge. Wird verdammt schwierig sein, dort zu suchen.«

»Wollt ihr die Etage etwa ignorieren?«

Er funkelte sie an. »Gar nicht komisch.«

»Nein, komisch ist es nicht.« Ihre Stimme klang leise. »Geht voraus, ihr beiden kennt diese Etage besser als ich.«

Parker und Brett gingen langsam die wenig benutzte Treppe hinunter, das Netz zwischen sich ausgespannt. Die C-Etage war selbst nach dem spärlichen Standard der *Nostromo* schwach beleuchtet. Sie blieben unten an der Treppe stehen, um ihre Augen an das Halbdunkel zu gewöhnen.

Ripley berührte versehentlich eine Wand und zog die Hand angewidert zurück. Sie war mit dickem klebrigem Schleim bedeckt. Alte Schmiermittel, sagte sie sich. Ein Passagierschiff wäre sofort aus dem Verkehr gezogen worden, wenn man bei einer Inspektion solche Zustände darauf entdeckt hätte. Aber auf einem Schiff wie der *Nostromo* machte sich niemand über solche Lecks Gedanken. Wen störte schon ein wenig Schmutz auf einem Schlepper?

Wenn sie diese Fahrt hinter sich hatten, würde sie beantragen, daß sie auf ein Passagierschiff versetzt wurde, oder kündigen. Sie wußte, daß sie sich das schon zwei Dutzendmal vorgenommen hatte. Aber diesmal würde sie das Versprechen halten.

Sie hielt den Tracker den Korridor hinunter. Nichts. Als sie ihn herumdrehte, flammte das rote Licht wieder auf. Die beleuchtete Nadel sprach deutlich an.

»Okay. Gehen wir.« Sie setzte sich in Bewegung und vertraute auf die kleine Nadel, weil sie wußte, daß Ash gute Arbeit tat, weil das Gerät bis jetzt funktioniert hatte und weil sie keine andere Wahl hatte.

»Wir kommen jetzt gleich an eine Gabelung«, warnte sie Brett.

Einige Minuten verstrichen. Der Korridor teilte sich. Sie blickte auf den Bildschirm und wählte den rechten Gang. Das rote Licht begann blasser zu werden. Sie blieb stehen, kehrte um und drang in den anderen Korridor ein. »Diese Richtung.«

In diesem Abschnitt des Schiffes war die Beleuchtung noch

sparsamer. Tiefe Schatten lasteten auf ihnen und drohten sie zu ersticken, obwohl niemand, der zum Dienst im Tiefraum zugelassen ist, unter Klaustrophobie leidet. Ihre Schritte hallten auf den Deckplatten aus Metall, ein Geräusch, das nur gelegentlich gedämpft wurde, wenn sie durch Pfützen von Schmieröl wateten.

»Dallas sollte eine Inspektion verlangen«, murmelte Parker angeekelt. »Die würden 40 Prozent des Schiffes einsatzunfähig schreiben, und dann *müßte* die Gesellschaft zahlen, um es einmal gründlich sauber zu machen.«

Ripley schüttelte den Kopf und warf dem Ingenieur einen skeptischen Blick zu. »Wollen wir wetten? Für die wäre es viel billiger, den Inspektor zu schmieren.«

Parker verdrehte enttäuscht die Augen. Wieder eine seiner glänzenden Ideen beim Teufel. Das Schlimmste daran war, daß Ripleys Logik gewöhnlich unwiderleglich war. Die Abneigung, die er für sie empfand, und seine Bewunderung für sie wuchsen proportional zueinander.

»Weil wir gerade von Reparieren und Saubermachen reden«, fuhr sie fort, »was ist eigentlich mit der Beleuchtung los? Ich sagte schon, daß ich mit diesem Teil des Schiffes nicht vertraut bin, aber hier unten sieht man ja kaum die Hand vor den Augen. Ich dachte, ihr hättet Modul zwölf repariert. Die Beleuchtung sollte wirklich besser sein, selbst hier unten.«

»Wir haben es ja repariert«, protestierte Brett.

Parker beugte sich vor und studierte eine Leuchtscheibe in der Nähe.

»Die Verteilungsanlage muß nicht ganz in Ordnung sein. Einige der Geräte haben nicht ihren üblichen gleichmäßigen Strom erhalten, weißt du. Es war schwierig genug, die Energieversorgung wieder herzustellen, ohne dabei jede einzelne Leitung kurzzuschließen. Und in einer solchen Situation nehmen betroffene Abnahmesysteme nur Minimalenergie auf, um Überlastungen zu vermeiden. Aber die hier übertreibt. Das läßt sich reparieren.«

Er betätigte einen Schalter an der Leuchtplatte, und das Licht im Korridor wurde heller. Eine Weile zogen sie schweigend dahin, bis Ripley plötzlich stehenblieb und warnend die Hand hob. »Wartet.«

Parker wäre in seiner Hast beinahe gestürzt, und Brett hatte Mühe, sich nicht in dem Netz zu verfangen. Niemand lachte.

»Sind wir da?« flüsterte Parker und versuchte die Finsternis vor ihnen zu durchdringen.

Ripley prüfte den Stand der Nadel und verglich ihn mit der Skala, die Ash neben den Leuchtschirm eingraviert hatte. »Nach dieser Skala ist es noch fünfzehn Meter entfernt.«

Parker und Brett faßten das Netz fester, obwohl ihnen das niemand auftrug. Ripley schaltete ihr Rohr ein. Langsam trat sie mit dem Rohr in der rechten und dem Tracker in der linken Hand vor. Es war schwer, ja unmöglich, sich drei Leute vorzustellen, die weniger Lärm machten, als Ripley, Parker und Brett das in diesem Korridor taten. Selbst ihr schwerer Atem klang jetzt leiser.

Sie legten fünf Meter zurück, dann waren es zehn. Ein Muskel an Ripleys linker Wange hüpfte wie eine Heuschrecke, tat weh. Sie ignorierte es, und sie gingen vorsichtig weiter. Die Distanz, die der Tracker anzeigte, wurde immer kleiner.

Jetzt ging sie halb geduckt, bereit sofort zurückzuspringen, wenn sich in der Dunkelheit irgend etwas bewegte. Sie hatte den Piepser ihres Peilgerätes absichtlich abgeschaltet. Nach fünfzehn Metern blieb sie stehen. Das Licht war immer noch schwach, reichte aber aus, um ihnen zu zeigen, daß in dem stinkenden Korridor nichts lauerte. Langsam drehte sie den Tracker vor sich hin und her und versuchte gleichzeitig den Bildschirm, die Nadel und den Korridor zu beobachten. Die Nadel bewegte sich leicht. Sie hob den Blick und sah eine kleine Tür in der Wand. Sie stand einen Spalt offen.

Parker und Brett merkten, worauf sich ihre Aufmerksamkeit konzentrierte. Sie bezogen vor der Tür Position. Ripley nickte ihnen zu und versuchte, sich den Schweiß vom Gesicht zu schütteln. Dann atmete sie tief durch und stellte den Trakker auf den Boden. Mit der freien Hand tastete sie nach dem Türgriff. Er fühlte sich an ihrer bereits feuchten Handfläche kalt und klamm an.

Jetzt hob sie ihr Rohr, drückte den Knopf am Handgriff nieder, warf sich gegen die Korridorwand und stieß das Metallrohr in den Schrank hinein. Ein schreckliches Jaulen hallte durch den Korridor. Ein kleines Wesen, das ganz aus hervortretenden Augen und blitzenden Klauen zu bestehen schien, schoß aus dem Schrank. Es landete mitten im Netz, und die beiden Ingenieure gaben sich Mühe, es in möglichst viele Schichten des zähen Gewebes einzuhüllen.

»Festhalten, festhalten!« schrie Parker triumphierend. »Jetzt haben wir das verfluchte Biest. Wir ...«

Ripley spähte ins Netz. Eine Woge von Enttäuschung schlug über ihr zusammen. Sie schaltete das Rohr ab und hob den Tracker wieder auf.

»Verdammt«, murmelte sie müde. »Beruhigt euch, ihr beiden. Seht euch das an.«

Parker ließ das Netz gleichzeitig mit Brett los. Beide hatten gesehen, was sie gefangen hatten und fluchten wütend vor sich hin. Eine höchst verärgerte Katze schoß aus dem Geflecht und rannte fauchend den Korridor hinauf, ehe Ripley protestieren konnte.

»Nein, nein.« Sie versuchte zu spät einzugreifen.« Laßt ihn nicht entkommen.«

Ein orangerotes Pelzknäuel verschwand am Ende des Gangs. »Ja, du hast recht«, nickte Parker. »Töten hätten wir ihn sollen. Jetzt orten wir ihn vielleicht noch einmal.«

Ripley sah ihn scharf an, sagte aber nichts. Dann wandte sie sich dem weniger mörderisch gestimmten Brett zu. »Hol ihn. Was mit ihm geschehen soll, können wir später besprechen, aber jedenfalls sollten wir ihn einsperren, damit er die Maschine nicht verwirrt – und uns.«

Brett nickte. »Richtig.«

Er wandte sich um und trottete hinter dem Kater her. Ripley und Parker setzten ihre Suche langsam in entgegengesetzter Richtung fort. Ripley gab sich Mühe, gleichzeitig Tracker und Rohr zu tragen und Parker mit dem Netz zu helfen.

Eine offene Tür führte in eine geräumige Gerätekammer. Brett sah sich noch einmal im Korridor um und entdeckte keine Spur der Katze. Andererseits war die Gerätekammer voll mit idealen Katzenverstecken. Wenn die Katze nicht drinnen war, würde er sich wieder den anderen anschließen, entschied er. Inzwischen konnte sie überall auf dem Schiff sein. Aber diese Kammer war eigentlich ein logisches Versteck für sie.

Drinnen war Licht, wenn auch nicht heller als draußen im Korridor. Brett achtete nicht auf die aufgestapelten Instrumentenkästen, die festgezurrten Container mit Ersatzchips und eingefetteten Werkzeugen. Der Inhalt der einzelnen Behälter war auf Leuchtschildern angegeben.

Seine Begleiter waren jetzt wahrscheinlich schon außer

Hörweite. Der Gedanke machte ihn unruhig. Je schneller er diese verdammte Katze zwischen die Finger bekam, desto besser.

»Jones ... hier. Pssst, pssst. Komm schön, komm schön. Pssst, pssst. Jones ... Komm schon zu Brett, Kätzchen.« Er beugte sich vor und spähte in einen dunklen Spalt zwischen zwei großen Containern. Der Spalt war leer. Er richtete sich auf und wischte sich den Schweiß aus den Augen, erst das linke, dann das rechte. »Verdammt, Jones«, murmelte er leise, »wo zum Teufel, steckst du denn?«

Er hörte kratzende Geräusche tiefer im Inneren des Raums. Dann ein unsicheres, aber eindeutig von einer Katze stammendes Miauen. Er atmete erleichtert auf und ging auf den Ursprung des Geräusches zu.

Ripley blieb stehen und blickte mißmutig auf den Trackerschirm. Das rote Licht war erloschen, die Nadel stand wieder auf Null, und der Warnton war schon lange nicht mehr erklungen. Jetzt zitterte die Nadel einmal, beruhigte sich aber gleich wieder.

»Hier ist nichts«, sagte sie zu Parker. »Wenn es außer uns und Jones hier je etwas gegeben hat.« Sie blickte den Ingenieur an. »Bitte um Vorschläge.«

»Kehren wir um. Das wenigste, was wir tun können, ist Brett dabei zu helfen, diesen Mistkater einzufangen.«

»Laß Jones in Frieden.« Ripley verteidigte das Tier automatisch. »Er hat genau so viel Angst wie wir.«

Sie drehten sich um und gingen den stinkenden Korridor hinunter. Ripley ließ das Peilgerät für alle Fälle eingeschaltet.

Brett hatte sich zwischen Containerstapeln hindurchgezwängt. Viel weiter konnte er nicht mehr vordringen. Streben und Träger für den Aufbau der *Nostromo* bildeten um ihn ein Labyrinth aus Metall.

Er begann wieder mutlos zu werden, als erneut ein vertrautes Miauen an sein Ohr drang. Er bog um eine Metallstrebe und sah in der Finsternis zwei kleine gelbe Augen leuchten. Einen Augenblick lang zögerte er. Jones hatte etwa die gleiche Größe wie das Ding, das aus der Brust des armen Kane herausgeplatzt war. Ein weiteres deutliches *Miau* ließ ihn sich wieder besser fühlen. Nur ein gewöhnlicher Kater konnte solche Laute erzeugen.

Als er sich näher heranarbeitete, beugte er sich vor, um einem Deckenträger auszuweichen und sah orangeroten Pelz, einen Schnurrbart: Jones.

»Komm, Kätzchen . . . fein, daß du da bist, du kleines Biest.« Er griff nach der Katze. Sie zischte drohend und schob sich rückwärts tiefer in die Ecke hinein. »Komm schon, Jones. Komm zu Brett. Komm, jetzt ist keine Zeit zum Spielen.«

Etwas, das nicht ganz so dick war wie der Träger, unter dem der Techniker sich gerade gebückt hatte, griff nach unten. In völliger Lautlosigkeit senkte es sich herunter und vermittelte das Gefühl ungeheurer gebändigter Kraft. Finger spreizten sich, schlangen sich um den Hals des Ingenieurs. Brett stieß einen gurgelnden Schrei aus, seine beiden Hände fuhren reflexartig an den Hals, aber ebensogut hätten diese Finger zusammengeschweißt sein können. Seine Hände richteten nichts aus. Die beiden Hände hoben ihn hoch, und seine Beine baumelten frei in der Luft. Jones schoß unter ihm davon wie eine Rakete.

Die Katze schoß an Ripley und Parker vorbei, die gerade eingetroffen waren. Ohne zu überlegen, drangen sie in den Lagerraum ein. Und kurz darauf standen sie dort, wo sie noch vor Augenblicken Bretts Beine hatten baumeln sehen. Sie blickten nach oben und erhaschten einen letzten Blick auf baumelnde Füße und einen sich zusammenkrümmenden Leib, die nach oben verschwanden. Und über der hilflosen Gestalt des Ingenieurs war undeutlich eine Silhouette zu erkennen, etwas Menschenähnliches, aber ganz bestimmt kein Mensch. Etwas Großes, Bösartiges. Den Bruchteil einer Sekunde lang reflektierte sich das Licht in Augen, die selbst für den Kopf eines Riesen zu groß waren. Dann waren das Alien und der Ingenieur in den oberen Regionen der *Nostromo* verschwunden.

»Herrgott«, flüsterte Parker entsetzt.

»Es ist gewachsen.« Ripley blickte ausdruckslos auf ihr Rohr, brachte es in Relation zu der hünenhaften Masse über ihnen. »Es ist *schnell* gewachsen. Die ganze Zeit während der wir etwas in der Größe von Jones jagten, ist es gewachsen und hatte sich in *das* verwandelt.« Plötzlich wurde ihr der enge Raum bewußt, der sie umgab, die Finsternis und die mächtigen Container, die rings um sie aufragten. Die zahlreichen Gänge zwischen Behältern und dicken Metallträgern.

»Was stehen wir hier herum? Es kann zurückkommen.« Sie zog das spielzeugartige Rohr an sich und war sich bewußt, wie wenig es gegen ein Geschöpf von der Größe ausrichten konnte.

Sie eilten hinaus. Aber so sehr sie sich auch Mühe gaben, das Echo jenes letzten verhallenden Gurgelns verfolgte sie, blieb ihnen im Gedächtnis haften. Parker hatte Brett nicht lange gekannt, aber dieser letzte erstickte Schrei ließ ihn ebenso schnell rennen wie Ripley . . .

Aus den Gesichtern der in der Messe Versammelten war alle Zuversicht gewichen. Niemand versuchte es zu verbergen, am wenigsten Parker und Ripley. Seit sie gesehen hatten, womit sie jetzt konfrontiert waren, war von ihrem Selbstvertrauen nur mehr sehr wenig übriggeblieben.

Dallas musterte einen vor kurzem ausgedruckten Plan der *Nostromo*. Parker stand mit blassem Gesicht an der Tür und blickte gelegentlich nervös den Korridor hinunter.

»Was auch immer es war«, sagte der Ingenieur in das Schweigen hinein, »es war groß. Wie eine riesige Fledermaus hat es sich auf ihn gestürzt.«

Dallas blickte von dem Plan auf. »Und ihr seid ganz sicher, daß es Brett in ein Rohr gezerrt hat?«

»Es ist in einem der Kühlrohre verschwunden.« Ripley kratzte sich am Handrücken. »Ich bin ganz sicher, daß es dort hinein verschwunden ist. Außerdem, wo hätte es auch sonst hin verschwinden sollen?«

»Keine Frage«, fügte Parker hinzu. »Es benutzt die Luftschächte. Deshalb konnten wir es mit dem Tracker nicht aufspüren.«

»Die Luftschächte.« Dallas nickte langsam. »Das leuchtet ein. Jones macht es genauso.«

Lambert spielte gedankenverloren mit ihrem Kaffee und rührte mit dem Finger in der dunklen Flüssigkeit herum. »Brett könnte noch am Leben sein.«

»Keine Chance.« Ripley war nicht fatalistisch, sie dachte nur logisch. »Wie eine Puppe hat es ihn in die Höhe gerissen.«

»Wozu will es ihn denn?« wollte Lambert wissen. »Warum hat es ihn mitgeschleppt, statt ihn einfach an Ort und Stelle umzubringen?«

»Vielleicht braucht es einen Inkubator, so wie die erste Form Kane gebraucht hat«, schlug Ash vor.

»Oder als Nahrung«, sagte Ripley und schauderte.

Lambert stellte ihren Kaffee weg. »Jedenfalls heißt das vom Standpunkt des Alien: ›da waren's nur noch fünf‹.«

Parker hatte die ganze Zeit sein Schockrohr in den Händen gedreht. Jetzt wandte er sich um und warf es gegen die Wand. Es verbog sich, klirrte zu Boden und rollte ein Stück weit, ehe es liegenblieb.

»Ich sage, wir gehen das Risiko ein, und rösten den verdammten Bastard mit einem Laser.«

Dallas gab sich Mühe, sein Mitgefühl zu zeigen. »Ich weiß, wie dir zumute ist, Parker. Wir haben Brett alle gemocht, aber jetzt müssen wir unseren Verstand gebrauchen. Wenn diese Kreatur jetzt so groß ist, wie du sagst, dann hat sie genug Säure in sich, um ein Loch von der Größe dieses Raums ins Schiff zu ätzen, ganz zu schweigen, was es mit den Stromkreisen und Steueraggregaten in den Decks anrichten könnte. Nein, das dürfen wir nicht riskieren. Noch nicht.«

»Noch nicht?« Parkers Gefühl der Hilflosigkeit war stärker als seine Wut. »Wie viele müssen denn noch sterben, ehe du begreifst, daß das die einzige Methode ist, mit diesem Ding umzugehen?«

»Es würde sowieso nicht funktionieren, Parker«, sagte Ash ruhig.

Der Ingenieur wandte sich zu ihm um und sah ihn mit gerunzelter Stirn an. »Was willst du damit sagen?«

»Ich will damit sagen, daß du bei deinem ersten Schuß ein lebenswichtiges Organ treffen müßtest. Nach deiner Beschreibung ist das Alien jetzt ungeheuer schnell – davon abgesehen, daß es groß und kräftig ist. Ich glaube, man muß vernünftigerweise annehmen, daß es über dieselbe Fähigkeit zur schnellen Regeneration verfügt wie seine erste Form als ›Hand‹. Das bedeutet, daß du ihn sofort töten mußt, sonst hast du keine Chance.

Das wäre aber nicht nur dann schwierig, wenn dein Gegner ein gewöhnlicher Mensch wäre, nein, bei diesem Alien aber ist es praktisch unmöglich, weil wir keine Ahnung haben, wo seine lebenswichtigen Organe sitzen. Wir wissen nicht einmal, ob es solche Stellen überhaupt hat. Verstehst du?« Er gab sich Mühe, seiner Stimme einen ebenso verständnisvollen Tonfall wie Dallas zu geben. Jeder wußte, wie nahe sich die beiden Ingenieure gestanden hatten.

»Kannst du dir nicht vorstellen, was geschehen würde? Nehmen wir einmal an, es gelänge zweien von uns, das Alien in einem freien Raum zu stellen, wo wir einen Schuß darauf abgeben können, was keineswegs sicher ist. Wir treffen es, sagen wir, ein halbes Dutzendmal mit dem Laser, ehe es uns in Stücke reißt. Alle sechs Wunden heilen schnell genug, um das Leben des Alien zu bewahren, aber nicht so schnell, daß nicht genügend Säure austritt, um zahllose Löcher in das Schiff zu fressen. Vielleicht ätzt sich das Zeug durch die Steueraggregate unserer Luftversorgung oder durch die Schiffsbeleuchtung. Angesichts dessen, was wir über diese Kreatur wissen, halte ich das keineswegs für ein vernünftiges Szenario. Und dann? Wir haben zwei Leute verloren oder mehr und sind in bezug auf das Schiff noch schlechter dran als vorher.«

Parker gab keine Antwort. Er blickte mürrisch drein. Schließlich murmelte er: »Was, zum Teufel, sollen wir dann machen?«

»Der einzige Plan, der eine Chance auf Erfolg hat, ist der, den wir vorher hatten«, erklärte Dallas. Er tippte auf den Schiffsplan. »Wir finden heraus, in welchem Schacht das Alien sich aufhält, treiben es von dort in eine Luftschleuse und blasen es ins All hinaus.«

»Treiben es?« Parker lachte hohl. »Ich sag' euch doch, dieses Monster ist *riesig.«* Er spuckte verächtlich auf sein verbogenes Schockrohr. »Damit treiben wir dieses Ding nirgends hin.«

»Damit hat er zum ersten Mal recht«, sagte Lambert. »Wir müssen es zu einer Schleuse treiben, aber *wie?«*

Ripleys Blick wanderte im Kreise. »Ich glaube, es ist Zeit, daß die Wissenschaftsabteilung uns die letzten Erkenntnisse über unseren ungebetenen Gast bekanntgibt. Hast du keine Ahnung, Ash?«

Der Wissenschaftsoffizier überlegte. »Nun, er scheint sich recht problemlos an eine sauerstoffreiche Atmosphäre angepaßt zu haben. Vielleicht hat das etwas mit seinem auffällig schnellen Wachstum in diesem Stadium zu tun.«

»›Diesem Stadium‹?« wiederholte Lambert. »Meinst du damit, es könnte sich noch einmal in etwas anderes verwandeln?«

Ash spreizte die Hände. »Wir wissen zu wenig über das Alien. Wir sollten auf alles vorbereitet sein. Es hat bereits drei Metamorphosen durchgemacht: vom Ei in die Handform, von der Hand in das Ding, das aus Kane kam und daraus in diese viel größere zweibeinige Form. Wir haben keinen Grund, anzunehmen, daß diese Form das letzte Stadium seiner Entwicklungskette ist.« Er hielt inne und fügte dann hinzu: »Die nächste Form, die es annimmt, ist möglicherweise noch größer und kräftiger.«

»Das ist richtig ermutigend«, murmelte Ripley. »Was noch?«

»Neben der neuen Atmosphäre ist es auch in bezug auf seine Ernährungsbedürfnisse gut angepaßt. Wir wissen also, daß es in verschiedenen Atmosphären, wahrscheinlich auch in gar keiner, existieren kann. Und zwar eine unbestimmte Zeit lang.

So ziemlich das einzige, was wir nicht wissen, ist, wie es mit drastischen Temperaturveränderungen zurande kommt. An Bord der *Nostromo* ist es angenehm warm. Berücksichtigt man die Durchschnittstemperatur auf der Welt, wo wir es gefunden haben, so glaube ich, daß wir vernünftigerweise ausschließen können, daß es bittere Kälte stört, wenn auch die frühe Eiform in dieser Hinsicht widerstandsfähiger gewesen sein mag als die gegenwärtige. Dafür gibt es Beweise.«

»Also schön«, fragte Ripley, »was ist dann mit der Temperatur. Was geschieht, wenn wir sie erhöhen?«

»Versuchen wir es«, sagte Ash. »Wir können die Temperatur des ganzen Schiffes aus demselben Grund nicht steigern, wie wir nicht die gesamte Luft ausstoßen können. Nicht genug Luft in unseren Anzügen, beschränkte Beweglichkeit, Hilflosigkeit, solange wir in den Kühltruhen liegen usw. Aber die meisten Lebewesen fliehen vor dem Feuer. Es ist nicht notwendig, das ganze Schiff zu erhitzen.«

»Wir könnten einen Hochspannungsdraht über ein paar Korridore spannen und das Alien in einen hineinlocken, dann können wir es rösten«, schlug Lambert vor.

»Wir haben es hier nicht mit einem Tier zu tun oder, wenn doch . . .«, meinte Ash, »dann mit einem äußerst geschickten. Es wird nicht blindlings in eine Schnur oder sonst etwas rennen, das einen offenkundigen Durchgang versperrt. Das hat es bereits demonstriert, indem es sich die Luftschächte anstelle der Korridore ausgesucht hat, um sich darin zu bewegen.

Außerdem sind gewisse primitive Organismen, wie beispielsweise der Hai, für elektrische Felder empfindlich. Alles zusammengerechnet keine gute Idee.«

»Vielleicht kann es die elektrischen Felder entdecken, die unser eigener Körper erzeugt«, sagte Ripley niedergeschlagen. »Vielleicht ist das eine Peilmethode.«

Parker sah sie zweifelnd an. »Ich würde keine Wette eingehen, daß es sich nicht auf seine Augen verläßt. Wenn diese Dinger Augen sind.«

»Das sind sie nicht.«

»Ein so offenkundig geschicktes Lebewesen benutzt wahrscheinlich mehrere Sinne zur Orientierung«, fügte Ash hinzu.

»Mir gefällt diese Idee mit der Hochspannungsleitung ohnehin nicht.« Parkers Gesicht war gerötet. »Ich mag keine Tricks. Wenn wir es zur Schleuse hinausbefördern, möchte ich dabeisein. Ich will es *sterben* sehen.« Er verstummte eine Weile und fügte dann etwas weniger erregt hinzu: »Ich will es schreien hören wie Brett.«

»Wie lange dauert es, um drei oder vier Flammenwerfer herzurichten?« wollte Dallas wissen.

»Gib' mir zwanzig Minuten. Die Dinger liegen im Lager. Ich muß sie nur auf Handbetrieb umstellen.«

»Kannst du sie kräftig genug machen? Wir wollen nicht in die Situation geraten, die Ash uns für den Einsatz von Lasern geschildert hat. Wir wollen etwas, das es zum Stehen bringt.«

»Keine Sorge.« Parkers Stimme klang eiskalt. »Ich richte die so, daß sie alles kochen, was sie berühren.«

»Das scheint dann unsere beste Chance zu sein.« Der Kapitän sah sich um. »Hat noch jemand eine Idee?«

Niemand meldete sich.

»Okay.« Dallas schob seinen Sessel zurück und stand auf. »Wenn Parker mit seinen Flammenwerfern fertig ist, beginnen wir hier und arbeiten uns in die C-Etage hinunter, zu dem Lagerraum, wo das Alien Brett getötet hat. Dann versuchen wir, es von dort aus aufzuspüren.«

Parker schien nicht überzeugt. »Es ist mit ihm zwischen den Trägern hochgeklettert, ehe es in dem Luftschacht verschwunden ist. Wird verdammt schwierig sein, ihm dort oben zu folgen. Ich bin kein Affe.« Er warf Ripley einen warnenden Blick zu, aber die sagte nichts.

»Willst du lieber hier sitzen bleiben und warten, bis es dich abholt?« fragte Dallas. »Je länger wir es in der Defensive halten können, desto besser für uns.«

»Mit einer kleinen Ausnahme«, sagte Ripley.

»Und die wäre?«

»Wir sind nicht sicher, daß es jemals in der Defensive war.« Sie blickte ihm fest in die Augen.

Die Flammenwerfer waren größer als die Schockrohre und sahen weniger wirkungsvoll aus. Aber die Rohre hatten funktioniert, und Parker hatte ihnen versichert, daß die Brenner auch funktionieren würden. Diesmal gab es keine Demonstration, weil die Flammenwerfer, wie er erklärte, so kräftig waren, daß sie die Deckplatten versengen würden.

Aber die Tatsache, daß er den Geräten sein eigenes Leben anvertraute, war für alle, mit Ausnahme Ripleys, Beweis genug. Sie fing an, jeden und alles zu beargwöhnen. Eine Andeutung von Verfolgungswahn war bei ihr latent immer schon vorhanden gewesen – und die letzten Ereignisse hatten diese Andeutung verstärkt. Sie fing an, sich Sorgen über ihren Geisteszustand zu machen, ebenso große Sorgen wie über das Alien.

Freilich, sobald sie das Alien gefunden und getötet hatten, würden diese Probleme wieder verschwinden – oder nicht?

Langsam und vorsichtig arbeiteten sie sich von der Messe auf Deck B hinunter. Sie näherten sich gerade der nächsten Treppe, als die beiden Peilgeräte heftig zu piepen begannen. Ash und Ripley schalteten die akustischen Signale ab. Sie brauchen den Nadeln nur ein Dutzend Meter zu folgen, ehe ein lauteres, völlig anderes Geräusch hörbar wurde: das Knirschen von zerreißendem Metall.

»Vorsichtig.« Dallas legte seinen Flammenwerfer in die Armbeuge und bog um die Ecke im Korridor. Laute reißende Geräusche, jetzt viel deutlicher, drangen an ihr Ohr. Er wußte, woher sie kamen. »Das Lebensmittellager«, flüsterte er. »Es ist drin.«

»Hört euch das an«, murmelte Lambert geradezu ehrfürchtig.

»Herrgott, es muß riesig sein.«

»Groß genug«, pflichtete Parker ihr leise bei. »Ich hab' es gesehen. Und stark. Es hat Brett getragen wie . . .« Er verstummte mitten im Satz, und die Erinnerung an Brett erstickte seine Worte.

Dallas hob seinen Flammenwerfer. »Ein Luftschacht führt in das Lager. So ist es hineingekommen.« Er blickte zu Parker hinüber. »Bist du sicher, daß diese Dinger funktionieren?«

»Ich hab' sie ja schließlich gemacht, oder?«

»Das ist es ja, was uns beunruhigt«, sagte Ripley.

Sie gingen weiter. Die fetzenden Geräusche hielten an. Als

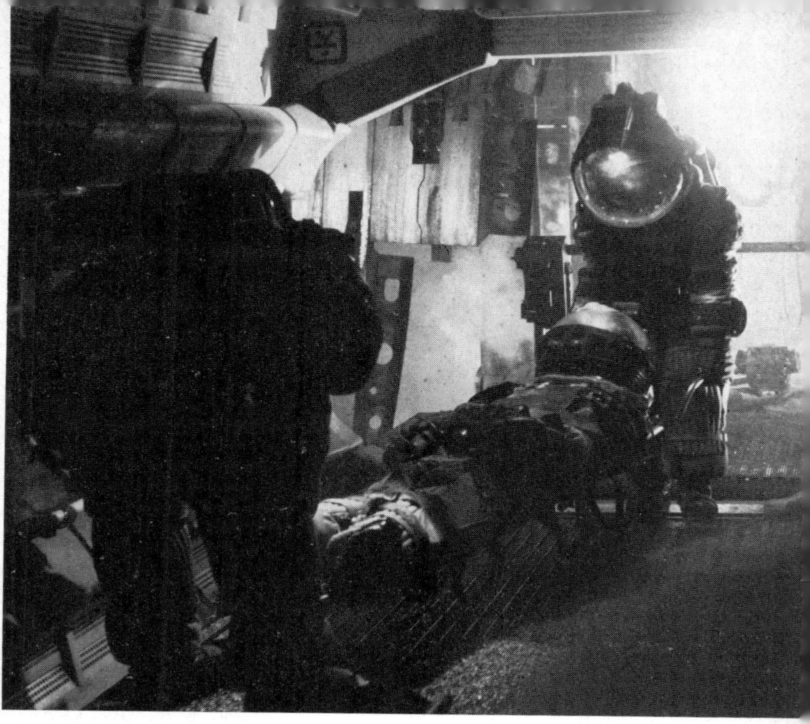

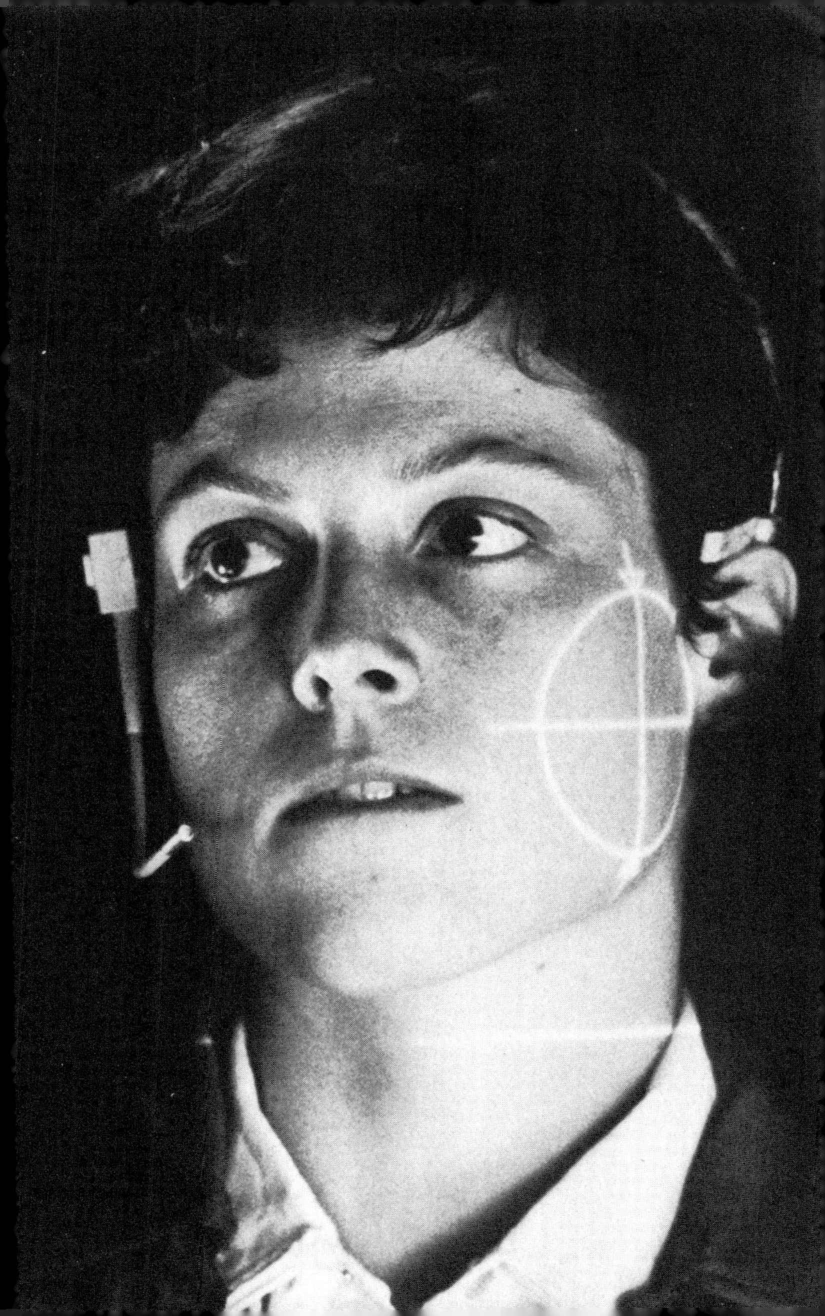

MODULE SELECTOR

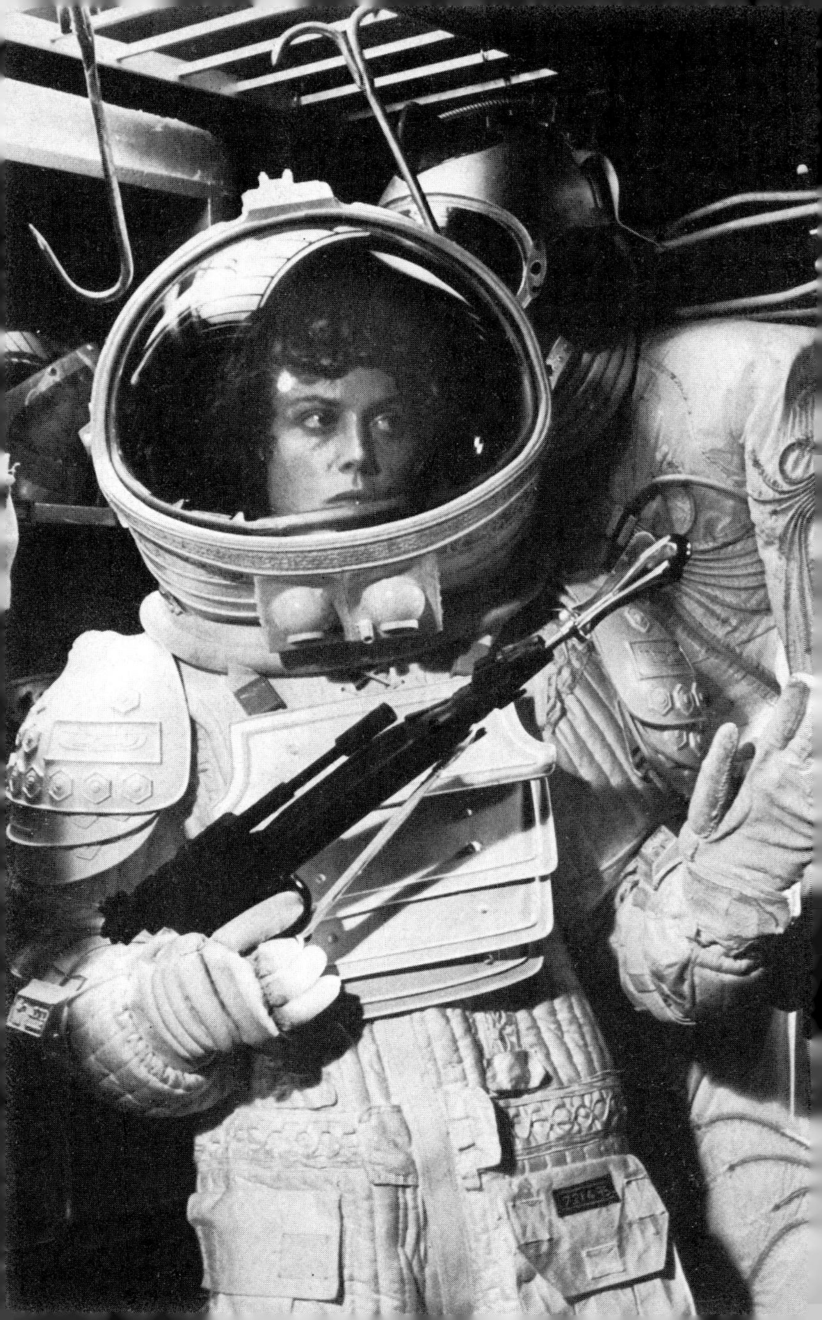

sie vor der Vorratskammer standen, wanderte Dallas Blick von Parker zum Türgriff. Der Ingenieur umfaßte zögernd den schweren Griff. Dallas trat ein paar Schritte zurück und machte den Flammenwerfer schußbereit.

»Jetzt!« schrie der Kapitän.

Parker riß die Tür auf und sprang zur Seite. Dallas drückte den Feuerknopf an der schwerfälligen Waffe. Ein erstaunlich breiter orangeroter Feuerkegel erfüllte den Eingang zum Lebensmittellager. Alle zuckten vor der intensiven Hitze zurück. Dallas sprang schnell vor, ignorierte die Hitze, die ihm in der Kehle brannte und gab einen weiteren Feuerstoß ab, und dann einen dritten. Er war inzwischen über der Schwelle und mußte sich etwas zur Seite beugen, um richtig feuern zu können.

Dann mußten sie ein paar Minuten vor der Vorratskammer warten, bis sie genügend abgekühlt war, daß sie eintreten konnten. Trotzdem war die Hitze, die von den rauchenden Überresten ihrer Vorräte ausging, so intensiv, daß sie nur ganz vorsichtig gehen konnten, um nicht an einen der glühend heißen Behälter oder die Wände zu stoßen.

Den Inhalt der Kammer konnten sie abschreiben. Was das Alien begonnen hatte, hatte Dallas Flammenwerfer zu Ende geführt. An den Wänden waren tiefe schwarze Streifen zu sehen, Beweis für die konzentrierte Energie des Flammenwerfers. Der Gestank der verkohlten Lebensmittel und der Plastikverpackungen war in dem engen Raum überwältigend.

Trotz der Verwüstung, die der Flammenwerfer angerichtet hatte, war nicht der ganze Inhalt des Lagers zerstört worden. Es gab noch reichlich Hinweise auf das Werk des Alien, die die Flammen nicht berührt hatten. Packungen aller Größen lagen auf dem Boden herum, auf eine Art und Weise aufgerissen wie die Hersteller das nie vorgesehen hatten.

Konserven waren aufgerissen worden, wie man eine Orange schält. Nach dem, was man sehen konnte, hatte das Alien dem Flammenwerfer nicht viel übriggelassen.

Sie stocherten in dem halb verkohlten Zeug herum. Beißender Rauch stieg ihnen in die Augen. Aber die erhoffte Entdekkung machten sie nicht.

Da alle an Bord der *Nostromo* gelagerten Nahrungsmittel künstlich und von homogener Zusammensetzung waren, mußten die einzigen Knochen, die sie finden konnten, von dem Alien stammen. Aber da waren keine Knochen.

Ripley und Lambert wollten sich schon an eine der noch glühenden Wände lehnen, dachten aber im letzen Augenblick daran, daß das gefährlich sein könnte. »Wir haben es wieder nicht erwischt«, murmelte Ripley enttäuscht.

»Wo, zum Teufel, steckt es dann?« fragte Lambert.

»Da drüben.«

Sie wandten sich um und sahen Dallas an der Rückwand hinter einem Haufen geschmolzenen schwarzen Plastikmaterial stehen. Sein Flammenwerfer war auf die Wand gerichtet. »Hier ist es abgehauen.«

Ripley und die anderen gingen zu ihm. Dallas versperrte den Blick auf die Ventilatoröffnung. Das Schutzgitter, das normalerweise daran befestigt war, lag in Stücke gerissen daneben auf dem Boden.

Dallas nahm die Lampe vom Gürtel und richtete den Strahl in den Schacht. Aber nur glattes Metall war zu sehen, das in der Ferne verschwamm. Als er wieder sprach, klang seine Stimme erregt. »Wird langsam Zeit, daß wir auch mal Glück haben.«

»Wovon redest du denn?« fragte Lambert.

Er blickte sie an. »Versteht ihr denn nicht? Das könnte uns helfen. Dieser Schacht mündet in die Hauptschleuse. Auf dem ganzen Weg gibt es nur eine Öffnung, die groß genug ist, daß das Biest hindurchschlüpfen könnte, und die können wir abdecken. Und dann treiben wir es mit den Flammenwerfern in die Schleuse und pusten es ins All.«

»Hm.« Lamberts Tonfall ließ erkennen, daß sie die Begeisterung des Kapitäns nicht teilte. »Ganz einfach. Du brauchst bloß hinter ihm in das Rohr zu kriechen, dich in dem Labyrinth zurechtzufinden, bis du ihn vor dir hast, und darum beten, daß er Angst vor Feuer hat.«

Dallas Lächeln verblaßte. »Wenn man das menschliche Element in Betracht zieht, ist es nicht mehr so einfach, wie? Aber es sollte klappen, vorausgesetzt, daß es Angst vor Feuer hat. Das ist unsere einzige Chance. Auf die Weise brauchen wir es nicht in eine Ecke zu treiben und hoffen, daß die Flammen es töten. Es kann sich die ganze Zeit zurückziehen. Bis zur Schleuse.«

»Alles schön und gut«, nickte Lambert. »Das Problem ist nur: Wer steigt in die Röhre?«

Dallas' Blick wanderte über die kleine Gruppe. Ash hatte die besten Nerven von allen, aber Dallas traute dem Wissenschaftsoffizier immer noch nicht ganz. Außerdem kam Ash nicht in Frage, weil er noch damit beschäftigt war, eine Substanz zu finden, die die Säure des Alien neutralisierte.

Lambert gab sich äußerlich sehr stark, würde aber unter Beanspruchung schneller in die Brüche gehen als irgendeiner der anderen. Ripley wiederum würde bis zum Augenblick der Konfrontation durchhalten – aber dann? Würde sie einfach zur Untätigkeit erstarren oder nicht? Eigentlich glaubte er, daß sie durchhalten würde . . . Aber konnte er ihrer aller Leben darauf riskieren?

Parker . . . Parker hatte sich stets als harter Bursche gegeben. Er beklagte sich dauernd, aber wenn es darauf ankam, eine schwierige Sache in die Hand zu nehmen und zu erledigen, dann schaffte er es auch. Siehe die Schockrohre und jetzt die Flammenwerfer. Außerdem hatte das Alien seinen Freund getötet. Und darüber hinaus konnte er besser als irgendeiner von ihnen mit den Flammenwerfern umgehen.

»Nun, Parker, du wolltest doch immer einen vollen Anteil und eine Prämie am Ende der Fahrt.«

»Yeah?« Der Ingenieur schien zu ahnen, was auf ihn zukam.

»Steig ins Rohr.«

»Warum ich?«

Dallas überlegte, ob er seine verschiedenen Gründe nennen sollte, entschied sich aber dann dafür, es ganz einfach zu halten: »Einfach, weil ich will, daß du dir deinen vollen Anteil verdienst. Das ist alles.«

Parker schüttelte den Kopf, trat einen Schritt zurück. »Kommt nicht in Frage. Du kannst meinen Anteil haben. Mein ganzes Gehalt für die Fahrt schenke ich dir.« Er deutete mit einer Kopfbewegung auf die Schachtöffnung. »Aber da geh ich nicht hinein.«

»Ich gehe.« Dallas sah Ripley an. Er hatte gewußt, daß sie sich über kurz oder lang freiwillig melden würde. Ein seltsames Mädchen. Er hatte sie immer unterschätzt. Alle taten das.

»Vergiß es.«

»Warum?« Sie blickte ihn herausfordernd an.

»Ja, warum?« meinte Parker. »Wenn sie gehen will, warum läßt du sie dann nicht?«

»Weil ich es so entschieden habe«, erklärte er schroff. Er sah sie an und sah die Mischung aus Verwirrung und Enttäuschung. Sie begriff nicht, weshalb er sie abgelehnt hatte. Nun, sollte sie. Eines Tages würde er es ihr vielleicht erklären. Wenn er es sich selbst erklären konnte.

»Du übernimmst die Luftschleuse«, befahl er. »Ash, du bleibst hier und bewachst dieses Ende für den Fall, daß es irgendwie hinter mich kommt oder durch mich hindurch. Parker, du und Lambert, ihr übernehmt den Seitenausgang, den ich erwähnt habe.«

Sie sahen ihn aus großen Augen an. Es gab keinen Zweifel mehr, wer in das Rohr steigen würde.

Ripley kam keuchend am Innentor der Steuerbordschleuse an. Ein Blick auf ihren Tracker zeigte ihr, daß sich hier nichts bewegte. Sie drückte einen roten Schalter. Ein leises Summen erfüllte den Korridor. Das mächtige Schleusentor schob sich zur Seite. Als es ganz geöffnet und das Geräusch verstummt war, drückte sie den Sprechschalter.

»Steuerbordluftschleuse bereit.«

Parker und Lambert erreichten die von Dallas bezeichnete Stelle im Korridor und blieben stehen. Die Lüftungsöffnung mit dem unschuldigen Gitter darüber, lag in dreiviertel Höhe.

»Dort kommt es heraus, wenn es das versuchen sollte«, stellte Parker fest. Lambert nickte und trat an die nächste Sprechanlage, um zu melden, daß sie ihre Position eingenommen hatten. Dalls hörte Lamberts Meldung in der Vorratskammer. Gleich darauf kam die Ripleys. Er stellte ein paar Fragen und schaltete dann ab. Ash reichte ihm seinen Flammenwerfer. Dallas stellte die Düse ein und gab ein paar schnelle kurze Feuerstöße ab.

»Er funktioniert hervorragend. Parker ist ein viel besserer Ingenieur als er glaubt.« Ashs Gesichtsausdruck fiel ihm auf. »Ist etwas?«

»Du hast deine Entscheidung getroffen. Mir kommt hier kein Kommentar zu.«

»Du bist der Wissenschaftsoffizier. Sag, was du denkst.«

»Das hat nichts mit Wissenschaft zu tun.«

»Jetzt ist keine Zeit für Ausflüchte. Sag, was du zu sagen hast!«

Ash musterte ihn mit echter Wißbegierde. »Warum mußt du derjenige sein, der geht? Warum hast du nicht Ripley geschickt? Sie war dazu bereit und ist auch dazu fähig.«

»Ich hätte niemanden außer mir vorschlagen dürfen.« Er überprüfte den Tank des Flammenwerfers. »Das war ein Fehler. Es ist meine Verantwortung. Ich habe Kane in dem fremden Schiff in die Tiefe steigen lassen. Jetzt bin ich dran. Ich habe genügend Risiko delegiert, ohne selbst eins einzugehen. Höchste Zeit, daß ich das tue.«

»Du bist der Kapitän«, wandte Ash ein. »Jetzt ist die Zeit für praktische Entscheidungen, nicht für heroische Gesten. Du hast richtig gehandelt, als du Kane schicktest. Warum gehst du jetzt selbst?«

Dallas grinste. Es kam nicht oft vor, daß man Ash bei einem Widerspruch ertappte. »Du bist ja gerade der Richtige, um etwas über die Vorschriften zu sagen. Du hast doch die Schleuse geöffnet und uns wieder ins Schiff gelassen, erinnerst du dich?« Der Wissenschaftsoffizier gab keine Antwort. »Halte mir also keine Vorträge, was ich tun muß.«

»Wenn wir dich verlieren, wird es nur um so schwieriger für uns. Besonders jetzt.«

»Du hast gerade erwähnt, daß du Ripley für fähig hältst. Ich gebe dir recht, sie ist meine Stellvertreterin. Wenn ich nicht zurückkommen sollte, gibt es nichts, was sie nicht an meiner Stelle tun könnte.«

»Da bin ich anderer Meinung.«

Sie vergeudeten Zeit. Wer weiß, wie weit das Alien bereits gekommen war. Dallas wollte die Auseinandersetzung beenden.

»Schlimm. Ich habe aber entschieden, und die Entscheidung ist endgültig.« Er drehte sich um, stieg mit dem rechten Fuß voraus in die Öffnung und schob den Flammenwerfer vor sich her, sorgte dafür, daß er nicht auf der leicht nach unten geneigten Fläche abrutschte.

»So geht das nicht«, brummte er und blickte den Schacht hinab. »Da ist nicht genug Platz, um gebückt zu gehen.« Er zog das Bein wieder heraus. »Ich muß hineinkriechen.« Er zog den Kopf ein und zwängte sich in die Öffnung.

In dem Schacht war noch weniger Raum, als er gehofft hatte. Wie etwas von der Größe, die Parker und Ripley ihm beschrieben hatten, sich da hatte hineinzwängen können, war ihm unbegreiflich. Nun gut! Hoffentlich wurde der Schacht noch enger. Vielleicht zwängte sich die Bestie in ihrer Hast, zu entkommen, irgendwo fest. Das würde die Dinge noch einfacher machen.

»Wie geht's denn?« rief eine Stimme hinter ihm.

»Nicht besonders gut«, teilte er Ash mit und zuckte zusammen, als er das Echo seiner eigenen Stimme hörte. »Es ist gerade groß genug, um unbequem zu sein.«

Er schaltete seine Lampe ein und suchte ein paar Augenblicke lang unruhig herum, bis er das Kehlkopfmikrofon fand, das er sich umgehängt hatte. Das Licht beleuchtete vor ihm den dunklen leeren Schacht, der sich in einer geraden metallischen Linie etwas nach unten neigte. Die Neigung würde zunehmen. Er mußte um ein ganzes Deck tiefer hinunter, ehe er die Steuerbordschleuse erreichte.

»Ripley, Parker, Lambert . . . hört ihr mich? Ich bin jetzt im Schacht.«

Unten trat Lambert vor die Wandsprechanlage. »Wir empfangen dich ausgezeichnet. Ich werde versuchen, dich auf unserem Tracker zu orten, wenn du hier bist.« Neben ihr hob Parker seinen Flammenwerfer und blickte grimmig auf das Gitter, hinter dem die Schachtöffnung gähnte.

»Parker«, wies Dallas den Ingenieur an, »wenn es bei euch herauszukommen versucht, müßt ihr es wieder hineintreiben. Ich treibe es nach vorne.«

»Okay.«

»Schleuse bereit«, meldete Ripley. »Sie steht offen und wartet auf unseren Gast.«

»Er ist unterwegs.« Dallas begann zu kriechen, die Augen auf den Tunnelschacht vor sich gerichtet, die Finger am Abzug des Flammenwerfers. Der Schacht war hier nur einen knappen Meter breit. Das Metall rieb an seinen Knien, und er wünschte, er hätte einen zusätzlichen Overall angezogen. Aber dafür war es jetzt zu spät. Alle waren bereit. Er würde nicht umkehren.

»Wie steht's denn?« hallte eine Stimme über den Lautsprecher.

»Okay, Ash«, antwortete er dem besorgten Wissenschaftsoffizier. »Mach dir um mich keine Sorgen. Behalte die Öffnung im Auge, falls es irgendwie hinter mich geschlüpft sein und mir den Arsch aufreißen sollte.«

Er kam um die erste Biegung des Schachts und konzentrierte sich auf den Plan des Ventilationssystems, den er sich eingeprägt hatte. Der gedruckte Plan in der Messe war in seiner Erinnerung verschwommen und undeutlich. Er wünschte, er hätte sich mehr Zeit genommen, ihn sorgfältiger zu studieren.

Der Schacht vor ihm zeigte einige weitere enge Biegungen. Er hielt inne, atmete schwer und hob die Mündung des Flammenwerfers. Nichts deutete darauf hin, daß sich hinter diesen Biegungen etwas verborgen hielt, aber es war besser, kein Risiko einzugehen. Der Vorratstank des Flammenwerfers war fast voll. Es konnte nichts schaden, die Bestie wissen zu lassen, was dicht hinter ihr folgte. Vielleicht sie weiterzutreiben, ohne ihr gegenübertreten zu müssen.

Er tippte kurz den roten Knopf an, und vor ihm schoß eine Flammenzunge durch den Tunnel. Das Brüllen hallte lange in dem engen Schacht nach, und eine Hitzewelle schlug ihm ins Gesicht. Er kroch weiter, achtete darauf, die nicht mit Handschuhen geschützten Hände dem heißen Metall fernzuhalten, über das er kroch. Etwas Hitze drang sogar durch den zähen Stoff seiner Hose. Er spürte sie nicht. Seine Sinne konzentrierten sich alle ganz nach vorne, suchten eine Bewegung oder einen Geruch.

Lambert blickte nachdenklich auf die mit einem feinen Gitter bedeckte Öffnung. Sie beugte sich etwas zur Seite und legte einen Schalter um. Ein Summen ertönte; das Metallgitter schob sich zur Seite und hinterließ ein gähnendes Loch in der Wand.

»Bist du verrückt?« Parker sah sie entsetzt an.

»Das ist das Loch, aus dem es kommen muß, wenn es den Hauptschacht verläßt«, erklärte sie. »Lassen wir den Durchschlupf doch offen. Hinter dem Gitter ist es so dunkel. Ich möchte wissen, ob es hier rauskommt.«

Parker wollte schon Einwände erheben, entschied dann aber, daß er seine Energie besser einsetzte, wenn er die Öffnung im Auge behielt, ob sie nun vergittert war oder nicht. Außerdem war Lamberts Rang höher als der seine.

Schweiß rann ihm in die Augen, hartnäckig wie Ameisen, und Dallas mußte innehalten, um ihn sich wegzuwischen. Das Salz brannte, beeinträchtigte sein Sehvermögen. Vor ihm senkte sich der Schacht steil nach unten. Er hatte damit schon gerechnet, aber die Befriedigung, sich bestätigt zu sehen, bereitete ihm nur wenig Vergnügen. Jetzt würde er nicht nur nach dem Alien Ausschau halten, sondern auch noch aufpassen müssen, daß er nicht ausglitt.

Er kroch an die Neigung heran, richtete den Flammenwerfer nach unten und gab wieder einen Feuerstoß ab. Kein Schrei, kein Gestank von angesengtem Fleisch schlug ihm entgegen. Das Alien war immer noch zu weit vor ihm. Er fragte sich, ob es wohl auch kröche wie er, wütend oder verängstigt, jedenfalls auf der Suche nach dem Ausgang. Vielleicht wartete es auch und hatte sich bereits umgedreht, um den hartnäckigen Verfolger zu stellen.

In dem Schacht war es heiß, und er begann müde zu werden. Es gab noch eine Möglichkeit, überlegte er. Was, wenn das Alien irgendwie eine Möglichkeit entdeckt hatte, den Schacht zu verlassen? In dem Fall war diese ganze mühsame Kriechpartie umsonst. Aber es gab nur eine Möglichkeit, all diese Fragen zu klären. Er schob sich mit dem Kopf voraus nach unten, sorgfältig bemüht, den Flammenwerfer nach vorne gerichtet und schußbereit zu halten.

Lambert bemerkte die Bewegung der Nadel. Einen Augenblick lang erschrak sie, dann stellte sie im Kopf eine kurze Berechnung an und teilte dem noch fernen Dallas mit: »Ich hab' dich jetzt auf dem Schirm.«

»Okay.« Das Wissen, daß die anderen genau wußten, wo er war, beruhigte ihn. »Behalte mich im Gerät.«

Wieder beschrieb der Schacht eine Biegung. Er erinnerte sich nicht daran, daß es hier so viele Biegungen und Winkel gab, aber er war ganz sicher, sich noch im Hauptschacht zu befinden. Er hatte noch keinen einzigen Seitentunnel passiert, der breit genug gewesen wäre, etwas durchzulassen, das größer war als Jones. Trotz der Fähigkeit, sich auch in enge Räume zu zwängen, die das Alien bewiesen hatte, glaubte Dallas nicht, daß es sich so klein machen konnte, um in ein Sekundärlüftungsrohr zu passen, das nur einen Durchmesser von etwa zehn Zentimetern hatte.

Die Krümmung, mit der er jetzt zu tun hatte, erwies sich als besonders schwierig, vor allem wegen des langen starren Flammenwerfers. Dallas lag keuchend auf dem Bauch und überlegte, wie er weitermachen sollte.

»Ripley.« Die Schärfe seiner Stimme ließ sie zusammenzukken, und sie antwortete hastig: »Ich bin hier. Ich höre dich ganz deutlich. Stimmt etwas nicht? Deine Stimme klang so . . .« Sie verstummte. Wie anders als nervös sollte Dallas Stimme denn klingen?

»Ich bin okay«, sagte er. »Nur müde. Durchgedreht. Wenn man zu viele Wochen im Hyperschlaf verbringt, werden die Muskeln schlaff. Wenn die einem noch so viele Aufputschmittel spritzen.» Er veränderte seine Lage und konnte jetzt besser nach vorne blicken.

»Ich glaube nicht, daß dieser Schacht noch viel weiter führt. Hier drinnen wird es heiß.« Damit war zu rechnen gewesen, überlegte er. Die vielen Feuerstöße aus seinem Flammenwerfer hatten natürlich die Kühlkapazität des Schachtes stark beansprucht.

»Ich krieche jetzt weiter. Halte dich bereit.«

Hätte jetzt jemand Dallas sehen können, dann wäre ihm sicher die Erleichterung in seinem Gesicht aufgefallen, als er aus dem engen Tunnel hervorkam. Er mündete in einen der Hauptluftkanäle der *Nostromo*. Ein zweistöckiger Tunnel mit einem Laufgang. Er kroch aus dem Schacht heraus, trat auf den Laufgang und streckte sich genüßlich.

Dann untersuchte er den größeren Gang, fand aber nichts. Das einzige Geräusch, das er hörte, war das geduldige Pochen der Kühlmaschinen. Ein Stück weiter vorne war eine Reparaturstation, und er schlenderte darauf zu, wiederholte seine Inspektion. Soweit er sehen konnte, war der Raum leer. Hier konnte sich nichts an ihn heranschleichen, nicht, solange er mitten im Raum stand. Das war eine gute Chance, ein paar Minuten Rast zu machen. Er setzte sich auf den Laufgang und blickte auf den glatten Boden in der Tiefe. Dann sprach er in sein Kehlkopfmikrofon.

»Lambert, was zeigt dein Gerät? Ich bin in einer der zentralen Mischkammern, bei der Reparaturstation in der Mitte. Hier ist niemand außer mir.«

Die Navigatorin blickte auf ihren Tracker. Plötzlich wirkte sie verwirrt. Sie sah besorgt zu Parker hinüber und hielt ihm das Gerät hin. »Kapierst du das?«

Parker studierte die Nadel. »Ich nicht. Das ist nicht mein Spielzeug, das hat Ash gemacht, aber verwirrend ist es schon.«

»Lambert?« fragte Dallas.

»Hier. Ich bin nicht sicher.« Sie schüttelte den Tracker. Die Anzeige blieb so unbegreiflich wie vorher. »Da scheint ein Doppelsignal zu sein.«

»Das ist verrückt. Hast du zwei separate Anzeigen für mich?«

»Nein. Nur eine unmögliche.«

»Vielleicht eine Interferenz«, meinte er. »So wie die Luft hier herumgewirbelt wird, könnte das natürlich ein Gerät, das provisorisch zum Ablesen der Luftdichte gebaut ist, durcheinanderbringen. Ich geh mal ein Stück weiter. Sobald ich mich bewege, wird es wahrscheinlich klar.«

Er richtete sich auf und sah die riesige klauenbewaffnete Hand nicht, die sich langsam von dem Laufsteg unter ihm erhob. Die tastende Pranke verfehlte seinen linken Fuß, als er weiterging, um Haaresbreite. Jetzt verzog sie sich wieder, ebenso lautlos wie sie erschienen war, unter den Steg.

Dallas hatte inzwischen die Hälfte des Weges ans Ende der Kammer zurückgelegt. Jetzt blieb er stehen. »Ist es jetzt besser, Lambert? Ich habe mich bewegt. Ist mein Signal jetzt klarer?«

»Klar ist es schon.« Ihre Stimme klang nervös. »Aber ich bekomme immer noch ein Doppelsignal. Ich glaube sogar, es sind – zwei Signale. Ich bin nicht sicher, was nun was ist.«

Dallas wirbelte herum, seine Augen huschten durch den Tunnel, suchten Decke, Boden, Wände und die große Schachtöffnung ab, aus der er gerade gekommen war. Dann wanderte sein Blick den Laufsteg entlang und blieb an der Stelle hängen, wo er noch vor Sekunden gesessen hatte.

Er senkte die Düse des Flammenwerfers. Wenn er jetzt das vordere Signal war, seit er sich über den Steg bewegt hatte, dann mußte die Ursache des Doppelsignals – sein Finger spannte sich um den Abzug des Flammenwerfers.

Eine Hand griff von unten und hinten herauf, bewegte sich auf seinen Knöchel zu.

Das Alien war das vordere Signal.

Ripley stand alleine am Schacht, behielt ihn im Auge und dachte an die offene Schleuse, die neben ihr wartete. Aus der Ferne war ein Klingeln zu hören. Zuerst glaubte sie, es käme aus ihrem Kopf, sie hörte häufig seltsame Geräusche. Dann wiederholte es sich, lauter, diesmal von einem Echo gefolgt. Es schien aus den Tiefen des Schachtes zu kommen. Ihre Hände spannten sich um den Flammenwerfer.

Das Klingeln hörte auf. Gegen besseres Wissen trat sie etwas näher an die Öffnung heran, hielt die Mündung des Flammenwerfers darauf gerichtet.

Jetzt kam ein Laut, den sie erkennen konnte. Ein Schrei. Sie erkannte die Stimme.

Alle Vorsicht in den Wind schlagend, entgegen allen Plänen und Vorschriften rannte sie den Rest des Weges zu der Öffnung. »Dallas . . . *Dallas!*«

Nach dem ersten Schrei kamen keine weiteren mehr. Nur ein weiches weit entferntes Klatschen, das schnell leiser wurde und schließlich verstummte. Sie sah auf ihren Tracker. Auf dem Bildschirm war nur noch ein einziges Signal zu sehen, und auch das rote Lämpchen begann bereits schwächer zu werden. Wie der Schrei.

»Oh, mein Gott, Parker, Lambert!« Sie rannte auf die Sprechanlage zu und schrie ins Mikrofon.

»Hier, Ripley«, antwortete Lambert. »Was ist los?« Ich habe gerade mein Signal verloren.«

Sie setzte dazu an, etwas zu sagen, hatte es schon auf den Lippen. Und dann wurde ihr plötzlich ihre neue Position und ihre neue Verantwortung bewußt, und ihre Stimme wurde kräftiger. Sie richtete sich auf, obwohl niemand da war, der sie sehen konnte. »Wir haben gerade Dallas verloren . . .«

12

Die vier überlebenden Mannschaftsmitglieder der *Nostromo* versammelten sich aufs neue in der Messe. Jetzt war sie nicht mehr eng und drückend. Sie war jetzt in einer Art und Weise geräumig, die die vier verabscheuten, und barg Erinnerungen, die sie zu verdrängen suchten. Parker hielt zwei Flammenwerfer und ließ jetzt einen davon auf die Tischplatte fallen.

Ripley sah ihn niedergeschlagen an. »Wo war er?«

»Wir haben ihn auf dem Boden der Mischkammer gefunden, unter dem Laufsteg«, sagte der Ingenieur mit ausdrucksloser Stimme. »Keine Spur von ihm, kein Blut. Nichts.«

»Und was ist mit dem Alien?«

»Das gleiche. Nichts. Nur ein Loch in der Schachtwand, das in den zentralen Kühlkomplex führt. Durchs Metall. Ich hatte nicht gedacht, daß es so stark wäre.«

»Keiner von uns hat das gedacht. Dallas auch nicht. Diese Kreatur war uns immer zwei Schritte voraus, seit wir das ›Handstadium‹ an Bord gebracht haben. Das muß sich ändern. Von nun an gehen wir davon aus, daß es zu allem fähig ist, auch dazu, sich unsichtbar zu machen.«

»Kein der Wissenschaft bekanntes Lebewesen ist von Natur aus unsichtbar«, sagte Ash.

Sie sah ihn erbittert an. »Kein der Wissenschaft bekanntes Lebewesen kann drei Zentimeter dicke Stahlplatten zerreißen.« Darauf hatte Ash keine Antwort. »Es wird langsam Zeit, daß wir uns klarmachen, womit wir es hier zu tun haben.« In der Messe herrschte Schweigen.

»Ripley. Damit hast du das Kommando.« Parker blickte sie eindringlich an. »Ich bin damit einverstanden.«

»Okay.« Sie musterte ihn, aber in seinen Worten war keine Spur von Sarkasmus, auch in seinem Verhalten nicht.

Was nun, Ripley? fragte sie sich. Drei Gesichter musterten sie erwartungsvoll, warteten auf Anweisungen. Sie stöberte verzweifelt in ihrem Verstand und suchte Brillanz, fand aber nur Unsicherheit, Angst und Verwirrung. Exakt die gleichen Gefühle, die jetzt ohne Zweifel ihre Mannschaftskameraden empfanden. Sie begann Dallas etwas besser zu begreifen. Aber das hatte jetzt nichts mehr zu besagen.

»Damit wäre das erledigt. Wenn niemand eine bessere Idee hat, fahren wir mit dem alten Plan fort.«

»Mit demselben Ergebnis?« Lambert schüttelte den Kopf. »Nein, danke.«

»Hast du denn eine bessere Idee?«

»Ja. Wir geben das Schiff auf. Wir nehmen das Shuttle und verschwinden hier. Hoffen, daß wir es in den Erdorbit schaffen und dort aufgenommen werden. Sobald wir in dichter befahrene Raumregionen kommen, hört bestimmt jemand unser SOS.«

Jetzt meldete Ash sich zu Wort. Seine Stimme klang ganz leise, und er sagte Worte, die besser ungesagt geblieben wären. Lambert hatte ihn dazu gezwungen. »Ihr vergeßt alle etwas: Dallas und Brett sind vielleicht gar nicht tot. Zugegeben, es ist eine entsetzliche Vorstellung, aber die Möglichkeit besteht immerhin. Wir können das Schiff nicht verlasen, solange wir nicht ganz sicher sind – so oder so.«

»Ash hat recht«, pflichtete Ripley ihm bei. »Wir müssen es nochmal versuchen. Wir wissen, daß es die Luftschächte benutzt. Wir gehen jetzt Etage für Etage vor. Diesmal dichten wir mit dem Laser jedes Schott und jedes Ventilationsrohr hinter uns ab, bis wir es gestellt haben.«

»Einverstanden.« Parker sah zu Lambert hinüber. Die schwieg, hielt den Blick gesenkt.

»Wie steht es um unsere Waffen?« fragte ihn Ripley. Der Ingenieur überprüfte die Zuleitungen und den Brennstoffpegel der Flammenwerfer. »Leitungen und Ventile sind noch ziemlich sauber. Nach allem, was ich sehen kann, funktionieren sie.« Er deutete auf Dallas Gerät, das auf dem Tisch lag. »Dafür könnten wir mehr Brennstoff gebrauchen. »Er blickte ernst. »Eine hübsche Menge verbraucht.«

»Dann solltest du welchen holen. Ash, du gehst mit.«

Parker blickte den Wissenschaftsoffizier an. Sein Gesichtsausdruck war unergründlich. »Es geht schon allein.« Ash nickte. Der Ingenieur klemmte sich seine Waffe unter den Arm, drehte sich um und ging.

Die drei standen um den Tisch und warteten auf Parkers Rückkehr. Ripley konnte das Schweigen nicht länger ertragen und warf dem Wissenschaftsoffizier einen Blick zu.

»Sonst irgendwelche Ideen? Neue Gedanken, Vorschläge, Anregungen? Von dir oder Mutter?«

Er zuckte die Achseln. »Nichts Neues. Ich trage immer noch Informationen zusammen.«

Sie musterte ihn scharf. »Das kann ich nicht glauben. Willst du behaupten, daß wir bei all den Informationen, die an Bord dieses Schiffes gespeichert sind, nichts besseres finden, das man gegen dieses Ding einsetzen kann?«

»Sieht so aus, wie? Du solltest bedenken, daß es sich hier nicht um ein berechenbares durchschnittliches wildes Tier handelt. Du hast ja selbst gesagt, daß es möglicherweise zu allem fähig ist.

Das Alien verfügt über ein gewisses Maß an geistigen Fähigkeiten, mindestens soviel wie ein Hund, wahrscheinlich aber mehr als ein Schimpanse. Außerdem hat es bereits Lernfähigkeit bewiesen. Als völlig Fremder auf der *Nostromo* ist es ihm ganz schnell gelungen, eine Methode zu finden, sich weitgehend unbehindert und unentdeckt durch das Schiff zu bewegen. Es ist schnell, kräftig und schlau. Kein Wunder, daß all unsere Versuche, es zu stellen und unschädlich zu machen, bis jetzt erfolglos waren.«

»Das klingt gerade, als wolltest du aufgeben.«

»Ich spreche nur aus, was offensichtlich ist.«

»Dies ist ein modernes, gut ausgerüstetes Schiff, das imstande ist, durch den Hyperraum zu reisen und eine Vielfalt komplizierter Funktionen auszuführen. Und du willst mir weismachen, daß alle Ressourcen nicht ausreichen, um mit einem Viech, das sich an Bord befindet, fertig zu werden?«

»Tut mir leid, Captain. Ich habe dir meine Beurteilung der Situation gegeben, so wie ich sie sehe. Etwas anderes zu wünschen, ändert die Fakten nicht. Ein Mann mit einem Gewehr kann untertags einen Tiger jagen und sich einige Erfolgschancen ausrechnen. Aber nimm ihm das Licht, steck den Mann nachts in den Dschungel, umgebe ihn mit dem Unbekannten, und all seine primitiven Ängste kehren zurück. Der Vorteil liegt dann eindeutig beim Tiger. Und wir tappen hier in der Finsternis des Unwissens herum.«

»Sehr poetisch, aber nicht besonders nützlich.«

»Tut mir leid.« Ihm schien das völlig gleichgültig. »Was soll ich tun?«

»Versuche einige dieser ›Fakten‹ zu verändern, derer du so sicher bist. Geh zu Mutter zurück«, befahl sie, »und fahre fort, Fragen zu stellen, bis du ein paar bessere Antworten bekommst.«

»Also gut. Ich will es versuchen, obwohl ich nicht weiß,

was du erwartest. Mutter kann keine Informationen verbergen.«

»Dann versuche es mit anderen Fragen. Wenn du dich erinnerst, ich hatte Glück, als ich es mit ECIU versuchte. Das Notsignal, das keines war?«

»Ich erinnere mich.« Ash musterte sie voll Respekt. »Vielleicht hast du recht.« Er ging.

Lambert hatte sich gesetzt. Ripley setzte sich jetzt neben sie.

»Du mußt versuchen, durchzuhalten. Du weißt, daß Dallas das gleiche für uns getan hat. Er hätte unter keinen Umständen das Schiff verlassen, ohne sich zu vergewissern, ob wir noch am Leben waren oder nicht.«

Lambert schien davon nicht besänftigt. »Ich weiß nur, daß du von uns verlangst, daß wir hierbleiben und uns einen nach dem anderen wegpicken lassen.«

»Ich verspreche dir etwas: Wenn es so aussieht, als hätten wir keine Chance mehr, dann sorge ich dafür, daß wir hier herauskommen. Aber erst dann.«

Plötzlich kam ihr ein Gedanke. Es war ein seltsamer Gedanke, einer, der gar nicht hierher paßte und doch war er in unerklärlicher Art und Weise auf all ihre gegenwärtigen Sorgen anwendbar. Sie blickte zu Lambert hinüber. Sie brauchte jetzt eine wahrheitsgemäße Antwort, sonst hatte es keinen Sinn, die Frage zu stellen. Sie überlegte. Lambert mochte in anderen Dingen etwas prüde sein, aber in dem Punkt glaubte sie darauf vertrauen zu können, daß sie wahrheitsgemäß antworten würde.

Natürlich würde eine Antwort so oder so wahrscheinlich gar nichts ändern. Es war nur so eine kleine Idee, die sonst weiterwachsen würde und ihre Gedanken beherrschen, solange sie die Frage nicht stellte. Zu bedeuten hatte sie eigentlich nichts.

»Lambert, hast du je mit Ash geschlafen?«

»Nein.« Die Antwort kam wie aus der Pistole geschossen, ließ keinen Raum für Zögern oder Überlegung. »Du?«

»Nein.« Beide blieben ein paar Minuten lang stumm, ehe Lambert von sich aus weiterredete.

»Ich hatte nie den Eindruck«, meinte sie beiläufig, »daß ihn das sonderlich interessiert hätte.«

Für die Navigatorin war dieses Thema damit erledigt. Soweit es Ripley betraf, war es fast erledigt. Sie hätte nicht sagen können, warum ihr der Gedanke weiter im Kopf herumging, aber er beschäftigte sie jedenfalls, quälte sie, und sie hätte um nichts in der Welt sagen können, weshalb das so war.

Parker überprüfte die Füllung des Methanzylinders, vergewisserte sich, daß die Druckflasche bis zum Bersten gefüllt war. Dann nahm er sich einen zweiten Behälter vor, vergewisserte sich, daß er ebenfalls voll war, und machte sich dann mit den beiden schweren Behältern unter dem Arm auf den Weg.

Auf dem B-Deck war es ebenso einsam wie auf dem Deck darunter. Je schneller er wieder zu den anderen zurückkehrte, desto besser würde er sich fühlen. Eigentlich bedauerte er jetzt, daß er die Begleitung durch Ash abgelehnt hatte. Es war wirklich dumm von ihm gewesen, alleine die Zylinder zu holen. Alle Opfer des Alien bisher waren alleine gewesen. Er versuchte etwas schneller zu laufen, obwohl die schweren Flaschen ihn daran hinderten.

Er bog um eine Ecke im Korridor, blieb stehen und hätte beinahe einen der Behälter fallen lassen. Vor ihm lag die Hauptschleuse. Ein Stückchen dahinter, aber nicht sehr weit entfernt, hatte sich etwas bewegt. Oder täuschte er sich? In ihrer augenblicklichen geistigen Verfassung neigten sie alle zu Halluzinationen, und so blinzelte er und versuchte, Verstand und Augen klar zu bekommen.

Schon wollte er seinen Weg fortsetzen, als sich die schattenhafte Bewegung wiederholte. Nur undeutlich war da etwas Großes, Schweres zu ahnen. Er blickte sich um und entdeckte eine der zahlreichen Wandsprechanlagen. Ripley und Lambert sollten noch auf der Brücke sein. Er drückte den Sprechschalter unter dem Gitter.

Etwas Unverständliches drang aus dem kleinen Lautsprecher in Ripleys Konsole. Zuerst hielt sie es für ein Störgeräusch, dann wurde ihr klar, daß es sich um menschliche Worte handelte.

»Hier Ripley«, meldete sie sich.

»Leise!« flüsterte der Ingenieur eindringlich in das Mikrofon. Vor ihm hatte die Bewegung im Korridor plötzlich aufgehört. Wenn das Alien ihn gehört hatte . . .

»Ich kann dich nicht verstehen.« Ripley warf einen erstaunten Blick zu Lambert hinüber, deren Gesichtsausdruck unverändert blieb. Aber als sie wieder ins Mikrofon sprach, tat sie das wie verlangt mit leiser Stimme. »Noch einmal . . . warum soll ich leise sein?«

»Das Alien.« Parker flüsterte es nur, wagte es nicht, seine Stimme zu erheben. »Es ist vor der Steuerbordschleuse. Ja, jetzt in diesem Augenblick! Öffne die Tür langsam, und wenn ich es sage, dann schließe sie ganz schnell und blase den Schleuseninhalt nach draußen.«

»Bist du sicher . . .?«

Er unterbrach sie ungeduldig. »Ich sage es dir, wenn wir es haben! Himmel nochmal! Tu was ich dir sage!« Er zwang sich zur Ruhe. »Jetzt öffne. Langsam . . .«

Ripley zögerte, wollte etwas sagen und sah dann, wie Lambert heftig nickte. Wenn Parker unrecht hatte, hatten sie nichts zu verlieren, nur ein winziges Quantum an Luft. Wenn er wußte, was er tat, andererseits . . . sie legte einen Schalter um.

Unten versuchte Parker mit der Korridorwand eins zu werden, als ein leises Summen ertönte. Die innere Schleusentür schob sich zur Seite. Das Alien trat aus dem Schatten hervor und bewegte sich auf die Schleuse zu. In ihrem Inneren blitzten einige Lichter auf. Eines war von besonders auffälligem Smaragdgrün. Das Alien musterte es interessiert, ging darauf zu.

Komm schon, verdammt, dachte der Ingenieur fieberhaft. Schau dir das hübsche grüne Licht an . . . so ist's gut. Möchtest du nicht das hübsche grüne Licht ganz für dich haben? Sicher möchtest du das. Geh doch hinein und nimm dir das schöne Grün. Nur ein paar Schritte, und es gehört für immer dir. Nur ein paar Schritte. Herrgott, ein paar Schritte nur.

Von dem gleichmäßig pulsierenden Lichtern fasziniert, betrat das Alien die Schleuse. Jetzt war es ganz darin. Ganz knapp nur, aber wer konnte schon sagen, wann es sich wieder langweilen würde – oder vielleicht Argwohn schöpfen?

»Jetzt«, hauchte er ins Mikrofon. »*Jetzt*!«

Ripley schickte sich an, den Notschalter umzulegen. Ihre Hand hatte gerade den Schalter erreicht, als die Notsirene der *Nostromo* aufheulte, Aufmerksamkeit heischte. Sie und Lambert erstarrten. Jede sah die andere an, sah im Gesicht der anderen nur ein Spiegelbild des eigenen Schreckens. Ripley legte den Schalter um.

Das Alien hörte die Sirene auch. Seine Muskeln spannten sich, und es sprang rückwärts. Ein einziger unglaublicher

Satz. Die Schleusentüre knallte den Bruchteil einer Sekunde schneller zu. Eines seiner Gliedmaßen wurde zwischen Wand und Türe eingezwängt.

Flüssigkeit kochte aus dem zerquetschten Glied. Das Wesen gab ein Geräusch von sich, das wie ein Stöhnen klang, wie ein Bellen unter Wasser. Es riß sich los und ließ das eingequetschte Glied zwischen den Metallwänden zurück. Dann wandte es sich um und rannte vor Schmerz blind den Korridor hinunter, nahm den vor Schrecken gelähmten Ingenieur nicht wahr, stieß ihn einfach beiseite, ehe es um die nächste Biegung im Korridor verschwand. Über dem zu Boden geschmetterten Parker blitzte ein grünes Licht auf und auf einer Leuchtfläche konnte man die Worte INNENSCHLEUSE GESCHLOSSEN lesen.

Das Metall der Schleuse warf Blasen und schmolz, während das äußere Schleusentor aufschwang. Eine Wolke gefrorener Luft blähte sich vor der Schleuse auf, als die in ihr enthaltene Atmosphäre ins All hinausstob.

»Parker?« fragte Ripley besorgt. Sie drückte einen Knopf, betätigte einen Schieber. »Parker? Was geht dort unten vor?« Jetzt fiel ihr ein grünes Licht auf, das gleichmäßig an ihrer Konsole blinkte.

»Was ist los?« Lambert lehnte sich in ihren Sessel. »Hat es geklappt?«

»Ich bin nicht sicher. Die Innentüre ist geschlossen, die äußere hat sich geöffnet.«

»Dann wäre ja alles in Ordnung. Aber was ist mit Parker?«

»Ich weiß nicht. Er gibt keine Antwort. Wenn es geklappt hat, müßte er jetzt vor Freude so laut schreien, daß die Lautsprecher bersten.« Sie traf eine Entscheidung. »Ich gehe hinunter und sehe nach. Übernimm du.« Sie erhob sich aus ihrem Sessel und rannte los.

Ein paarmal wäre sie beinahe gestürzt. Einmal stieß sie gegen ein Schott und hätte fast die Besinnung verloren. Aber irgendwie behielt sie ihr Gleichgewicht und taumelte weiter. Dabei war es gar nicht das Alien, das ihre Gedanken beherrschte, es war Parker, ein menschliches Wesen, etwas, das an Bord der *Nostromo* selten zu werden begann.

Sie raste die Treppe in den B-Korridor hinunter, rannte auf die Schleuse zu. Sie war leer, sah man von einer reglosen Gestalt ab, die gekrümmt auf dem Deck lag: Parker.

Sie beugte sich über ihn. Er war benommen, halb bewußtlos. »Was ist denn passiert? Du siehst schrecklich aus. Hat . . .?«

Der Ingenieur versuchte Worte zu formen, mußte sich aber damit begnügen, hilflos in Richtung auf die Luftschleuse zu gestikulieren. Ripley verstummte, blickte in die Richtung, die er wies, sah das brodelnde Loch in der Schleusentür. Die Außenschleuse stand immer noch offen, wie es schien, nachdem sie das Alien ins All hinausgeblasen hatte. Sie richtete sich auf.

Und in dem Augenblick hatte die Säure sich völlig durchgefressen. Ein explosives Zischen ertönte, und im nächsten Augenblick erfaßte sie ein Sturm. Heulend wurde die Luft ins Vakuum hinausgesogen. In einigen Nischen im Korridor blitzten rote Lampen auf.

KRITISCHER DRUCKVERLUST.

Wieder ertönte die Sirene, aber diesmal hysterischer und aus gutem Grund. Im gesamten Schiff knallten Schotts zu, angefangen in dem Abschnitt, wo der Luftverlust aufgetreten war. Parker und Ripley hätten sicher in einem Korridorabschnitt abgeschlossen sein sollen . . . Bloß hatte sich das dichtende Schott, das sie vom Schleusenvorraum abtrennen sollte, an einem der Methanzylinder gefangen.

Der Sturm zerrte an ihr, während sie fieberhaft etwas suchte, um den festgeklemmten Zylinder wegzuschlagen. Aber da blieb nur der andere Tank. Sie hob ihn, schlug damit auf den festgezwängten Zylinder ein. Wenn einer davon sprang, würde der geringste Funken den Inhalt beider Flaschen entzünden. Aber wenn es ihr nicht gelang und zwar schnell, würden sie ohnehin ersticken.

Der Luftmangel begann sie bereits zu schwächen. Blut schäumte ihr aus Nase und Ohren. Durch den geringer werdenden Luftdruck fingen Parkers Wunden wieder zu bluten an.

Ein letztes Mal krachte die Flasche gegen den eingezwängten Zylinder. Er schoß davon, wie ein Kirschkern, den man zwischen Daumen und Zeigefinger wegdrückt. Das Schott krachte hinter ihm zu, und das Heulen der entweichenden Luft verstummte. Ein paar Minuten lang waren sie noch von Luftwirbeln umgeben.

Auf der Brücke hatte Lambert fieberhaft die Anzeigen auf ihrer Konsole überprüft. RUMPF UNDICHT – NOT-

SCHOTTS GESCHLOSSEN. Sie drückte auf den Sprechschalter.

»Ash, hol Sauerstoff. Wir treffen uns an der Hauptschleuse am letzten Schott.«

»Roger. Bin gleich dort.«

Ripley richtete sich taumelnd auf, kämpfte in der engen Kammer um jeden Atemzug. Sie trat neben die Schottentür und suchte den Druckknopf, mit dem man die Tür öffnen und sich Zugang zum nächsten abgedichteten Abteil und damit zu frischer Luft verschaffen konnte.

Im letzten Augenblick, als sie schon dabei war, den roten Knopf niederzudrücken, sah sie zu ihrem Schrecken, daß sie nicht an dem Schott war, das in den B-Korridor führte, sondern an dem Schott, hinter dem der leere Schleusenvorraum lag. Sie drehte sich um, versuchte sich zu orientieren und taumelte mehr als daß sie ging auf das gegenüberliegende Schott zu. Wertvolle Minuten verstrichen, bis sie den Schalter fand. Gedanken schwammen in ihrem Bewußtsein, brachen auseinander wie Öl auf Wasser. Die Luft um sie herum begann sie zu umnebeln, war mit dem Geruch von Rosen und Flieder durchdrungen.

Sie drückte den Knopf nieder. Das Schott bewegte sich nicht. Dann sah sie, daß sie den falschen Schalter betätigt hatte. Sie taumelte gegen die Tür, versuchte sich zu stützen, nahm alle ihre Kräfte zusammen. Es war nicht mehr viel Luft übrig, die zu atmen es sich lohnte.

Ein Gesicht erschien an der in die Tür eingelassenen Scheibe. Es war verzerrt, aufgedunsen und doch irgendwie vertraut. Dieses Gesicht kannte sie doch, irgendwann einmal in grauer Vorzeit hatte sie es gekannt. Jemand, der Lambert hieß, lebte hinter diesem Gesicht. Sie war jetzt sehr müde und rutschte langsam zu Boden.

Unendlich ferne Gedanken bewegten sie, ärgerliche Gedanken, als ihre letzte Stütze weggenommen wurde. Die Schottentür schob sich in die Decke, und ihr Kopf stieß auf den Boden. Ein Hauch sauberer Luft, unsagbar süß und erfrischend, ergoß sich über ihr Gesicht. Der Nebel um ihre Augen begann sich aufzulösen, wenn er auch ihr ausgehungertes Gehirn immer noch umfaßt hielt.

Und dann verkündete ein Sirenenton das Erreichen des vollen Innendrucks, als Lambert und Ash zu ihnen traten. Der

Wissenschaftsoffizier nahm sich sofort Parkers an, der wegen Sauerstoffmangel wieder das Bewußtsein verloren hatte und jetzt erst langsam wieder zu sich kam.

Ripleys Augen standen offen, sie konnte sehen, aber der Rest ihres Körpers funktionierte nicht. Hände und Füße, Arme und Beine lagen grotesk verrenkt an ihrem Körper, lagen irgendwie auf dem Boden, wie die Gliedmaßen einer schlanken, aber nicht besonders gut gearbeiteten Puppe. Ihr Atem ging in flachen mühsamen Stößen.

Lambert stellte einen der Sauerstofftanks neben sie, schob die durchsichtige Maske über Ripleys Mund und Nase und öffnete das Ventil. Ripley atmete ein. Ein herrliches Parfüm erfüllte ihre Lungen. Ihre Augen schlossen sich aus schierem Vergnügen. So blieb sie reglos liegen, sog den reinen Sauerstoff in langen tiefen Zügen ein.

Schließlich schob sie die Atemmaske beiseite, lag einen Augenblick befriedigt da und atmete normal. Jetzt herrschte wieder voller Druck, stellte sie fest. Die Schottentüren hatten sich automatisch wieder geöffnet, als normale atmosphärische Verhältnisse zurückgekehrt waren.

Um die Atmosphäre zu erneuern, hatte das Schiff ihre Tanks entleeren müssen, das wußte sie. Aber mit diesem Problem würden sie sich beschäftigen, wenn die Umstände sie dazu zwangen, dachte sie.

»Bist du wieder in Ordnung?« fragte Ash Parker. »Was ist hier passiert?«

Parker wischte sich ein Blutgerinnsel von der Oberlippe und versuchte die Spinnweben von seinem Bewußtsein abzuschütteln. »Ich werde leben.« Die zweite Frage ignorierte er für den Augenblick.

»Und was ist mit dem Alien?« fragte Ash noch einmal.

Parker schüttelte den Kopf, zuckte bei dem Schmerz zusammen, der ihn durchschoß. »Wir haben es nicht erwischt. Als die Warnsirene ertönte, sprang es in den Korridor zurück. Dabei wurde sein Arm, oder wie du das nennen willst, in der inneren Schleusentür eingeklemmt. Es riß sich einfach los, wie eine Eidechse, die ihren Schwanz zurückläßt.«

»Warum nicht«, meinte Ash, »es kann sich ja regenerieren!«

Aber der Ingenieur achtete nicht darauf, sondern fuhr mit enttäuschter Stimme fort: »Wir hatten das Biest. Wir *hatten* es.« Und nach einer kurzen Pause fügte er hinzu: »Als es sich den Arm abriß, spritzte Flüssigkeit heraus. Ich schätze, der Stumpf ist sofort zugeheilt, zu unserem Glück. Die Säure hat sich augenblicklich durch das Innentor der Schleuse gefressen, daher der Druckverlust.« Er deutete benommen auf das Schott, das den Schleusenvorraum vom Rest des Korridors abtrennte.

»Man kann wahrscheinlich von hier aus das Loch in der Schleuse sehen.«

»Das ist jetzt nicht wichtig.« Ash sah ihn fragend an: »Wer hat die Warnsirene ausgelöst?«

Ripley blickte zu ihm hinüber. »Das frage ich dich.«

»Was soll das bedeuten?«

Sie wischte sich das Blut von der Nase und schniefte. »Ich nehme an, der Alarm hat sich selbst ausgelöst. Das wäre doch eine logische Erklärung oder? Reiner Zufall – ein kleiner Defekt – schierer Zufall?«

Der Wissenschaftsoffizier richtete sich auf und sah sie unter gesenkten Lidern heraus an. Sie hatte sich vergewissert, daß der zurückgebliebene Methanzylinder in Reichweite war, ehe sie das gesagt hatte. Aber Ash machte keine Anstalten, sie anzugreifen. Sie begriff ihn immer noch nicht ganz. Wenn er schuldig war, hätte er sie anspringen müssen, solange sie noch geschwächt und Parker bewegungsunfähig war. Wenn er unschuldig war, hätte er jetzt wütend sein und ebenfalls irgend etwas tun müssen. Aber er tat nichts, und darauf war sie nicht gefaßt gewesen.

Immerhin überraschten sie wenigstens seine Worte nicht. Seine Stimme klang verärgert: »Wenn du etwas zu sagen hast, dann sag es. Ich bin es langsam leid, mir dauernd diese Anspielungen anhören zu müssen – diese versteckten Anklagen.«

»Niemand klagt dich an.«

»Und ob.« Er verfiel in mürrisches Schweigen. Ripley sagte ein paar Augenblicke lang nichts und deutete dann auf Parker. »Bring ihn in die Krankenstation und flick ihn zusammen. Das zumindest sollte der Autodoc ja schaffen.«

Ash war dem Ingenieur behilflich, legte sich Parkers rechten Arm über die Schultern und führte ihn den Korridor hinunter. Als er an Ripley vorbeiging, würdigte er sie keines Blikkes.

Als er und Parker um die erste Biegung im Korridor verschwunden waren, streckte Ripley Lambert die Hand hin. Die nahm sie, lehnte sich zurück und sah besorgt zu, wie Ripley schwankte. Die lächelte und ließ die Hand wieder los.

»Es geht schon.« Sie wischte sich die Hände an der Hose ab. »Wieviel Sauerstoff haben wir dabei verloren? Das müßte ich genau wissen.« Lambert gab keine Antwort, sondern sah sie weiterhin nachdenklich an.

»Ist etwas? Was siehst du mich so an? Hätte ich das nicht verlangen dürfen?«

»Reiß mir nicht gleich den Kopf ab«, sagte Lambert ruhig. Ihre Stimme klang ungläubig. »Du hast ihn angeschuldigt. Du hast ihm tatsächlich vorgeworfen, er hätte den Alarm ausgelöst, um das Alien zu retten.« Sie schüttelte langsam den Kopf. »Warum?«

»Weil ich glaube, daß er lügt. Und wenn ich an die Bänder rankomme, werde ich es beweisen.«

»Was beweisen? Selbst wenn du irgendwie beweisen könntest, daß er die Schuld an dem Alarm trägt, dann kannst du doch niemals beweisen, daß es kein Versehen war.«

»Ein merkwürdiges Versehen, findest du nicht. Ausgerechnet im kritischen Moment. Äußerst seltsam.« Ripley schüttelte ein paarmal den Kopf und fragte dann leise: »Du glaubst immer noch, daß ich unrecht habe, oder?«

»Ich weiß nicht.« Lambert wirkte müde. »Ich weiß überhaupt nichts mehr. Ja, ich denke, daß du unrecht hast. Entweder hast du unrecht oder du bist verrückt. Warum sollte Ash oder sonst jemand das Alien schützen wollen? Es würde ihn ebenso umbringen, wie es Dallas und Brett umgebracht hat. Falls sie tot sind.«

»Danke. Es ist immer schön zu wissen, auf wen ich mich verlassen kann.« Ripley wandte sich von der Navigatorin ab und ging den Korridor hinunter auf die Treppe zu.

Lambert blickte ihr nach, zuckte die Achseln und sammelte die Druckzylinder ein. Sie ging mit den Methanflaschen ebenso sorgfältig um wie mit dem Sauerstoff. Beide waren für ihr Überleben von gleicher Wichtigkeit.

»Ash, bist du dort drinnen? Parker?« Als keine Antwort kam, trat Ripley vorsichtig in den Computerraum ein. Für den Augenblick stand das Gehirn der *Nostromo* einzig und allein zu ihrer Verfügung.

Sie setzte sich vor die Hauptkonsole, schaltete das Gerät ein und drückte den Daumen auf die Identifizierungsscheibe. Datenschirme leuchteten auf.

Bis jetzt war es ganz einfach gewesen. Jetzt kam der schwierige Teil. Sie überlegte einen Augenblick lang und gab dann einen fünfstelligen Code ein, von dem sie annahm, daß er ihr die gewünschten Informationen liefern würde. Die Bildschirme blieben leer, warteten auf die richtige Frage. Sie versuchte eine zweite, wenig gebrauchte Kombination, aber ebenfalls ohne Erfolg.

Sie fluchte enttäuscht. Wenn sie es mit willkürlichen Kombinationen versuchen mußte, saß sie am Jüngsten Tag noch hier. Und wenn man das Tempo berücksichtigte, mit dem das Alien unter der Mannschaft aufräumte, so lag der in nicht allzu ferner Zukunft.

Sie probierte es mit einer tertiären Kombination anstelle einer primären und stellte erstaunt fest, daß der Bildschirm prompt reagierte. Aber er hellte sich nur auf, stellte ihr keine Fragen. Das bedeutete, daß ihr Code nur zur Hälfte erfolgreich gewesen war. Was tun?

Sie sah zu der zweiten Tastatur hinüber. Die stand jedem Mannschaftsmitglied zur Verfügung, gab also keine vertraulichen Informationen heraus oder solche, die nur für die Schiffsführung bestimmt waren. Wenn sie sich an die richtige Kombination erinnerte, würde sie die zweite Tastatur dazu benutzen können, dem Hauptcomputer Fragen zu stellen. Schnell wechselte sie den Sitz, gab die Codierung ein und tippte die erste Frage. Nun würde es sich zeigen, ob es die richtige Codierung war und der Computer sie akzeptierte. Das würde sie gleich sehen – dann nämlich, wenn ihre Frage auf dem Bildschirm auftauchte. Eine Sekunde lang huschten Farbmuster über den Schirm. Dann kamen Worte.

WER HAT WARNSYSTEM AN SCHLEUSE ZWO EINGESCHALTET?

Die Antwort blitzte darunter auf.

ASH.

Sie lehnte sich zurück und verdaute das. Das war die Antwort, die sie erwartet hatte, aber jetzt, da sie sie in drei kalten Buchstaben vor sich sah, wurde ihr erst die ganze Tragweite bewußt.

Es war also doch Ash gewesen. Die kritische Frage war

jetzt: War es Ash die ganze Zeit über gewesen? Sie tippte die nächste Frage ein:

SCHÜTZT ASH DAS ALIEN?

Mutter schien heute ihren Tag für kurze Antworten zu haben.

JA.

Aber das konnte sie auch. Ihre Finger drückten die Tasten nieder.

WARUM?

Sie beugte sich gespannt vor. Wenn der Computer jetzt keine weiteren Informationen lieferte, kannte sie keine zusätzlichen Codes, mit denen sie ihn dazu zwingen konnte. Es gab auch die Möglichkeit, daß der Computer keine Erklärung für die bizarren Aktionen des Wissenschaftsoffiziers hatte.

Aber die schien er zu haben.

SPEZIALANWEISUNG 927. VERTRAULICHE INFORMATION NUR FÜR WISSENSCHAFTSPERSONAL, VERSCHLUSSSACHE.

Nun, bis hierher war sie immerhin gekommen. Über diese Einschränkungen würde sie schon irgendwie hinwegkommen. Sie wollte gerade mit der Eingabe anfangen, als eine Hand neben ihr herunterkrachte und bis zum Ellbogen in den Computerterminal einsank.

Sie wirbelte im Sessel herum, und ihr Herz setzte aus, sah aber nicht das fremde Wesen, sondern eine Gestalt und ein Gesicht, die ihr jetzt ebenso fremd geworden waren.

Ash lächelte leicht. Aber an seinen hochgezogenen Lippen war keine Spur von Humor zu erkennen. »Das Kommando scheint dir etwas schwerzufallen. Aber unter diesen Umständen ist Führung immer schwierig. Ich glaube, man sollte es dir nicht verübeln.«

Ripley schob sich langsam seitlich aus dem Sessel heraus, achtete darauf, ihn zwischen sich und Ash zu halten. Ashs Worte klangen nicht unfreundlich, ja eher mitfühlend. Aber das, was er tat, war alles andere.

»Das Problem ist nicht die Führungsqualität, Ash. Das ist eine Frage der Loyalität.« Sie schob sich langsam auf die Tür zu. Immer noch grinsend blickte er sie an.

»Loyalität? Ich sehe da kein Problem.« Er wirkte jetzt geradezu charmant, dachte sie. »Ich glaube, wir haben alle unser

Bestes getan. Lambert fängt an, etwas pessimistisch zu werden, aber wir haben ja immer gewußt, daß sie etwas emotionell ist. Sie versteht sich sehr gut darauf, den Kurs eines Schiffes zu bestimmen. Ihren eigenen Weg zu planen, fällt ihr etwas schwerer.«

Ripley versuchte ihm auszuweichen, zwang sich zu einem Lächeln. »Um Lambert mache ich mir im Augenblick keine Sorgen. Aber um dich.« Sie drehte sich langsam herum, auf die offene Türe zu, fühlte wie ihre Magenmuskeln sich anspannten.

»Schon wieder dieser Verfolgungswahn«, sagte er traurig. »Du brauchst nur etwas Ruhe.« Er machte einen Schritt auf sie zu, streckte hilfbereit die Hand aus.

Sie schoß davon, duckte sich unter seiner Hand weg und dann war sie draußen im Korridor, raste auf die Brücke zu. Sie hatte keine Zeit, um Hilfe zu schreien, hatte dringendere Verwendung für ihren Atem.

Auf der Brücke war niemand. Irgendwie gelang es ihr, ihm zu entfliehen. Während sie rannte, drückte sie einige Notschalter. Schottentüren krachten hinter ihr zu, aber jede um Bruchteile von Sekunden zu spät, um ihn aufzuhalten.

Endlich, in der Messe, holte er sie ein. Parker und Lambert trafen Sekunden später ein. Die Signale, welche die sich schließenden Schottentüren auslösten, hatten ihnen angezeigt, daß in der Umgebung der Brücke irgend etwas passierte, etwas nicht stimmte. Und als sie nachsehen kamen, entdeckten sie Verfolger und Verfolgte.

Dies war zwar nicht die Situation, mit der sie gerechnet hatten, aber sie reagierten gut. Lambert war die erste. Sie sprang Ash auf den Rücken. Verärgert ließ er Ripley los, packte die Navigatorin, schleuderte sie durch den Raum und fiel über Ripley her, versuchte, sie zu erwürgen.

Parkers Reaktion war etwas langsamer, dafür aber besser überlegt. Ash hätte ganz bestimmt die Überlegung des Ingenieurs gebilligt. Parker packte einen der schweren Tracker und trat hinter Ash, der immer noch Ripley würgte. Der Ingenieur schwang den Tracker mit aller ihm zur Verfügung stehenden Kraft.

Ein dumpfes Krachen war zu hören. Der Tracker vollendete seinen Bogen. Ashs Kopf flog zur Seite.

Kein Blut schoß aus dem durchtrennten Hals. Vielfarbige

Drähte und gedruckte Schaltungen standen aus dem abgerissenen Halsstumpf des Wissenschaftsoffiziers.

Ash ließ Ripley los. Sie sank zu Boden, japste nach Luft, hielt sich den Hals. Seine Hände vollführten eine makabre Pantomime über seinen Schultern, tasteten unsicher nach dem fehlenden Schädel. Dann taumelte er oder besser gesagt *es*, nach rückwärts, gewann das Gleichgewicht zurück und fuhr fort, auf dem Boden nach dem abgetrennten Kopf zu suchen . . .

13

»Ein Roboter . . . ein Roboter!« murmelte Parker entgeistert. Der Tracker hing in seiner erschlafften Hand.

Offenbar waren im Torso des Roboters ebenso Sensoren untergebracht wie in seinem Schädel, denn auf den Klang von Parkers Stimme hin drehte das Gebilde sich sofort herum und begann auf ihn zuzugehen. Der Ingenieur hob den Tracker und ließ ihn auf Ashs Schulter niederkrachen und dann noch einmal und noch einmal . . . Aber ohne Wirkung. Die tastenden Hände griffen zu, umarmten Parker, aber es war eine Umarmung, die alles andere als liebevoll war. Die Hände tasteten sich in die Höhe, schlossen sich um seinen Hals und drückten mit unmenschlicher Kraft zu.

Ripley hatte sich inzwischen wieder etwas erholt und suchte verzweifelt herum, bis sie eines der alten Schockrohre gefunden hatte, mit denen sie ursprünglich das Alien hatten in Schach halten wollen. Sie riß das Rohr hoch und stellte fest, daß es immer noch geladen war.

Lambert zerrte an Ashs Beinen und versuchte, die Maschine zu Fall zu bringen. Am abgetrennten Hals waren nackte Drähte und Kontakte zu sehen. Ripley stocherte mit ihrem Schockrohr darin herum. Parkers Augen begannen glasig zu werden, und seiner Kehle entrangen sich qualvoll krächzende Laute.

Jetzt hatte sie die richtige Stelle gefunden, stieß das Rohr hinein und betätigte den Abzug. Es hatte den Anschein, als lockerten sich Ashs Hände etwas. Sie zog das Rohr zurück, zielte erneut und stieß ein zweites Mal zu.

Blaue Funken flogen aus dem Halsstumpf. Wieder stieß sie zu, hielt den Schalter niedergedrückt. Ein greller Blitz flammte auf, und der Geruch von verbrennendem Isoliermaterial breitete sich aus.

Ash brach zusammen. Parkers Brustkasten hob und senkte sich, als er sich abmühte, wieder Luft zu bekommen. Er hustete ein paarmal, spuckte auf das Deck.

Dann riß er die Augen weit auf, blinzelte ein paarmal und funkelte die reglose Maschine an. »Verdammt! Verdammte Maschine!« Er trat nach dem Metallgebilde. Es reagierte nicht, lag reglos und unschuldig auf dem Deck.

Lamberts Blick wanderte verstört zwischen Parker und Ripley hin und her. »Würde jemand mir bitte sagen, was zum Teufel hier vorgeht?«

»Es gibt nur eine Möglichkeit, das festzustellen.« Ripley stellte vorsichtig ihre Waffe zur Seite, vergewisserte sich aber, daß sie in Reichweite war, sollte sie sie brauchen und näherte sich der ›Leiche‹.

»Und wie wäre das?« fragte Lambert.

Ripley blickte zu Parker hinüber, der sich den Hals massierte. »Wir müssen den Kopf wieder anschließen. Ich glaube, ich habe sein Bewegungssystem im Torso ausgebrannt, aber der Kopf und sein Erinnerungsvermögen sollten funktionieren, wenn wir es mit Energie versorgen. Er hat das Alien von Anfang an geschützt. Ich habe ja dauernd versucht, euch das klar zu machen.« Sie deutete auf die ›Leiche‹. Es war schwer, in Ash einen Mechanismus und nicht einen Mannschaftskameraden zu sehen. »Er hat ihn schließlich gegen die Vorschriften an Bord gelassen.« Ihr Gesicht verzog sich bei der Erinnerung.

»Er behauptete, er hätte es getan, um Kane das Leben zu retten. Aber Kane hat ihn nie interessiert. Er hat dieses Ding in ihm wachsen lassen. Die ganze Zeit hat er gewußt, was passierte. Und dann hat er den Schleusenalarm ausgelöst, um das Alien zu retten.«

»Aber warum?« Lambert begriff immer noch nicht.

»Das ist eine reine Vermutung – aber ich kann mir nur einen Grund vorstellen, warum die einen Roboter hier eingeschleust haben, ohne es uns zu sagen: jemand wollte einen Sklaven als Beobachter an Bord haben, um zu berichten, was sich hier entwickelte.« Sie blickte zu Lambert auf. »Wer weist denn den Schiffen das Personal zu und nimmt in letzter Minute Änderungen vor, wie zum Beispiel den Austausch von Wissenschaftsoffizieren? Wer ist denn imstande, einen Roboter an Bord einzuschleusen, ohne daß wir das erfahren? Und zu welchem Zweck?«

Lambert wirkte jetzt nicht mehr verwirrt. »Die Gesellschaft.«

»Sicher.« Ripley lächelte humorlos. »Die unbemannten Sonden der Gesellschaft müssen diese Sendung des Wracks aufgenommen haben. Die *Nostromo* war zufälligerweise das nächste Schiff der Gesellschaft, das durch diesen Raumquadranten kommen mußte. Sie haben Ash an Bord gebracht, um die Entwicklung für sie zu überwachen und sicherzustellen, daß wir das befolgten, was Mutter Spezialanweisung 937 nennt.

Falls sich erwiesen hätte, daß hinter der Sendung nichts von Bedeutung stand, hätte Ash ihnen das melden können, ohne daß wir je etwas erfahren hätten. Andernfalls erfährt die Gesellschaft das, was sie wissen möchte, und kann sich die Mühe sparen, ein um teures Geld komplett ausgestattetes Forschungsteam auszuschicken. Eine ganz einfache Methode, den Gewinn zu maximieren und den Verlust zu minimieren. Deren Gewinn und unser Verlust.«

»Großartig«, schnob Parker. »Das hast du dir alles gut zusammengereimt. Jetzt sag mir nur, warum wir diesen Schweinehund wieder zusammenflicken müssen.« Er spuckte auf Ashs ›Leiche‹.

Ripley hatte Ashs Kopf auf einen Schrank gesetzt und führte ein Kabel von einer Steckdose, die neben dem Autokoch an der Wand befestigt war, zu dem Schädel. »Wir müssen in Erfahrung bringen, was er sonst noch weiß. Einverstanden?«

Parker nickte widerstrebend. »Einverstanden.« Er trat neben sie. »Komm, laß mich das machen.«

Der Ingenieur versuchte sich in den Drähten an Ashs Hinterkopf und dem künstlichen Haar zu orientieren. Als die Lider des Wissenschaftsoffiziers zu flattern begannen, brummte Parker befriedigt, trat zur Seite.

Ripley beugte sich über den Robot. »Ash, kannst du mich hören?« Keine Antwort. Sie sah Parker an.

»Die Verbindung stimmt. Wenn nicht ein wichtiger Stromkreis unterbrochen wurde, als der Schädel auf das Deck fiel, müßte er antworten. In diesen komplizierten Modellen sind die Gedächtniszellen und die verbal-visuellen Komponenten ziemlich dicht gepackt. Ich erwarte, daß er redet.«

Sie versuchte es noch einmal. »Kannst du mich hören, Ash?«

Eine vertraute Stimme hallte plötzlich durch die Messe.

»Ja, ich kann dich hören.«

Es fiel ihr schwer, den vom Körper abgetrennten Kopf anzusprechen, wenn sie auch wußte, daß es sich nur um eine Maschine handelte, ebenso wie das Schockrohr oder der Autokoch. Dazu hatte sie zu viele Stunden in Ashs Gesellschaft verbracht.

»Was . . . was besagt Spezialanweisung 937?«

»Das widerspricht den Vorschriften und meiner Programmierung. Du weißt, daß ich das nicht sagen kann.«

Sie trat zurück. »Dann hat es auch keinen Sinn, mit ihm zu reden. Parker, zieh den Stecker raus.«

Der Ingenieur griff nach dem Kabel, und Ash reagierte schnell genug, um damit zu beweisen, daß seine Erkennungsstromkreise noch intakt waren. »Im Wesen waren meine Anweisungen folgende:« Parkers Hand schwebte drohend über der Leitung.

»Ich hatte Anweisung, den Kurs der *Nostromo* so zu verändern oder sicherzustellen, daß ihre Mannschaft den Kurs so veränderte, daß das Signal aufgenommen werden konnte. Ich sollte Mutter programmieren, daß sie euch aus dem Hyperschlaf holte, und ihr Gedächtnis so programmieren, daß sie euch die Story von dem Notruf übermittelte. Die Spezialisten der Gesellschaft wußten bereits, daß es sich bei der Sendung um eine Warnung, nicht um einen Notruf handelte.«

Parkers Hände ballten sich zu Fäusten.

»Am Ursprungsort des Signals«, fuhr Ash fort, »sollten wir diese Lebensform erforschen. Nach Ansicht der Experten handelte es sich fast mit Sicherheit um ein feindliches Lebewesen, das wir zurückbringen sollten, damit es gründlich untersucht und von den Fachleuten der Gesellschaft auf mögliche kommerzielle Auswertung überprüft werden konnte. Unter Wahrung der gebotenen Diskretion natürlich.«

»Natürlich«, pflichtete Ripley ihm bei und äffte dabei den gleichmäßigen Tonfall der Maschine nach. »Das erklärt natürlich, warum man uns ausgewählt und nicht an unserer Stelle zuerst ein wertvolles Forscherteam hinausgeschickt hat.« Sie schien darüber befriedigt, daß sie die Motive hinter Ashs Worten durchschaut hatte.

»Die Einfuhr gefährlicher fremder Lebensformen auf irgendwelchen bewohnten Welten, ganz zu schweigen von der Erde, ist streng verboten. Indem man es so hinstellte, als wären wir einfachen Schlepperjockeys zufällig darauf gestoßen, konnte die Gesellschaft so tun, als wäre das Alien ›unabsichtlich‹ zur Erde gelangt. Uns hätte man wahrscheinlich ins Gefängnis gesteckt, aber das Alien wäre dann erst einmal da gewesen. Die Spezialisten der Gesellschaft wären natürlich ›rein zufällig‹ bereit gewesen, diesen gefährlichen Ankömmling den Zollbeamten abzunehmen. Vielleicht nach ein paar großzügigen Geschenken, um die ganze Transaktion zu erleichtern.

Mit etwas Glück hätte die Gesellschaft dann sogar vielleicht dafür gesorgt, daß man uns wieder freiließ, sobald die Behörden sich davon überzeugt hatten, daß wir wirklich so dumm waren, wie es aussah. Was wir ja auch waren.«

»Warum?« wollte Lambert wissen. »Warum hast du uns nicht gewarnt? Warum konnte man uns nicht sagen, was uns bevorstand?«

»Weil ihr dann vielleicht nicht mitgemacht hättet«, erklärte Ash mit kalter Logik. »Es war notwendig, daß euch unbekannt blieb, was geschah. Was Ripley hier hinsichtlich der Zollbehörden sagte, ist ganz richtig.«

»Du und diese verdammte Gesellschaft!« knurrte Parker. »Und was ist mit unserem Leben, Mann?«

»›Nicht Mann‹«, verbesserte Ash gleichmütig. »Was euer Leben angeht, so fürchte ich, hielt die Gesellschaft das für zweitrangig. In erster Linie interessierte sie sich für die fremde Lebensform. Man hoffte zwar, daß ihr sie unter Kontrolle bekommen und überleben würdet, um eure Anteile in Empfang zu nehmen, aber ich muß gestehen, daß diese Überlegung nur zweitrangig war. Von seiten der Gesellschaft war das nichts Persönliches. Ein reiner Zufall.«

»Wie beruhigend«, ereiferte sich Ripley. Sie überlegte einen Augenblick lang und sagte dann: »Du hast uns bereits gesagt, daß man uns in erster Linie deshalb zu dieser Welt geschickt hat, um ›eine Lebensform zu erforschen, die fast mit Sicherheit feindselig war.‹ Und daß die Experten der Gesellschaft die ganze Zeit wußten, daß es sich bei der Sendung um eine Warnung, kein Notsignal handelte.«

»Ja«, erwiderte Ash. »Nach dem, was die Übersetzer feststellen konnten, war es viel zu spät für ein Signal, als daß es den Sendern noch hätte nützen können. Das Signal selbst war erschreckend spezifisch, sehr detailliert.

Wir stellten fest, daß das verlassene Raumschiff offenbar im Rahmen einer normalen Forschungsexpedition auf dem Planeten gelandet war. Die Besatzung stieß ebenso wie Kane auf eine oder mehrere der fremden Sporenschoten. Der Sendung war nicht zu entnehmen, ob die Forscher noch Zeit hatten, festzustellen, ob die Sporen ihren Ursprung auf dieser Welt hatten oder von anderswo dort eingeschleppt worden waren.

Aber ehe sie alle überwältigt wurden, schafften sie es noch, den Warnsender aufzubauen, um die Insassen anderer Schiffe, die vielleicht vorhatten, auf jener Welt zu landen, davon abzuhalten. Wo immer sie auch herkamen – sie waren ein selbstloses Volk. Hoffentlich begegnet ihnen die Menschheit unter angenehmeren Begleitumständen wieder einmal.«

»Jedenfalls bessere Leute als manche, an die ich denken kann«, sagte Ripley erbittert. »Das Alien, das an Bord ist – wie töten wir es?«

»Die Forscher, von denen das Wrack stammt, waren größer und wahrscheinlich auch intelligenter als die Menschen. Ich glaube nicht, daß ihr es töten könnt, aber ich könnte das vielleicht. Da ich nicht organisch bin, sieht das Alien in mir keine Gefahr. Und auch keine Nahrung. Ich bin wesentlich stärker als irgendeiner von euch. Ich bin dem Alien vielleicht gewachsen.

Im Augenblick freilich bin ich nicht im Vollbesitz meiner Kräfte. Wenn ihr einfach . . .«

»Nicht schlecht gedacht, Ash«, unterbrach ihn Ripley und schüttelte den Kopf. »Aber das kommt nicht in Frage.«

»Ihr Idioten! Ihr begreift immer noch nicht, womit ihr es hier zu tun habt. Das Alien is ein absolut perfekter Organismus. Mit euren begrenzten Möglichkeiten habt ihr gegen dieses Wesen keine Chance.«

»Mein Gott.« Lambert starrte den Kopf wie benommen an. »Du bewunderst das verdammte Ding ja geradezu.«

»Wie kann man denn die einfache Symmetrie, die es darstellt, nicht bewundern? Ein idealer Interspeciesparasit, der imstande ist, auf jeder Lebensform zu gedeihen, welche atmet, gleichgültig, um welche Atmosphäre es sich handelt. Ein Parasit, der imstande ist, unter den unwirtlichsten Umständen unbegrenzte Zeit zu überdauern. Sein einziger Zweck ist es, seine Art fortzupflanzen, eine Aufgabe, die er mit überlegener Effizienz verfolgt. Die Menschheit hat noch nie etwas kennengelernt, das man damit vergleichen könnte.

Die Parasiten, an deren Bekämpfung die Menschheit gewöhnt ist, sind Moskitos, winzige Arthropoden und dergleichen. Im Vergleich mit ihnen ist dieses Geschöpf in seiner Wildheit und in seiner Effizienz das, was der Mensch in puncto Intelligenz zum Wurm ist. Ihr könnt nicht einmal ahnen, wie man dieses Alien bekämpfen kann.«

»Jetzt habe ich genug von diesem Scheiß!« Parkers Hand griff nach dem Kabel. Ripley hob abwehrend die Hand und starrte den Kopf an.

»Du bist doch ein Teil unserer Mannschaft, Ash. Du bist unser Wissenschaftsoffizier, wenn du auch ein Werkzeug der Gesellschaft bist.«

»Ihr habt mir Intelligenz gegeben. Und mit dem Intellekt kommt die unausweichliche Wahl: meine Loyalität gilt nur der Wahrheit. Und die wissenschaftliche Wahrheit verlangt Schönheit, Harmonie und über allem: Einfachheit. Das Problem eurer Konfrontation mit dem Alien kann nur eine einfache und elegante Lösung haben: nur einer von euch wird überleben.«

»Das verweist uns Menschen auf die Plätze, wie? Sag mir etwas, Ash. Die Gesellschaft hat die ganze Zeit damit gerechnet, daß nur du und das Alien lebend an Bord der *Nostromo* seid, wenn sie auf der Erde eintrifft, oder?«

»Nein. Man hat ehrlich gehofft, daß ihr überleben und das Alien überwältigen könnt. Die Beamten der Gesellschaft hatten keine Vorstellung davon, wie gefährlich und effizient es ist.«

»Was, meinst du, wird geschehen, wenn die *Nostromo* die Erde erreicht, wir alle tot sind und das Alien die Macht über das Schiff hat?«

»Das kann ich nicht sagen. Es besteht die Möglichkeit, daß es dem Alien gelingt, die Beamten, die an Bord kommen, und auch jeden anderen, mit dem es in Berührung kommt, zu infizieren, ehe man erkennt, wie groß die Gefahr ist, die es repräsentiert, und Schritte dagegen unternimmt. Bis dahin ist es vielleicht schon zu spät.

Der Menschheit ist es in Tausenden von Jahren nicht gelungen, andere Parasiten auszutilgen. Und einen Parasiten, der so fortgeschritten ist, wie dieser, hat die Menschheit noch nie erlebt. Versucht euch einige Milliarden Moskitos vorzustellen, die intelligent sind und zusammenwirken. Hätte die Menschheit eine Chance?

Wenn ich anwesend bin und noch funktioniere, sobald die *Nostromo* die Erde erreicht, kann ich den Beamten mitteilen, was sie erwartet und was sie unternehmen müssen. Indem ihr mich zerstört, riskiert ihr es, eine schreckliche Seuche auf die Menschheit loszulassen.«

In der Messe herrschte Schweigen, aber nicht lange. Parker war der erste, der das Wort ergriff.

»Die Menschheit in Gestalt der Gesellschaft scheint nach alledem auf uns keinen großen Wert zu legen. Wir werden also versuchen, alleine mit dem Alien fertig zu werden. Zumindest wissen wir jetzt, wie er zu uns steht.« Er deutete mit einem Kopfnicken auf Ashs Kopf, dann blickte er zu Ripley hinüber. »Wenn ich nicht mehr am Leben bin, stört mich eine Seuche nicht. Ich sage, wir sollten jetzt den Stecker herausziehen.«

»Ich bin einverstanden«, sagte Lambert.

Ripley trat an die Steckdose und schickte sich an, das Kabel herauszuziehen.

»Ein letztes Wort«, sagte Ash schnell. »Ein Vermächtnis, wenn ihr so wollt.«

Ripley zögerte. »Nun?«

»Vielleicht ist das Alien intelligent. Vielleicht solltet ihr versuchen, mit ihm in Verbindung zu treten.«

»Hast du das getan?«

»Bitte, laßt mich dieses Geheimnis mit ins Grab nehmen.«

Ripley zog das Kabel aus der Steckdose. »Adieu, Ash.« Sie wandte den Blick von dem verstummten Kopf. »Wenn ich schon zwischen Parasiten wählen muß, dann sind mir solche lieber, die nicht lügen. Außerdem, wenn wir mit dem Ding schon nicht fertigwerden, dann sterben wir wenigstens mit der freudigen Gewißheit, daß es sich ein paar Experten der Gesellschaft schnappt . . .«

Sie saß vor der Konsole des Zentralcomputers, als Parker und Lambert zurückkamen. »In einem hat Ash recht gehabt«, sagte sie niedergeschlagen. »Große Chancen haben wir nicht.« Sie deutete auf ein Anzeigegerät. »Unser Sauerstoff reicht nur noch zwölf Stunden.«

»Dann ist bald alles vorbei.« Parker blickte zu Boden.» Ash wieder einzustecken, wäre eine schnellere Form des Selbstmordes. Oh, ich bin sicher, er würde versuchen, das Alien zu erledigen. Aber er würde uns nicht leben lassen. Das ist ein Auftrag der Gesellschaft, von dem er uns nichts sagen konnte. Denn nachdem er uns alles andere gesagt hat, kann er uns unmöglich am Leben lassen – sonst würden die Hafenbehörden erfahren, was die Firma vorhatte.« Er grinste. »Ash war eine loyale Maschine der Gesellschaft.«

»Ich weiß nicht, wie ihr das seht«, sagte Lambert ernst, »aber ich glaube, ich ziehe einen schmerzlosen, friedlichen Tod den anderen Alternativen vor, die zur Wahl stehen.«

»Soweit sind wir noch nicht.«

Lambert hielt ihnen ein kleines Kärtchen mit Kapseln hin. Ripley erkannte die Selbstmordpillen an ihrer roten Farbe und dem winzigen eingeprägten Totenschädeln mit den gekreuzten Knochen. »Nein? Hm.« Ripley drehte sich in ihrem Sessel herum. »Ich sage, daß es noch nicht soweit ist. Ihr habt euch von Ash überzeugen lassen. Er sagte, er sei der einzige, der eine Chance hätte, mit dem Alien fertig zu werden. Aber immerhin liegt *er* hilflos in der Messe und nicht wir.«

»Es gibt noch eine Möglichkeit. Wir könnten das Schiff sprengen.«

»Ist das deine Alternative?« fragte Lambert mit leiser Stimme. »Ich ziehe chemische Mittel vor, wenn es dir nichts ausmacht.«

»Nein, nein, erinnerst du dich an das, was du früher vorgeschlagen hast, Lambert? Wir verlassen das Schiff im Shuttle und lassen es hochgehen. Wir nehmen die übriggebliebene Luft in tragbaren Tanks mit. Das Shuttle hat seine eigene Luftversorgung. Mit dem zusätzlichen Sauerstoff haben wir immerhin eine Chance, es bis in stärker befahrene Raumsektoren zu schaffen, wo man uns auflesen wird. Mag sein, daß wir bis dahin unsere eigenen Abfallprodukte atmen. Aber immerhin haben wir so eine Chance.«

Sie schwiegen. Alle überlegten. Parker sah Ripley an und nickte dann. »Das gefällt mir besser als Chemikalien. Außerdem wird es mir ein Vergnügen sein, dabei zuzusehen, wie Eigentum der Gesellschaft in Stücke geht.« Er wandte sich zum Gehen. »Wir fangen damit an, Luft in Flaschen abzufüllen.«

Der Ingenieur überwachte das Umfüllen von komprimierter Luft aus den Haupttanks der *Nostromo* in kleinere tragbare Kanister, die sie in das Shuttle befördern konnten.

»Ist das alles?« fragte Ripley, als Lambert sich müde an den Lukenrahmen lehnte.

»Alles, was wir mitnehmen können.« Er deutete auf die aufgereihten Kanister. »Das sieht vielleicht nicht nach viel aus, aber das Zeug steht wirklich unter Druck. Genügend zusätzliche Luft, um etwas Zeit zu gewinnen.« Er grinste.

»Fein. Holen wir uns noch einige Lebensmittel, schalten die

Motoren ein und verschwinden hier.« Plötzlich kam ihr ein Gedanken, und sie hielt inne: »Jones. Wo ist Jones?«

»Wer weiß?« Parker war sichtlich nicht an der Schiffskatze interessiert.

»Als ich ihn das letzte Mal sah, schnüffelte er in der Messe an Ash herum«, sagte Lambert.

»Geh nachsehen. Wir wollen ihn nicht zurücklassen. Soviel Menschlichkeit können wir uns noch immer leisten.«

Lambert sah sie verstört an. »Kommt nicht in Frage. Ich gehe auf diesem Schiff nirgendwo alleine hin.«

»Konnte das Biest nie leiden«, brummte Parker.

»Laßt nur«, meinte Ripley. »Ich gehe. Ihr könnt inzwischen die Luft und die Lebensmittel verladen.«

»Okay«, nickte Lambert. Sie und Parker luden sich die Sauerstoffkanister auf und gingen zum Shuttle. Ripley lief zur Messe.

Sie brauchte nicht lange zu suchen. Nachdem sie die ganze Messe durchstöbert hatte, sorgfältig darauf bedacht, Ashs kopflosen Torso nicht zu berühren, ging sie zur Brücke. Dort fand sie Jones sofort. Er lag auf Dallas Konsole, putzte sich und wirkte gelangweilt.

Sie lächelte ihm zu. »Jones, du hast's gut.«

Offenbar war der Kater anderer Meinung. Als sie nach ihm griff, sprang er mit einem eleganten Satz von der Konsole und stolzierte davon. Sie folgte ihm, redete auf ihn ein.

»Komm schon, Jones. Mach dich nicht so rar. Nicht jetzt. Die anderen warten sonst nicht auf dich.«

»Wieviel, glaubst du, werden wir brauchen?« Lambert hielt inne, Behälter aufeinanderzustapeln und sah zu Parker hinüber. Sie wischte sich eine Haarsträhne aus dem Gesicht.

»Soviel wir tragen könne. Schließlich wollen wir nicht zweimal gehen.«

»Allerdings nicht.« Sie schob sich ihren Stapel zurecht. Plötzlich hallte eine Stimme über die Sprechanlage.

»Verdammt nochmal, Jones, komm schon her. Komm, Kätzchen . . . komm schön, Kätzchen.« Ripleys Stimme klang sanft und einschmeichelnd, aber Lambert konnte ihre Gereiztheit spüren.

Parker kam mit einem Armvoll Schachteln und Konserven aus dem Vorratsraum. Lambert fuhr fort, Vorräte zu sortieren, wobei sie gelegentlich eine austauschte. Die Vorstellung, künstliche Lebensmittel unzubereitet essen zu müssen, war nicht gerade erhebend. In dem winzigen Shuttle gab es keinen Autokoch. Das Zeug würde sie zwar am Leben erhalten, aber das war auch alles. Sie wählte die wohlschmeckendsten Kombinationen aus, die es gab.

Das rote Licht an dem Tracker, der neben ihr lag, bemerkte sie nicht.

»Jetzt habe ich dich!« Jones leistete zwar indigniert Widerstand, aber Ripley hatte ihn am Nackenfell gepackt. Auch seine abgespreizten Beine halfen ihm nichts – er wurde ziemlich unsanft in seinen abgedichteten Reisebehälter geschoben. Ripley schaltete ihn ein. »So, jetzt kannst du eine Weile deinen eigenen Gestank einatmen.«

Die beiden Flammenwerfer lagen vor dem Vorratsraum. Parker kniete vorsichtig nieder und versuchte, seinen aufzuheben. Er verlor das Gleichgewicht, und eine ganze Anzahl der sorgfältig aufgetürmten Schachteln fiel ihm herunter.

»Verdammt!«

Lambert unterbrach ihre Tätigkeit und blickte aus der Tür der Vorratskammer. »Was ist los?«

»Nichts. Ich hab' nur versucht, zuviel auf einmal zu tragen, das ist alles. Beeil dich.«

»Ich komm schon. Dreh nicht gleich durch.«

Das rote Licht an dem Tracker leuchtete jetzt kräftiger, und nun fing das Gerät zu piepsen an. Parker ließ seine Schachteln fallen, starrte den Tracker an und hob seinen Flammenwerfer auf. Er rief Lambert zu: »Verschwinden wir hier!«

Sie hatte das Geräusch auch gehört. »Ich komm schon.«

Hinter ihr war plötzlich ein anderes Geräusch zu hören. Sie drehte sich um und schrie, als die Hand sie packte. Das Alien zwängte sich aus dem Luftschacht. Es war riesig.

Ripley hörte den Schrei aus der Sprechanlage auf der Brücke und erstarrte.

Parker eilte in den Vorratsraum – und sah sich dem Alien gegenüber. Den Flammenwerfer konnte er nicht einsetzen, ohne Lambert zu treffen. So schwang er die Waffe wie eine Keule und ging auf das Monster los.

»Verdammtes Biest!«

Das Alien ließ Lambert fallen. Sie sank schlaff zu Boden, als

Parkers erster Schlag das Alien traf – freilich ohne irgendeine Wirkung zu zeitigen. Ebensogut hätte Parker versuchen können, die Wand einzuschlagen.

Er versuchte der riesigen Hand, die auf ihn zuschoß, auszuweichen, aber er schaffte es nicht. Der Schlag des Alien brach ihm das Genick und tötete ihn auf der Stelle. Das Alien wandte sich wieder Lambert zu.

Ripley hatte sich immer noch nicht bewegt. Über den Lautsprecher waren schwache Schreie zu hören. Das war Lambert, und die Schreie wurden immer schwächer. Dann trat Stille ein.

»Parker . . . Lambert?« fragte sie.

Sie wartete auf eine Reaktion, ahnte aber, daß keine mehr kommen würde.

Nun war sie allein. Auf dem Schiff gab es wahrscheinlich nur noch drei lebende Wesen: das Alien, Jones und sie selbst. Aber sie mußte sicher sein.

Das bedeutete, daß sie Jones zurücklassen mußte. Sie wollte das nicht, aber der Kater hatte die Schreie gehört und miaute verzweifelt. Er machte zuviel Lärm.

Sie erreichte ohne Behinderung das B-Deck, hielt den Flammenwerfer schußbereit. Unmittelbar vor ihr lag der Vorratsschrank. Es bestand eine geringe Chance, daß das Alien eins seiner Opfer zurückgelassen hatte, weil es sicher nicht leicht war, beide gleichzeitig durch den engen Schacht zu befördern. Es bestand also immerhin eine Chance, daß noch jemand am Leben war.

Sie spähte hinein. Aber offenbar war es dem Alien gelungen, beide Opfer durch den Luftschacht zu zwängen.

Dann rannte sie, rannte, blindlings, halb wahnsinnig, ohne zu denken. Wände versperrten ihr den Weg, hielten sie auf. Sie floh weiter, wie eine Rasende. Sie rannte, bis ihr die Lungen brannten. Und das erinnerte sie an Kane und die Kreatur, die in ihm herangereift war, neben seinen Lungen. Und das wiederum erinnerte sie an das Alien.

Und diese Gedanken brachten sie wieder zu sich. Nach Atem ringend verlangsamte sie ihren Lauf und versuchte sich zu orientieren. Sie war durch das ganze Schiff gerannt. Jetzt stand sie alleine mitten im Maschinenraum.

Sie hörte etwas, hielt den Atem an. Das Geräusch wiederholte sich. Es war ein vertrautes menschliches Geräusch. Das Geräusch von jemandem, der weinte.

Den Flammenwerfer schußbereit in der Hand, ging sie langsam durch den Raum, bis sie sich unmittelbar über dem Ursprung des Geräusches befand. Sie stellte fest, daß sie auf einem Treppendeckel stand, einer runden Scheibe aus Metall. Nachdem sie sich vorsichtig umgesehen hattte, kniete sie nieder und entfernte den Deckel. Eine Leiter führte in die Finsternis hinab.

Sie tastete sich die Leiter hinunter, bis sie etwas Festes unter den Füßen verspürte. Dann knipste sie ihre Taschenlampe an. Sie stand in einem kleinen Versorgungsraum. Jetzt konnte sie Plastikbehälter und selten gebrauchte Werkzeuge erkennen. Und dann fiel das Licht auf Knochen, an denen noch Fleischfetzen hingen. Ihre Haare sträubten sich, als ihr Lichtkegel Überreste von Kleidern erfaßte, getrocknetes Blut, einen halb zerrissenen Stiefel, einen blutigen Fuß darin. Die Wände waren von bizarren Vorsprüngen gesäumt.

Etwas bewegte sich in der Finsternis. Sie wirbelte herum, hob den Flammenwerfer, als der Lichtkegel das erfaßte, was sich bewegt hatte.

Ein riesiger Kokon hing rechts von ihr von der Decke. Er sah aus wie eine Art durchsichtige Hängematte aus feinem, seidig wirkendem weißem Material. Der Kokon zuckte.

Den Finger am Abzug des Flammenwerfers trat sie näher. Sie konnte etwas in dem halbdurchsichtigen Kokon erkennen, einen Körper . . . *Dallas!*

Dann öffneten sich plötzlich seine Augen, erfaßten Ripley. Seine Lippen öffneten sich, versuchten Worte zu bilden. Sie trat näher, gleichzeitig fasziniert und abgestoßen.

»Töte mich«, bettelte die unhörbare Stimme.

»Was . . . was hat es dir getan?«

Wieder versuchte Dallas zu sprechen, aber es gelang ihm nicht. Er drehte den Kopf etwas zur Seite. Ripley folgte der Bewegung mit der Lampe, richtete sie nach oben. Dort hing ein zweiter Kokon. Er war kleiner und dunkler, aus dem seidigen Gewebe hatte sich bereits eine harte glänzende Schale gebildet. Er sah aus – wenn Ripley das auch nicht wissen konnte – wie die zerbrochene leere Urne auf dem Schiffswrack.

»Das war Brett.« Der Lichtkegel ihrer Taschenlampe wanderte wieder zu Dallas zurück.

»Ich hol dich hier raus.« Jetzt liefen ihr die Tränen über die Wangen. »Wir schalten den Autodoc ein, holen dich . . .«

Dallas schüttelte mühsam den Kopf.

Sie hielt inne, konnte nicht weitersprechen. Was Ash gesagt hatte, fiel ihr ein, die Analogie mit der Spinne, der Wespe. Die lebenden Jungen, die sich von dem paralysierten Körper der Spinne ernährten, wuchsen, wobei die Spinne wußte, was geschah, aber . . .

Irgendwie gelang es ihr, den schrecklichen Gedanken abzublocken. In dieser Richtung lag der nackte Wahnsinn. »Was kann ich tun?«

Wieder das schmerzgepeinigte Sprechen der stummen Lippen. »Töte mich.«

Sie starrte ihn an. Seine Augen hatten sich geschlossen, aber seine Lippen zitterten, als schickte er sich an, zu schreien. Sie glaubte nicht, daß sie diesen Schrei würde ertragen können.

Sie hob die Mündung ihres Flammenwerfers – und dann drückte sie blindlings ab. Eine Flammenzunge leckte nach dem Kokon und hüllte ihn und das Ding ein, das einmal Dallas gewesen war. Es verbrannte lautlos. Dann ließ sie die Flammenzunge durch den Raum kreisen, bis er von einem Inferno erfüllt war. Sie hastete wieder die Leiter hinauf, und die Hitze leckte nach ihren Füßen.

Sie schob den Kopf in den Maschinenraum hinaus. Er war immer noch leer. Rauch kräuselte um sie herum in die Höhe, sie hustete. Sie kletterte heraus, schlug den Deckel mit dem Fuß auf die Öffnung, ließ ihn aber einen Spalt offen stehen, damit Luft an das Feuer konnte. Dann eilte sie auf die Steuerkanzel des Maschinenraums zu.

Skalen und Instrumente warteten geduldig auf Anweisungen. Ein Schaltbrett trug rot umrandete Schalter. Sie studierte es einen Augenblick lang, erinnerte sich an Schaltfolgen und begann dann die Hebel einen nach dem anderen umzulegen.

Ein Doppelschalter war von einer Abdeckung geschützt. Sie versuchte vergeblich den Deckel zu heben, trat zurück und zerschlug ihn mit dem stumpfen Ende des Flammenwerfers, dann legte sie entschlossen den Schalter um.

Sie wartete eine Ewigkeit lang. Sirenen begannen zu heulen. Eine Stimme hallte aus dem Lautsprecher, und sie zuckte erschreckt zusammen, bis ihr klar wurde, daß das Mutters Stimme war.

»Achtung, Achtung, die Kühleinheiten für den Hyperdrive funktionieren nicht. Überlastungsschalter außer Funktion. Motoren überladen in vier Minuten, fünfzig Sekunden, vier Minuten fünfzig Sekunden. Explosionsgefahr.«

Sie war auf halbem Wege durch den B-Korridor, als ihr Jones einfiel.

Er befand sich in seinem luftdichten Behälter, und sein Miauen hallte aus dem Lautsprecher. Sie ergriff den Behälter und rannte auf das Shuttle zu, den Flammenwerfer unter den Arm geklemmt.

Sie erreichte die letzte Biegung des Korridors, der zum Shuttle führte. Plötzlich zischte Jones in der Box, und sein Nackenfell sträubte sich. Ripley blieb stehen, starrte benommen auf die offene Schleuse. Geräusche drangen an ihr Ohr.

Das Alien war im Shuttle.

Sie ließ Jones auf der Treppe zur B-Etage stehen und rannte zum Maschinenraum zurück. Der Kater protestierte, weil er wieder alleingelassen wurde.

Während sie auf die Maschinenkanzel zurannte, erfüllte eine geduldige ausdruckslose Stimme den Raum. »Achtung. Maschinen überladen. Antrieb explodiert in drei Minuten zwanzig Sekunden.«

Eine Hitzemauer schlug ihr entgegen, als sie die Kanzel betrat. Es war schwer, in dem Rauch etwas zu sehen. Sirenen heulten, die Maschinen ringsum arbeiteten auf Hochtouren. Sie wischte sich den Schweiß vom Gesicht und tastete sich weiter. Irgendwie fand sie das Armaturenbrett, zwang sich zur Konzentration und schloß die Schalter wieder, die sie erst vor wenigen Augenblicken geöffnet hatte. Das klagende Lied der Sirenen hielt an.

»Achtung. Maschinen überladen. Antrieb explodiert in drei Minuten. Maschinen überladen. Antrieb explodiert in drei Minuten.«

Keuchend lehnte sie sich gegen die heiße Wand und drückte einen Knopf. »Mutter, ich habe alle Kühleinheiten wieder eingeschaltet!«

»Zu spät. Der Reaktorkern des Antriebs hat bereits zu schmelzen begonnen. Reaktion jetzt nicht mehr aufzuhalten. Explosion steht kurz bevor. Antrieb explodiert in zwei Minuten und fünfundfünfzig Sekunden.«

Mutters Stimme war Ripley immer beruhigend erschienen.

Jetzt fehlte der Computerstimme jegliches menschliche Element, sie war ebenso gnadenlos wie die Zeit, deren Ablauf sie registrierte.

Halb erstickt und mit brennender Kehle taumelte sie aus der Kanzel, während die Sirenen hysterisch jaulten. »Achtung. Antrieb explodiert in zwei Minuten«, verkündete Mutter über die Wandlautsprecher.

Der Behälter mit Jones stand auf der Treppe. Der Kater gab keinen Laut von sich. Sie taumelte zum Shuttle zurück, zerrte den Behälter mit dem Kater hinter sich her, schaffte es irgendwie, den Flammenwerfer schußbereit zu halten. Einmal glaubte sie, einen Schatten hinter sich zu entdecken und wirbelte herum, aber diesmal war es wirklich nur ein Schatten.

Sie zögerte im Korridor, unschlüssig, was sie nun tun sollte, schrecklich müde. Mutters Stimme trieb sie wieder an: »Achtung. Antrieb explodiert in neunzig Sekunden.«

Sie stellte Jones' Behälter ab, packte den Flammenwerfer mit beiden Händen und rannte zur Shuttleschleuse.

Sie war leer.

Sie wirbelte herum, rannte in den Korridor zurück und packte den Reisebehälter. Nichts tauchte vor ihr auf, um sie anzugreifen.

»Achtung. Antrieb explodiert in sechzig Sekunden«, sagte Mutter ausdruckslos.

Der Behälter mit dem unglücklichen Jones flog neben die Hauptkonsole, während Ripley sich auf den Pilotensessel warf. Jetzt war keine Sekunde mehr zu verlieren für Feinheiten wie eine Kursberechnung oder die Festlegung eines Startwinkels. Sie konzentrierte sich voll und ganz darauf, einen einzigen Knopf niederzudrücken, unter dem in roten Buchstaben ein einziges Wort stand.

START.

Haltebolzen explodierten mit winzigen Explosionen. Die Sekundärmotoren heulten auf, als das Shuttle sich von der *Nostromo* trennte.

Der Andruck zerrte an Ripley, als sie versuchte, sich anzuschnallen, aber der Schub würde gleich nachlassen, sobald das Shuttle das Hyperdrivefeld der *Nostromo* verlassen hatte und seinen eigenen Kurs durchs Weltall aufnahm.

Es gelang ihr, die Gurte zu schließen und gestattete sich den Luxus eines tiefen Atemzugs von der sauberen Luft des Shuttles. Ein Heulen drang an ihr Ohr. Wo sie lag, konnte sie mit Mühe den Reisebehälter der Katze erreichen. Ihr Gesicht schob sich über den Behälter, und dann quollen Tränen aus ihren vom Rauch geröteten Augen.

Dann wanderte ihr Blick zum Heckschirm. Ein kleiner Lichtpunkt schwoll lautlos zu einem majestätischen Feuerball an, von dem Tentakel aus zerfetztem Plastik und zerrissenem Metall ausgingen. Er verblaßte, und dann folgte ihm ein viel größerer Feuerball, als die Raffinerie explodierte. Zwei Milliarden Tonnen Gas und verdampfender Maschinenanlagen erfüllten den Kosmos, verdunkelten ihre Sicht, bis auch dieser Feuerball zu verblassen begann.

Die Schockwelle erreichte das Shuttlefahrzeug, als das sich ausdehnende überhitzte Gas vorbeiraste. Als sie das Fahrzeug wieder unter Kontrolle hatte, schnallte sie sich los, ging zum hinteren Ende der kleinen Kabine und blickte durch eine Luke nach draußen. Ihr Gesicht war in orangerotes Licht getaucht, während die letzten Überreste der kochenden Feuerkugel verblaßten.

Schließlich wandte sie sich ab. Die *Nostromo*, ihre Mannschaftskameraden . . . sie alle hatten aufgehört zu existieren. Es gab sie nicht mehr. In jenem stillen isolierten Augenblick traf sie das mit größerer Wucht, als sie erwartet hatte. Die schreckliche Endgültigkeit war es, die sie so schwer hinnehmen konnte, das Wissen, daß sie nicht mehr als Teile dieses Universums existierten. Nicht einmal als Leichen. Es gab sie einfach nicht mehr. Sie waren zu kosmischem Staub zerblasen. Und mit ihnen das schreckliche Monster.

Sie sah die mächtige Hand nicht, die aus dem Schutz eines tiefen Schattens nach ihr griff. Aber Jones sah sie. Er fauchte.

Ripley wirbelte herum und sah sich dem Alien gegenüber. Es war die ganze Zeit über im Shuttle gewesen. Der erste Gedanke galt dem Flammenwerfer. Er lag neben dem zum Sprung geduckten Alien auf dem Deck. Sie suchte verzweifelt nach einem Zufluchtsort. Ganz in der Nähe war ein kleiner Schrank. Die Türe war unter der Schockwelle aufgesprungen. Sie bewegte sich darauf zu. Das fremde Wesen richtete sich im gleichen Augenblick auf, als sie sich zu rühren begann. Sie sprang auf den Schrank zu, warf sich hinein. Ihre eine Hand tastete nach dem Griff. Und während sie hineinfiel, zog ihr Gewicht die Türe krachend hinter sich zu.

Im Oberteil der Türe war ein Schauglas. Ripley klebte praktisch mit der Nase daran. Draußen schob das Alien seinen grausigen Kopf an das Fenster, spähte beinahe neugierig zu ihr hinein, als wäre sie ein Ausstellungsstück in einem Käfig. Sie versuchte zu schreien, konnte es aber nicht. Der Schrei erstarb ihr in der Kehle. Sie konnte nur mit geweiteten Augen auf das Wesen starren, das sie von draußen anblickte.

Der Schrank war nicht luftdicht. Ein Jammern drang von draußen zu ihr herein. Das Alien drehte sich um, inspizierte den Herkunftsort des fremden Geräusches. Es beugte sich vor, hob den Reisebehälter hoch und veranlaßte Jones dadurch, noch lauter zu schreien.

Ripley pochte gegen das Glas, versuchte die Aufmerksamkeit des fremden Lebewesens von dem hilflosen Tier abzulenken. Es funktionierte. Im nächsten Augenblick war das Alien wieder am Glas. Sie erstarrte, dann wandte sich das Alien wieder dem Tierbehälter zu.

Ripley begann verzweifelt den engen Raum zu durchsuchen, in dem sie eingeschlossen war. Abgesehen von einem Druckanzug war nichts zu finden. Obwohl sie Mühe hatte, ihre zitternden Hände unter Kontrolle zu halten, dauerte es nur kurze Zeit, bis sie hineingeschlüpft war.

Draußen schüttelte das Alien den Reisebehälter. Jones Schreie hallten aus dem Lautsprecher. Ripley hatte den Druckanzug zur Hälfte angelegt, als das Alien den Behälter zu Boden schmetterte. Er prallte ab, zerbrach aber nicht. Das Alien hob ihn wieder auf und schmetterte ihn gegen die Wand. Jones war wie von Sinnen und tobte wie ein Besessener darin herum. Darauf zwängte das Alien den Behälter zwischen zwei freiliegende Rohre und begann ihn in die Öffnung hineinzudreschen, während Jones zu entkommen versuchte und fauchend um sich schlug.

Ripley hatte sich inzwischen den Helm übergestülpt und begann ihn abzudichten. Es gab hier niemand, der ihr beim Test helfen konnte. Wenn die Dichtungen nicht richtig funktionierten, würde sie das früh genug feststellen. Ein Schalterdruck setzte das Atemgerät in Gang, und der Anzug füllte sich mit Luft.

Sie sah sich ein letztes Mal in dem Schrank um. Nirgends war ein Laser oder dergleichen zu finden – nicht daß er ihr viel genützt hätte. Aber dann entdeckte sie einen langen Metallstab mit einer scharfen Spitze, der zwar als Waffe nicht viel taugte, ihr aber wenigstens etwas Selbstvertrauen verlieh, was viel wichtiger war.

Sie atmete tief durch und zog langsam den Riegel der Tür zurück, dann stieß sie sie auf.

Das Alien drehte sich herum, sah sie an – und da traf ihn die Stange mitten im Leib. Ripley hatte ihr ganzes Gewicht dahinter gelegt, und so bohrte sie sich tief hinein. Das Alien griff nach der Stange; gelbe Flüssigkeit quoll aus der Wunde und begann heftig zu zischen, wo sie auf Metall traf.

Ripley fiel zurück, hielt sich an einem Träger fest, während ihre andere Hand nach einem Notschalter tastete. Einen Sekundenbruchteil später flog die hintere Luke auf. Im gleichen Augenblick wurde die ganze Luft im Shuttle und alles, was nicht festgeschnallt war oder sich festhielt, ins Weltall hinausgesogen. Das Alien schoß an ihr vorbei. Mit seinen unmenschlichen schnellen Reflexen gelang es ihm noch, eine Hand auszustrecken . . . und packte eines ihrer Beine gerade über dem Knöchel.

Sie hing halb aus der Luke, trat verzweifelt nach der Hand, die sich an ihrem Bein festgekrallt hatte. Aber das Alien ließ nicht los. Neben dem Notschalter war ein Hebel, den sie jetzt umlegte. Die Luke knallte zu, schloß sie ein und ließ das Alien draußen.

Säure schäumte an der Innenverkleidung der Luke, quoll aus dem zermalmten Arm des Alien. Sie riß sich von der abgetrennten Hand los und stolperte nach vorne, warf einen Blick auf die Konsole, fand die Schalter, die die Sekundärmotoren betätigten, und drückte einige Knöpfe ein.

Aus dem Heck des Shuttle schossen farblose Energieströme ins All. Nun löste sich das Alien vom Schiff. Und im gleichen Augenblick hörte auch die Säure zu fließen auf.

Nervös beobachtete sie die letzten Blasen, aber es war nur wenig von dem »Blut« ausgetreten. Schließlich hörte das Metall zu kochen auf. Sie betätigte die Tastatur des kleinen Computers und wartete benommen auf die Schrift.

FRAGE: SCHADEN HINTERLUKE

ANALYSE: KLEINERE ÄTZUNG IN DER AUSSENHAUT. SCHIFFSINTEGRITÄT NICHT BEEINTRÄCHTIGT. ATMOSPHÄRISCHE DICHTE UNBEEINTRÄCHTIGT. AUSREICHEND DICHTUNGSMASSE.

FESTSTELLUNG: BESCHÄDIGTEN ABSCHNITT SOFORT NACH ZIELERREICHUNG REPARIEREN. AUSSENHAUT NICHT VORSCHRIFTSMÄSSIG.

Sie stieß einen Freudenschrei aus und trat dann an die Luke, um hinauszublicken. Ein rauchendes Gebilde blieb langsam hinter dem Schiff zurück. Stücke von verkohltem Fleisch fielen von ihm ab. Dann gab der unglaublich zähe Organismus schließlich doch den Gesetzen des Druckunterschieds nach. Das Alien schwoll an und barst, so daß seine Körperteile explosionsartig nach allen Richtungen davonflogen. Dann entschwanden die harmlosen rauchenden Fragmente im All.

Man konnte nicht sagen, daß sie froh war. In ihr Gesicht waren tiefe Furchen eingegraben, aber sie war gefaßt genug, um sich zu entspannen und sich im Pilotensessel zurückzulehnen.

Sie betätigte einige Schalter, und die Kabine füllte sich wieder mit Luft. Dann öffnete sie den Tierbehälter. Jene allen Katzen gemeinsame wunderbare Eigenschaft hatte den Kater bereits den Angriff vergessen lassen. Er rollte sich auf ihrem Schoß zusammen, als sie sich wieder setzte, ein rötliches Pelzknäuel voll Zufriedenheit, und fing an zu schnurren. Sie streichelte ihm den Hals und diktierte in den Schiffsrecorder:

»Ich sollte die Grenze in etwa vier Monaten erreichen. Wenn ich etwas Glück habe, wird mein SOS empfangen werden. Ich habe eine Erklärung für die Medien und werde ein Duplikat davon diesem Logbuch beifügen, und einige interessante Feststellungen hinsichtlich der Aktivitäten der Gesellschaft machen, die die Behörden interessieren dürften.

Hier spricht Ripley, Identnummer W564502246oH, Deckoffizier, letzte Überlebende des Handelssternenschiffs *Nostromo*. Ende dieser Eintragung.«

Sie schaltete das Mikrofon ab. Jetzt war es in der Kabine still, das erste Mal seit vielen Tagen, daß Stille sie umgab. Sie vermochte es kaum zu glauben, daß sie jetzt ausruhen konnte. Hoffentlich blieben ihr die Träume erspart.

Ihre Hand strich liebkosend über orangegelbes Fell. Dann lächelte sie. »Komm Kater . . . gehen wir schlafen . . .«

ALIEN

Das unheimliche Wesen aus einer fremden Welt

Die Personen und ihre Darsteller:

Dallas . . . . TOM SKERRITT

Ripley . . . . SIGOURNEY WEAVER

Lambert . . . . . VERONICA CARTWRIGHT

Brett . . . . HARRY DEAN STANTON

Kane . . . . JOHN HURT

Ash . . . . IAN HOLM

Parker . . . . YAPHET KOTTO

Ein Film der 20th Century Fox